DEBBIE MACOMBER
La mejor elección

Editado por Harlequin Ibérica.
Una división de HarperCollins Ibérica, S.A.
Núñez de Balboa, 56
28001 Madrid

© 2010 Debbie Macomber. Todos los derechos reservados.
LA MEJOR ELECCIÓN, Nº 115 - 1.5.11
Título original: 1022 Evergreen Place
Publicada originalmente por Mira Books, Ontario, Canadá.
Traducido por Daniel García Rodríguez

Todos los derechos están reservados incluidos los de reproducción, total o parcial. Esta edición ha sido publicada con permiso de Harlequin Enterprises II BV.
Todos los personajes de este libro son ficticios. Cualquier parecido con alguna persona, viva o muerta, es pura coincidencia.
™ TOP NOVEL es marca registrada por Harlequin Enterprises Ltd.

® y ™ son marcas registradas por Harlequin Enterprises Limited y sus filiales, utilizadas con licencia. Las marcas que lleven ® están registradas en la Oficina Española de Patentes y Marcas y en otros países.

I.S.B.N.: 978-84-9000-090-8
Depósito legal: B-13268-2011
Imágenes de cubierta:
Pareja: TOM SCHMUCKER/DREAMSTIME.COM
Flores: CYNTHI KOVACH/DREAMSTIME.COM

Para Marcia Hestead, una mujer buena y encantadora, que me ha honrado con su amistad.

CAPÍTULO 1

Por fin en casa, pensó Mack McAfee al entrar en su calle. Acabada su larga guardia en el parque de bomberos, una sensación de paz lo invadió al acercarse al 10022 de Evergreen Place y ver a Mary Jo Wyse ocupándose del jardín bajo un espléndido sol primaveral. A principios de mayo, la costa noroeste del país disfrutaba de un clima suave y soleado que invitaba a trabajar al aire libre. La imagen de Mary Jo, vestida con vaqueros y camiseta rosa de manga larga, lo hizo sonreír. La joven madre soltera no sólo era su inquilina y su amiga, sino la mujer de la que estaba secretamente enamorado. A unos pasos de ella, la pequeña Noelle dormía en un cochecito.

Unos meses antes Mack había asistido a su nacimiento. Acababa de ingresar en el Cuerpo de Bomberos de Cedar Cove y le tocaba trabajar en Nochebuena. La noche transcurrió sin incidentes hasta que una llamada de los Harding alertó de la inminencia de un parto. Mack tenía formación paramédica, pero nada podría haberlo preparado para la emoción que suponía traer un bebé al mundo. En cuanto la pequeña Noelle exhaló su primer suspiro le conquistó el corazón. Y lo mismo le ocurrió con su madre.

Mack aparcó en el camino de entrada y se bajó de la camioneta. Sus pasos eran tranquilos, pero por dentro era un manojo de nervios. Hacía dos días que no veía a Mary Jo ni a su hija.

—Hola —lo saludó ella. Se incorporó y se sacudió el polvo de los pantalones mientras le dedicaba una tímida sonrisa. Con la ayuda de Mack había plantado un pequeño huerto que cuidaba a diario.

—Hola —respondió él, y desvió rápidamente la mirada hacia las plantas de semillero que empezaban a brotar en la tierra. No quería que Mary Jo adivinara los sentimientos que pudieran reflejarse en su rostro. Aún desconfiaba de los hombres por culpa de lo que había vivido con David Rhodes, pero Mack estaba haciendo un gran esfuerzo por ganarse su confianza—. Veo que el jardín empieza a cobrar forma.

Se agachó para mirar a Noelle, que dormía plácidamente con un puño apretado sobre la cabeza. La imagen del bebé siempre lo fascinaba, igual que la de Mary Jo.

—Te he echado de menos estos días —dijo ella en voz baja.

Era una confesión realmente alentadora.

—¿En serio? —preguntó sin pensar, y enseguida lamentó parecer tan ansioso. Había cometido un grave error con ella y temía volver a meter la pata.

—Sí, bueno. La última vez que hablamos... ya sabes.

Mack se irguió y se metió nerviosamente las manos en los bolsillos traseros del pantalón.

—Me dijiste que no era buena idea seguir con el compromiso —dijo ella, aunque Mack no necesitaba que se lo recordase.

—Me pareció que era lo mejor —murmuró él—. Pero...

—Y tenías razón —lo interrumpió ella—. Es lo mejor, especialmente si no me quieres.

—No, no es eso —replicó Mack—. Yo sólo creía que...

—Lo entiendo —volvió a interrumpirlo ella—. Sólo me lo pediste porque intentabas protegerme.

Mack la miró con ojos entornados.

—No has vuelto a saber nada de David Rhodes, ¿verdad?

—No —respondió ella, sacudiendo enérgicamente la cabeza.

El padre biológico de Noelle había amenazado en más de una ocasión a Mary Jo con quitarle a la niña. A Mack sólo le parecía una fanfarronada, pero Mary Jo estaba tan asustada que había decidido regresar a Seattle, donde sus hermanos se encargarían de protegerlas a ella y a su hija.

Mack no quería perderlas y le había propuesto el matrimonio a Mary Jo, quien aceptó con la condición de que esperasen al menos seis meses para casarse.

No fue la única condición. También había insistido en que no habría contacto físico, y fue entonces cuando Mack se percató del error cometido. El único motivo de Mary Jo para vivir en Cedar Cove había sido alejarse de sus hermanos mayores, y al proponerle el matrimonio Mack se había comportado exactamente igual que ellos, es decir, intentando estar lo más cerca posible de ella para vigilarla y protegerla. Él la amaba, sí, pero al no reconocerlo había adoptado el mismo papel que sus hermanos. No era extraño que Mary Jo hubiera puesto el freno a su incipiente relación.

Unos días después de comprometerse oficialmente, Mack había notado los cambios en su actitud. Mary Jo dejó de tratarlo como a un amigo y se acabaron las bromas y muestras de afecto entre ellos. La intromisión de Mack en su vida había sofocado los esfuerzos de Mary Jo hacia la independencia. Ella había aceptado su proposición, pero no lo había hecho por amor hacia él.

Pasó un mes hasta que Mack se percató de su equivocación y decidió poner fin al improvisado noviazgo. En sus prisas por estar con ella había estado a punto de echarlo todo a perder.

Al menos ninguno de los dos había hablado del tema con sus respectivas familias. Mack estaba seguro de cuál habría sido la reacción de sus padres. Le habrían dicho que era demasiado pronto y que no se conocían lo bastante para formalizar esa clase de compromiso.

Y habrían tenido razón.

Mack había actuado por impulso, acuciado por el deseo de protegerla y sin pararse a pensar. Debería haberse tomado su tiempo y haber permitido que la relación fluyera de manera natural, pero uno de sus principales defectos era su absoluta carencia de tacto con las mujeres. Así lo atestiguaban sus anteriores relaciones, todas ellas efímeras o superficiales.

Tenía dos hermanas, aunque no había conocido a la segunda hasta unos pocos años antes. Siempre había estado muy unido a Linnette y ahora empezaba a forjar una amistad con Gloria.

Linnette lo aconsejaba a menudo sobre las relaciones, incluso cuando se mudó a Dakota del Norte y siguieron comunicándose regularmente por teléfono, pero a Mack no se le ocurrió pedirle opinión antes de declararse a Mary Jo.

Por desgracia, al intentar enmendar su error había cometido otro. Había roto el compromiso diciéndole a Mary Jo que, a pesar de tenerle mucho cariño, su verdadero amor lo reservaba para Noelle.

En su momento le pareció la solución más sensata. Romper el compromiso a tiempo y permitir que los dos salvaran la cara. Pero lo único que consiguió fue complicar aún más una relación ya de por si complicada. Ni en cien años se le hubiera ocurrido una manera peor de llevar la situación.

Le habría bastado con ser sincero, nada más. Ya lo decían Benjamin Franklin, la Madre Teresa, Bill Clinton y Oprah: la verdad siempre por delante.

A la mañana siguiente a la ruptura, Mack volvía a estar de guardia en el parque de bomberos y deseando volver a ver a Mary Jo. Aquél era su primer encuentro desde entonces.

—No creo que vuelva a saber nada de David —le estaba diciendo Mary Jo—. Como ya te he dicho, sólo eran amenazas vacías. David sólo quiere a Noelle para intentar conseguir dinero de su padre.

Mack asintió.

—Si lo ves, avísame y yo me ocuparé de él —nada más decirlo deseó haberse mordido la lengua. La razón por la que había roto el compromiso era dejar que Mary Jo se las arreglara sola.

Mary Jo no dijo nada y se puso a recolocar la manta de Noelle.

Mack se echó hacia atrás y sacó las manos de los bolsillos, lamentándose por no saber mantener la boca cerrada.

–Voy a ver si tengo correo –dijo con un suspiro. Se dirigía hacia al buzón cuando Mary Jo lo llamó.

–He descubierto algo sobre esas cartas.

–¿Qué cartas? –preguntó Mack sin saber a qué se refería.

–Las que encontré bajo el suelo del armario.

Mack se había olvidado por completo de aquella caja que contenía cartas de la Segunda Guerra Mundial.

–Cuéntame.

–Prefiero enseñártelo.

–De acuerdo.

–¿Quieres venir a cenar? –le ofreció ella, y enseguida se mordió el labio, como si no le pareciera tan buena idea–. No quiero que te sientas obligado...

–No, no, iré con mucho gusto –le aseguró él con más entusiasmo del que pretendía–. Quiero decir... si realmente quieres que vaya.

–Sí.

Mack miró su reloj.

–Son las seis y cuarto. ¿Te parece bien dentro de una hora?

–Perfecto.

A Mack se le levantó el ánimo y se sintió repentinamente esperanzado. Tal vez no lo hubiera echado todo a perder, como había temido.

–Hasta ahora –le dijo con una sonrisa de alivio.

–Hasta ahora –respondió ella, sonriendo también.

Mack se alejó, y cuando estaba subiendo los escalones del porche pensó que debería preguntarle si podía llevar algo. Una ensalada, tal vez. O mejor, vino. Se giró y se sorprendió al ver que Mary Jo lo estaba mirando. Pero ella apartó rápidamente la mirada, como si se sintiera culpable.

–¿Quieres que lleve algo? –le preguntó él.

Ella se encogió de hombros.

—Tengo estofado de pollo y verduras y voy a hacer galletas. No se me ocurre nada...

—¿Qué tal una botella de vino? —le sugirió, y ella respondió asintiendo con la cabeza—. Hasta dentro de una hora, entonces.

Después de recoger el correo, entró en el dúplex adosado y cerró la puerta mientras respiraba profundamente. Se sentía invadido por una excitación abrumadora. En menos de una hora se le presentaría la oportunidad para enmendar su error y comenzar de nuevo. Había roto el compromiso con una burda mentira, pero ahora podrían retomar la relación en igualdad de condiciones.

Quince minutos después, se había duchado, afeitado y cambiado de ropa. Llenó la lavadora y programó el lavado. Aún le quedaba media hora por delante y no tenía nada que hacer, salvo pasear de un lado a otro por la casa. Aquella velada era sumamente importante y marcaría el devenir de otras muchas veladas.

Tiempo atrás visitaba con frecuencia a Mary Jo y Noelle. Ella lo invitaba a menudo, pero no porque deseara especialmente su compañía. Mary Jo estaba acostumbrada a rodearse de gente, habiendo vivido con tres hermanos mayores.

Era ella la que siempre cocinaba para toda la familia, aunque Mack sabía que los demás también contribuían en las tareas domésticas. Al tener que alimentar a tres hombres hambrientos siempre hacía comida suficiente para un regimiento, por lo que no le suponía ninguna diferencia invitar a una persona más.

Pero a Mack no le importaba que no lo hiciera movida por un deseo especial. Al contrario. Disfrutaba del tiempo que pasaba con ella y le gustaba formar parte de su vida, y naturalmente le encantaba entretener a la pequeña Noelle mientras Mary Jo preparaba la cena. Después de cenar, veían juntos la televisión o jugaban a las cartas. Mary Jo era una jugadora consumada. También solían hablar, pero sin profundizar en temas personales. Principalmente charlaban de los libros que habían leído o de las películas que habían visto, así como de los amigos y conocidos comunes que tenían en Cedar Cove. Siempre evitaban la religión y la política, aunque Mack sospechaba que tenían opiniones muy parecidas.

Al final de la velada él le daba un beso de buenas noches. Cuando se comprometieron oficialmente, esos besos se hicieron más fraternales que íntimos o apasionados, y fue eso lo que empezó a convencer a Mack de que aquel compromiso era un error.

Teniendo en cuenta cómo la había tratado David Rhodes, podía entender que Mary Jo se mostrara excesivamente cauta a la hora de iniciar una nueva relación. Al fin y al cabo, había perdido la confianza en los hombres y en su propio criterio para juzgarlos. Pero también le había quedado claro que Mack era un hombre de palabra, que se preocupaba por ella y por su hija y que jamás les haría ningún daño.

A Mack le preocupaba no ser tan apuesto y gallardo como su ex novio, aunque no era probable que Mary Jo siguiera sintiendo atracción por esas cualidades. A diferencia de David Rhodes, Mack no era alto, moreno ni especialmente atractivo. Medía poco más de metro ochenta, tenía el pelo castaño rojizo y la nariz salpicada de pecas. Un tipo de lo más normal que, aunque trabajara en el Cuerpo de Bomberos, no aparecería nunca en un calendario de modelos masculinos.

Mary Jo, sin embargo, sí que era hermosa. Era lógico que alguien como David Rhodes se hubiera fijado en ella, y era igualmente lógico que para Mack fuese inalcanzable. Una mujer tan guapa podía tener a cualquier hombre que quisiera. Lo único que Mack podía hacer era confiar que acabara deseándolo a él.

Mary Jo le abrió en cuanto llamó a la puerta. Daba la impresión de que hubiera estado esperándolo, aunque naturalmente no era el caso. Noelle se removió en su sillita y agitó los brazos, y Mack lo interpretó, o más bien quiso interpretarlo, como un saludo dirigido a él.

—¿Cómo está mi pequeña? —le entregó a Mary Jo la botella de Pinot que acababa de sacar de la nevera y cruzó el salón en dirección a la niña. La levantó en brazos y le sonrió a Mary Jo—. Sólo hace dos días que no la veo y parece haber crecido cuatro o cinco centímetros.

—Cada día está más grande, es verdad —corroboró Mary Jo.

Mack le hizo cosquillas a Noelle en la barbilla y se echó a reír con los alegres gorjeos de la pequeña.

—Ahí están las cartas de la Segunda Guerra Mundial —dijo Mary Jo, señalando la mesita de centro.

Mack le echó un vistazo a la caja de puros. Estaba descolorida y desvencijada.

—¿Cuántas cartas hay?

—Docenas. No me parecieron tantas cuando las encontré, pero el papel es muy fino.

Mary Jo se había entusiasmado con aquel descubrimiento, y también Mack. ¿Quién no se emocionaría con un testimonio semejante? Aquellas cartas relataban en primera persona uno de los acontecimientos más trascendentales de la historia.

—Leí en Internet que a este papel se le conoce como papel cebolla, y que se empleaba para el V-mail.

—Supongo que la V se refiere a «victoria» —dijo ella con una sonrisa. Se sentó en el sofá y lo mismo hizo Mack, todavía con Noelle en brazos—. Las he leído dos veces. Van dirigidas a Joan Manry.

—Sí, ya me acuerdo, pero ¿quién las escribió?

—Se llamaba Jacob Dennison y era un oficial destinado en Europa durante la guerra. Algunas de las cartas tienen tachaduras, supongo que de los censores, pero la mayoría no tiene ninguna. He leído que había más de doscientas oficinas de censura, ¿sabes? Su trabajo era asegurarse de que el personal militar no revelara información delicada en las cartas —hizo una pausa—. Pero eso no explica por qué estas cartas estaban escondidas.

–Seguramente guarde más relación con las circunstancias de Joan que con las de Jacob –opinó Mack.

–Bueno, sea como sea, he conseguido entender bastante a pesar de las tachaduras. ¡Y son interesantísimas! Estoy deseando que las leas.

Mack asintió, contagiado por su entusiasmo.

–Joan trabajaba en los astilleros de Bremerton y vivía con su hermana mayor, Elaine–siguió Mary Jo–. Conoció al comandante Jacob en un baile de la USO y empezaron a cartearse cuando a él partió a Inglaterra.

Mack hizo dar pequeños brincos a Noelle, para deleite de la niña.

–Me gustaría echarles un vistazo.

–Ésta es la primera. Las he ordenado cronológicamente –desdobló la carta con mucho cuidado y se la tendió.

Cte. Jacob Dennison
36354187 Hgs. Co.
Hgs. Cond. 1°.
Compañía de Servicio.
Reino Unido. Base APO 413%P>M> N.Y., N.Y.

15 de enero de 1944

Querida Joan,
¿Cómo está mi chica? Acabo de recibir otra carta tuya. Cuando me entregaron el sobre y vi el remitente se me quedó una sonrisa de idiota en la cara. La he leído tres veces para sentirme más cerca de ti. La nostalgia me invade, pero cuando cierro los ojos y veo tu rostro todo adquiere una luz especial. Pienso mucho en ti, y eso me ayuda. Me siento mejor cuando recuerdo lugares conocidos y a las personas que me importan.

Antes de alistarme en el Ejército nunca había salido del Estado de Washington. Mis padres también me escriben. Mi hermano está destinado en el Pacífico Sur, donde se libra la verdadera acción. A veces me gustaría haberme alistado a los Marines en vez de al Ejército, porque estoy deseando contribuir al final de la guerra. Nadie sabe cuándo se producirá la invasión de Europa, pero espero que sea pronto. Nos hacen entrenar día y noche, y saltar en paracaídas ya me parece lo más normal del mundo. Parece una locura, ¿verdad? Mi madre siempre decía que era un temerario. Supongo que tenía razón.

Me alegra que recibieras el regalo que te envié por Navidad, aunque siento mucho que llegase con retraso. Espero que para las próximas Navidades pueda estar otra vez contigo. Es en lo único que pienso cuando oigo a Bing Crosby por la radio cantando I'll Be Home for Christmas.

No sé qué decirte sobre Elaine. Me preocupa que te esté causando problemas, y ojalá supiera lo que tanto le molesta de mí. ¿Serviría de algo si le escribo una carta? Haré todo lo que me pidas... salvo renunciar a ti. Eres mi chica.

Te volveré a escribir en cuanto pueda.

Besos,

Jacob

Mack acabó de leer la carta y la dejó a un lado para leer rápidamente las otras dos.

—¿Verdad que son una maravilla? —le preguntó Mary, observando atentamente su reacción.

A Mack no le quedó más remedio que estar de acuerdo con ella.

—Sí que lo son —dijo mientras agarraba la siguiente.

Cte. Jacob Dennison
36354187 Hgs. Co.
Hgs. Cond. 1º.
Compañía de Servicio.
Reino Unido. Base APO 413%P>M> N.Y., N.Y.

3 de marzo de 1944

Querida Joan,
¿Cómo está mi chica? Esta semana tuve un día libre y fui a Londres a comer pescado y patatas fritas. Fueron las mejores que he pro-

bado en mi vida, y eso es decir mucho, habiendo nacido y crecido junto al Estrecho de Puget. A mi padre le encantaba el pescado y mi madre freía la mejor trucha que te puedas imaginar. Este pescado era diferente y lo servían envuelto en papel de periódico. Después fui en tren hasta Stratford y vi una obra de Shakespeare. El rey Lear. ¿La has visto? No me gusta mucho ese lenguaje tan refinado, pero era una buena historia y sirvió para romper la monotonía. Algunos de los chicos se emborracharon y no volvieron a la base a tiempo. No vayas a pensar mal de mí... Yo también bebí un poco, pero fui lo bastante listo para saber cuándo parar.

Gracias por seguir escribiéndome. No te imaginas lo que significan tus cartas para mí. En cuanto leo «Evergreen Place, 1022» en la esquina del sobre, el corazón me da un vuelco de alegría. Conocerte ha sido lo mejor que me ha pasado jamás. Te quiero, Joan. Me dijiste que era muy pronto para que te lo dijera, pero es lo que siento. No es una simple añoranza por estar lejos de casa, como insinuaste una vez. Esto es real. También dijiste que no se puede conocer de verdad a alguien a través de las cartas, pero yo creo que sí puedes. Yo siento que te conozco, y seguro que tú sientes lo mismo. Cuando vuelva a casa, si Dios quiere, te pediré de rodillas que te cases conmigo.

Mañana volveré a escribirte. Escríbeme tú también. Ahora tengo que despedirme, porque ya van a apagar las luces.

Besos,

Jacob

Mary Jo se inclinó ligeramente hacia delante.

—¿Has averiguado algo sobre el último propietario de la casa? —preguntó—. Quiero saber todo lo que pueda sobre Joan y Jacob.

Mack había olvidado que se ofreció a consultarlo con el «casero», lo cual era del todo innecesario ya que el casero era él. Le sabía mal habérselo ocultado a Mary Jo, pero si ella se enterase de que el dúplex era suyo se enfadaría mucho por el alquiler tan bajo que le estaba cobrando. Lo vería como un intento de protegerla o peor aún, como un interés a cambio de algo.

Ahogó un suspiro de pesar. En algún momento tendría que decírselo... y lo haría cuando fuera el momento. Lo que no sabía era si reconocería ese momento.

—Te dije que me encargaría de ello, ¿no? Lo siento mucho, pero aún no he podido hacerlo.

—No pasa nada —dijo ella, sin molestarse en absoluto—. ¿Vamos a cenar?

Mack vio que la mesa estaba preparada, con la cacerola del estofado y un plato de galletas en el centro y el vino y el agua junto a cada plato.

—Noelle comió antes de que llegaras —le dijo Mary Jo.

Mack dejó a la niña en su sillita y se sentó a la mesa. Mary Jo era una excelente cocinera, tan buena como su madre, lo cual era un auténtico cumplido. Los padres de Mary Jo murieron cuando ella estaba en el instituto y había aprendido a cocinar por necesidad más que por motivación. Aun así, disfrutaba cocinando y se enorgullecía de preparar unos platos tan nutritivos como deliciosos.

Mack no era un cero a la izquierda en la cocina, pero hasta que Mary Jo se mudó a la casa de al lado sus comidas dejaban mucho que desear. Sólo cocinaba cuando le tocaba hacerlo en el parque de bomberos, y en casa recurría a los platos precocinados o a la comida basura. No tenía por costumbre presentarse sin avisar en casa de sus padres, pero cuando lo hacía no solía rechazar la insistencia de su madre para que se quedara a cenar.

—Esto está de muerte —le dijo a Mary Jo tras el primer bocado. Y no exageraba. El pollo estaba tierno y jugoso, las verduras estaban en su punto, el caldo estaba exquisitamente sazonado y las galletas se disolvían en la boca—. Podría acostumbrarme a comer así —comentó alegremente.

Mary Jo se quedó callada, y Mack deseó haberse mordido la lengua. ¿Cuándo aprendería a refrenar sus palabras?

—No...no es lo que piensas. Sólo quería decirte que la comida está deliciosa... No estaba insinuando nada más.

Mary Jo dejó el tenedor junto al plato.

–Temía que ocurriera esto.

–¿A qué te refieres? –tragó sin acabar de masticar y casi se atragantó con la galleta.

–Es una situación muy incómoda, ¿no te parece?

Él asintió. Agarró la copa de vino y tomó un trago.

–No tienes que esforzarte tanto, Mack.

Él frunció el ceño, sin saber muy bien a qué se refería.

–Somos amigos, ¿no?

–Amigos –repitió él.

–Bien –dijo ella, aparentemente satisfecha–. Los amigos se sienten cómodos cuando están juntos. No debemos preocuparnos de que todo lo que digamos pueda malinterpretarse o sacarse de contexto.

Él tosió y volvió a asentir.

–Relájate y disfruta de la cena, ¿de acuerdo? Deja de preocuparte por si me ofendes –le dedicó una radiante sonrisa.

–De acuerdo –aceptó él. Se suponía que aquel consejo debería tranquilizarlo, pero las palabras de Mary Jo le causaban el efecto contrario.

Eran amigos, sí, pero a Mack le gustaría que fueran mucho más que eso.

CAPÍTULO 2

Era una sensación extraña y maravillosa despertarse cada mañana junto a su mujer. Linc Wyse se había acostumbrado a la vida matrimonial a una velocidad de vértigo, si bien las emociones seguían siendo tan intensas como desde el día que conoció a Lori Bellamy.

Menos de dos meses antes, el coche de Lori se había averiado en la carretera. Linc estaba en ese momento en Cedar Cove, donde su hermana menor se había instalado en un dúplex junto a ese bombero llamado Mack McAfee después de haberse largado de casa.

El bombero había asistido al parto de Noelle y poco después él y Mary Jo se convertían en vecinos. Parecía visitar a Mary Jo más de la cuenta, y era el deber y la responsabilidad de Linc asegurarse de que no ocurriera nada indecente. No se sentía del todo cómodo con la situación en que se había metido su hermana. Un hombre ya se había aprovechado de ella y Linc no iba a permitir que eso volviera a suceder, por muchas veces que Mary Jo le dijese que no se metiera en su vida privada.

Lori se despertó con un débil murmullo, bostezó y arqueó la espalda antes de acurrucarse en los brazos de Linc.

—¿Ya es de día? —preguntó, aún medio dormida.

Linc la besó en la cabeza. Las mañanas con Lori eran lo mejor de su vida, sin duda.

—Eso parece.

—Voy a hacer café —murmuró ella mientras alargaba el brazo para apagar la radio, interrumpiendo el informe del tráfico a mitad de frase.

Linc la detuvo cuando se disponía a apartar las mantas.

—¿Por qué tanta prisa? —le acarició el cuello con la nariz y la rodeó con un brazo para apretarla contra él. El cuerpo de Lori desprendía un calor delicioso.

—No sabía que fueras de esa clase de hombres a los que les gusta remolonear en la cama —se burló ella mientras le pasaba los brazos alrededor del cuello. Linc cerró los ojos un momento al sentir el roce de sus pechos.

—Nunca lo he sido... hasta ahora —al ser el mayor de los hermanos, Linc se había encargado de mantener la familia y el negocio tras la muerte de sus padres.

Era el primero que llegaba por la mañana al taller de reparación de coches y el último en marcharse por la noche. Lo único que hacía era trabajar y preocuparse porque todo fuera bien.

Hasta que conoció a Lori.

Por alguna razón desconocida, sus relaciones con las mujeres siempre acababan saliendo mal. El esquema era siempre el mismo: conocía a alguien, todo era maravilloso durante un tiempo y después se acababa. Mary Jo lo achacaba a su carácter autoritario y dominante, pero Linc hizo oídos sordos a sus opiniones, pues al fin y al cabo ella tampoco era una experta en temas sentimentales, y siguió sumido en un ciclo perpetuo de aventuras efímeras.

Pero todo eso cambió la noche que se detuvo a ayudar a Lori en la carretera.

Estuvo a punto de pasar de largo. Estaba cansado y aún le duraba el enfado por la discusión mantenida con su hermana. Pero si hubiera sido Mary Jo la que se quedara tirada en la carretera a Linc le gustaría pensar que alguien como él se parase a ayudarla, de modo que se detuvo. El coche de Lori se había quedado sin gasolina y él la llevó a la gasolinera más próxima. Acabaron cenando juntos, y durante los siguientes días compartieron muchas horas de conversación.

Lori le contó que acababa de romper con un hombre al que habían encarcelado por robo. Ella era una mujer muy tradicional y esperaba que un hombre se comportase honorablemente. Y él era un hombre muy tradicional que exigía honor y decencia en los demás y en sí mismo. Sin pensarlo ni discutirlo, decidieron casarse.

Era una locura, pero una locura maravillosa. Linc nunca se había sentido tan feliz y despreocupado.

—¿Por qué sonríes? —le preguntó Lori, apoyándose en el codo para mirarlo.

La contemplación del rostro de su mujer bastaba para que se le aceleraran los latidos.

—Nunca me habría imaginado que me gustaría dormir en una cama con dosel y sábanas rosas.

Fue el turno de Lori para sonreír.

—Te dije que no sería tan horrible, ¿recuerdas?

—No, pero sí recuerdo la promesa que me hiciste cuando me atrajiste hasta tu cama.

—¿Que yo te atraje, dices? —Lori arqueó las cejas—. Si mal no recuerdo, fuiste tú quien me levantó en brazos y me trajo a la cama como un cavernícola.

—¿Cómo un cavernícola? Oh, vamos...

—Bueno, pues como ese Conan de los tebeos.

Eso estaba mejor.

—Ni siquiera me fijé en el dosel...

—¿Y ahora?

Linc se encogió de hombros. Había vivido con sus hermanos durante tanto tiempo que no prestaba atención a los detalles femeninos. Mary Jo también los tendría, seguramente, pero ella era su hermana pequeña y no contaba.

De Lori, en cambio, todo le había llamado la atención desde el primer momento que la vio. Y cuando salió del dormitorio con aquel conjunto de lencería negra en su noche de bodas... El recuerdo aún seguía excitándolo.

—El café —volvió a decir ella.

—No tan deprisa —replicó él, y la besó hasta que ambos se quedaron sin aliento. La miró intensamente y ella abrió los ojos como platos al darse cuenta de lo que le estaba pidiendo—. ¡Linc! Tengo que arreglarme para ir al trabajo.

—No llegarás tarde, tranquila —le prometió él, antes de tumbarla de espaldas y volver a besarla.

El matrimonio tenía muchas ventajas, y Linc estaba decidido a disfrutarlas todas.

Media hora después, y habiendo renunciado al café, Lori se vestía a toda prisa mientras Linc salía de la ducha. Ya se había maquillado, aunque a Linc no le parecía que le hiciera falta, y se estaba poniendo un jersey azul claro sobre una falda de traje.

—¿Qué vas a hacer hoy? —le preguntó ella mientras se ajustaba el cuello.

—Voy a firmar los papeles del garaje.

Lori pareció sorprendida.

—¿Ya se ha cerrado el trato?

Linc permaneció en la puerta del cuarto de baño con una toalla alrededor de la cintura.

—Llevaba dos años vacío y el dueño quería venderlo cuanto antes —Linc tenía intención de abrir en Cedar Cove una sucursal del negocio de su familia: Wyse Men Auto & Body Shop, anteriormente conocido como Three Wyse Men. Sus hermanos se bastaban por sí mismos para ocuparse de todo en Seattle, pero al abrir un segundo local Linc les ofrecía la oportunidad para triunfar por su cuenta. Además, uno de ellos tenía que estar cerca de Mary Jo para echarle un ojo, aunque Linc tenía que admitir que eso era más una excusa que un motivo. Le gustaba vivir en Cedar Cove, o mejor dicho, le gustaba vivir con Lori.

—Esta tarde sólo trabajo hasta las tres —le dijo ella. Pasó al dormitorio y se puso una chaqueta negra que, aun no combinando con la falda, le sentaba muy bien. Para completar su atuendo se puso un camafeo en la solapa.

Linc prefería los vaqueros y camisetas, pero tenía que reconocer que Lori vestía con mucho estilo. Trabajaba en una tienda de alta costura en Silverdale y era especialista en diseño y confección.

—Compraré algunas cosas para comer de camino a casa —tras cepillarse el pelo, se colgó el bolso al hombro y se dispuso a salir.

Linc la agarró de la mano.

—¿No vas a darme un beso de despedida?

Lori sonrió y sus ojos brillaron maliciosamente.

—No, no lo haré. Un beso llevaría a algo más, y ya voy con retraso.

—Sólo uno —insistió él—. Por favor...

El beso de Lori lo dejó con las rodillas temblorosas, y tuvo que aclararse la garganta para volver a hablar.

—Volveré del notario a las cuatro.

—Genial. Compraré una botella de vino para celebrarlo.

—Buena idea.

—Hasta luego —se despidió ella con otro beso, más largo y apasionado, para luego apartarse bruscamente y dejarlo excitado y aturdido.

—Eres una mujer muy malvada, Lori Wyse —le dijo él mientras ella se alejaba.

Salió de casa quince minutos después de Lori. Tenía que hacer varios recados y luego debía reunirse con sus hermanos en Seattle para hablar del negocio. Al volver a Cedar Cove tuvo que ir a la notaría para firmar los papeles del garaje, por lo que eran casi las cinco cuando finalmente pudo marcharse a casa. Quería recoger a Lori y llevarla a ver el garaje. Deseaba contarle las ideas que tenía para el nuevo negocio y, sobre todo, compartir aquel momento con ella. Se llevarían el vino al local y brindarían allí por un nuevo y prometedor futuro.

Al llegar a casa vio una limusina negra aparcada en el sitio donde él solía dejar su camioneta. Antes de llegar a la puerta oyó las voces que salían del interior.

—¡No digas eso, papá! —era Lori quien gritaba, y parecía a punto de echarse a llorar.

Maldición... Lori aún no le había dicho a su familia que estaban casados. Linc no entendía por qué, pero no quiso indagar en los motivos que pudiera tener Lori, ya que era un tema que la incomodaba bastante.

Pero al final sólo había conseguido que su padre se disgustara, y, francamente, a Linc no le extrañaba. Ahora le tocaría a él esforzarse al máximo para aclarar las cosas.

Abrió la puerta y entró en el salón. Lori estaba de pie junto a la chimenea, y su padre, un hombre calvo y corpulento, se situaba a un paso de ella. Tenía una mano levantada, como si hubiera estado reprendiéndola con el dedo, y la otra la mantenía apretada al costado. Los dos se giraron para mirar a Linc.

—Hola —saludó él, intentando aparentar una serenidad que no sentía—. Usted debe de ser el padre de Lori. Es un placer conocerlo, señor Bellamy —le ofreció la mano, pero Leonard Bellamy la ignoró y se volvió de nuevo hacia su hija.

—¿Es éste?

—Papá, te presento a mi marido, Lincoln Wyse. Linc, te... presento a mi padre.

Linc se acercó a ella y le pasó un brazo protector alrededor de los hombros.

—Has hecho muchas estupideces en tu vida —dijo Bellamy, quien seguía ignorando a Linc como si no estuviera presente—, pero esto... esto ya es el colmo.

—Señor Bellamy, si me permite...

—Si quiero que hables te lo diré —gritó el anciano—. ¿Es que no tienes cerebro, Lori Marie? ¿Cómo puedes casarte con un hombre al que no conoces de nada? ¿Qué sabes de su familia y de su vida?

—Si me permite...

—Tú no te metas —lo interrumpió Leonard, apuntándolo con un dedo acusatorio—. Esto es algo entre mi hija y yo.

Lori le apretó el brazo a Linc para que hiciera lo que su padre decía. A Linc no le gustó nada guardar silencio, pero esperó impacientemente a que el otro hombre acabara de despotricar.

—Primero te comprometiste con aquel criminal...

—Lo de Geoff fue un error.

—¡Un error! —gritó Leonard—. ¿Así es como lo llamas ahora? Fue una vergüenza para toda la familia. ¿Cómo crees que nos sentimos tu madre y yo cuando tuvimos que cancelar la boda? Ni siquiera pudimos presentar una excusa decente. ¿Qué íbamos a decir, con el nombre de Geoff apareciendo en todos los periódicos de Kitsap? Todo el condado sabía por qué se anuló la boda.

—No... no sabía la clase de hombre que era Geoff —se defendió Lori, pero la voz le temblaba de vergüenza y mortificación—. Admito que lo juzgué mal, pero a ti también te gustaba, ¿recuerdas?

Su padre ignoró el comentario.

—¿Qué te hace pensar que esto es distinto? ¿Cuánto tiempo hace que os conocéis, por cierto?

—El suficiente —respondió Linc, incapaz de seguir callado.

—Te he dicho que no te metas en esto —gritó Bellamy. Empezó a andar de un lado a otro, pero volvió a detenerse y fulminó a Lori con la mirada—. ¿En qué estabas pensando? —cerró brevemente los ojos—. ¿Qué bicho te ha picado para que te cases con un completo desconocido?

—Papá...

—¿Puedes imaginarte cómo se sintió tu madre cuando fue una amiga, ¡una amiga!, la que le dijo que te habías casado?

—Papá, por favor...

—¿No podías habérnoslo dicho tú misma? —Leonard seguía gritando como un energúmeno y no permitía que Lori se explicara.

—Señor Bellamy —volvió a intentarlo Linc.

Lori se cubrió la cara con las manos y empezó a llorar.

—Esta vez sí que la has hecho buena —siguió acusándola su padre—. Nunca haces nada a derechas, y lo que es peor, eres incapaz de aprender de tus errores.

Linc frunció el ceño y dio un paso adelante. Entendía que el padre de Lori estuviera enfadado, pero no iba a permitirle que se pasara de la raya.

—Nadie de la familia había hecho nunca algo así. Tu madre está destrozada.

—Lo siento —murmuró Lori entre sollozos.

—No te bastó con aquella estupidez, sino que te empeñas en cometer una tras otra —se dio la vuelta y miró a Linc con ojos entornados—. ¿Un mecánico, Lori? Por amor de Dios, ¿cómo se te ocurre casarte con un mecánico? No sólo tenemos que soportar que nuestra hija se case en secreto, sino que encima lo haga con un hombre zafio, inculto y con las manos manchadas de grasa. ¿Qué te ha pasado, niña? ¿Dónde tienes la cabeza?

—Señor Bellamy —intervino Linc con dureza. Una cosa era aguantar los insultos dirigidos a él, pero no podía quedarse al margen mientras el padre de Lori la humillaba como si fuese una cría—. Comprendo que esté furioso, y soy el primero en reconocer que nos precipitamos al casarnos. Pero eso no le da derecho a ofender a mi esposa en nuestra casa.

—¿En vuestra casa? —la cara de Leonard se puso roja, y Lori apretó con fuerza el brazo de Linc.

—Este edificio es propiedad de mis padres —susurró—. No pago alquiler.

Linc no lo sabía, y ojalá Lori se lo hubiera dicho antes.

—Si quiere que abandonemos esta casa, nos marcharemos a final de mes —sugirió.

—Pues claro que quiero que te vayas —espetó Bellamy—. Quiero que desaparezcas de la vida de mi hija.

En vez de discutir, Linc se limitó a negar con la cabeza.

—Lori y yo estamos casados.

Leonard manifestó su desdén con un bufido.

—Viste una buena oportunidad y la aprovechaste, ¿verdad? Lori era una presa muy fácil. Estaba pasando un mal momento y decidiste aprovecharte de ella por su apellido.

—¿Por su apellido?

—Lori viene de una familia rica, y si tu intención es...

—¡Espere un momento! —a pesar de sus esfuerzos Linc empezaba a perder la paciencia—. Yo no necesito su dinero ni su apellido.

Bellamy lo miró con una expresión de incredulidad y desprecio.

—Eso ya lo veremos.

Sus palabras quedaron amenazadoramente suspendidas en el aire, pero Linc no iba a dejarse intimidar.

—Tal vez sea el dueño del edificio, pero no es el dueño de su hija. Le sugiero que se marche de inmediato, antes de que digamos o hagamos algo que lamentemos.

Bellamy lo apuntó con el dedo varias veces, pero finalmente se dio la vuelta y salió por la puerta. El portazo hizo vibrar los cristales de las ventanas.

La tensión era asfixiante. Lori rompió a llorar y Linc la rodeó rápidamente con los brazos y la apretó con fuerza contra su pecho. Las lágrimas le mojaron la camisa mientras le acariciaba suavemente el pelo.

—La amiga de mi madre, Brenda, es la dueña de la tienda de ropa. Me prometió que no diría nada hasta que yo hubiese hablado con mis padres, pero...

—No pasa nada, Lori —le susurró él—. Aunque deberíamos habérselo dicho antes.

—Lo sé, lo sé, pero temía la reacción de mi padre...

—Acabará aceptándolo —le aseguró Linc, confiando en que fuera cierto.

—Tú no conoces a mi padre.

—Tenemos que darle tiempo. Haré todo lo que esté en mi mano para demostrarle a tu familia que soy un buen marido.

—No importará lo que hagas —replicó ella—. Mi padre nunca me perdonará. Aún estaba furioso por lo de Geoff, y ahora esto...

—¿Quieres que nos divorciemos? —se sentía obligado a preguntarlo.

—No, eso jamás —respondió ella inmediatamente, abrazándolo con fuerza.

—Yo tampoco —murmuró él, y le pareció que Lori sonreía contra su hombro—. Vamos, tenemos algo que celebrar.

Ella lo miró con extrañeza.

—Esta tarde he firmado los papeles del garaje, ¿no te acuerdas?

Lori esbozó una temblorosa sonrisa y volvió a abrazarlo.

—Me da igual lo que piense mi familia. Soy muy feliz de haberme casado contigo.

Linc también lo era. Giró a Lori entre sus brazos y la hizo avanzar hacia el dormitorio.

—¿Será siempre igual que ahora? —le preguntó ella.

—Espero que no —respondió él, riendo—. Tanta felicidad podría matarme.

CAPÍTULO 3

Con la vista fija en el teléfono, Will Jefferson se preparó mentalmente para llamar de nuevo a Shirley Bliss. Ya eran dos las excusas que la mujer le había dado para rechazar sus invitaciones. O bien tenía una vida social muy activa o bien no estaba interesada en él. Will no era vanidoso, pero le costaba creer la segunda posibilidad. O mejor dicho, sí que era un poco vanidoso. No en vano, era un hombre atractivo, inteligente y con éxito, un verdadero seductor que sabía sacarle el máximo partido a sus encantos varoniles.

También era perseverante como pocos. No habría llegado tan lejos en la vida sin una buena dosis de coraje y tenacidad. Había regresado a Cedar Cove, su pueblo natal, donde se hizo con una galería de arte en quiebra y se propuso a empezar desde cero.

Como era lógico, también había cometido errores, y si volviera atrás haría algunas cosas de un modo muy diferente. Por ejemplo, le habría dedicado más atención a Grace, la mejor amiga de su hermana pequeña.

Años más tarde se fijó en Grace, pero para entonces ya era demasiado tarde. Habían retomado el contacto poco después de la muerte de Dan Sherman, el marido de Grace. Will le envió una carta de condolencias y se permitió añadir su dirección de correo electrónico. Poco después empezaron a mantener una amistosa correspondencia. Will nunca había sospechado que Grace estaba enamorada de él en el instituto, y el descubrimiento lo ayudó a aliviar su situación actual. Su matrimonio con Georgia se deterioraba irremediablemente y nada quedaba por salvar. Al cabo de cinco años de relación agonizante tuvo una aventura con una mujer de su oficina. Naturalmente se arrepintió enseguida y le suplicó a Georgia que lo perdonara. Ella lo perdonó y él se lo agradeció de corazón, pero el recuerdo de la infidelidad nunca llegó a desaparecer entre ellos, como una herida que no acabara de cicatrizar. Un miembro dislocado podía quedar para siempre debilitado, incapaz de soportar la presión y el estrés.

Ahora se daba cuenta de que Georgia nunca lo había perdonado del todo. Era como si hubiese estado esperando a que volviera a hacerlo. Y, efectivamente, él volvió a hacerlo.

No podía culparla, ya que era él quien se había descarriado, pero su mujer llevaba tanto tiempo ignorándolo que cuando una joven camarera se puso a tontear con él se mostró excesivamente halagado y receptivo.

Sally era joven, guapa y muy impresionable, y Will llegó hasta el final con ella.

Georgia lo sabía todo, pero no dijo una sola palabra y tampoco él. Sally quería que dejara a su mujer, y Will lo hubiera hecho con gusto si a Georgia no le hubieran diagnosticado un cáncer de mama. No podía abandonarla cuando ella más lo necesitaba. Al cabo de dos años, Sally rompió la relación.

Por suerte, Georgia se recuperó del cáncer y durante un tiempo Will pensó que su matrimonio podía funcionar. Intentó hacerla feliz y recuperar lo que habían compartido en los viejos tiempos. Cada semana le llevaba flores y regalos; le proponía que salieran a cenar o bailar y no escatimaba esfuerzos para reconquistarla. Pero nada de lo que hizo consiguió devolver el brillo del amor a sus ojos. Todo era inútil. La había engañado, no una, sino dos veces, y ella jamás volvería a confiar en él.

El matrimonio había muerto y si seguían juntos tan sólo era por conveniencia y comodidad. Will ni siquiera había llegado a los cincuenta, y en los años siguientes tuvo más aventuras. A Georgia no parecía importarle y al cabo de un tiempo a Will dejó de remorderle la conciencia. Más que una pareja casada parecían hermanos, y sin embargo permanecían juntos. Era más fácil de aquella manera, ya que sus respectivos trabajos y vidas sociales estaban íntimamente ligados.

Le había hecho creer a Grace que iba a divorciarse de Georgia. No quería perderla, igual que había perdido a Sally. Estaba firmemente decidido a explicarle la situación... cuando llegara el momento. Grace era todo lo que él deseaba, pero también perdió aquella oportunidad. Antes de que pudiera contárselo todo, Grace salió de su vida y fue imposible hacerla cambiar de opinión. Pero lo que ella nunca supo, lo que él nunca tuvo ocasión de decirle, fue que habría dejado a Georgia si Grace se lo hubiera pedido. Tal vez no enseguida, pero sí muy pronto. En cuanto hubiera hecho los arreglos necesarios.

En sus esfuerzos por recuperarla había hecho más daño que bien. Por aquel entonces Grace se había enamorado de Cliff Harding y no quería volver a saber nada más de Will. Desesperado por demostrarle sus sentimientos, Will perdió la cabeza y en una feria agrícola se enzarzó en una lucha a puñetazos con Cliff. Aún se encogía de vergüenza al recordarlo.

Fue entonces cuando su vida empezó a derrumbarse. Georgia descubrió lo de Grace, y aunque no habían hecho otra cosa que hablar por teléfono y escribirse correos electrónicos, aquella relación a distancia fue el detonante que acabó por romper el matrimonio. Después de tantos años haciendo caso omiso de sus aventuras extraconyugales, Georgia lo abandonó por unos cuantos e-mails enviados a una vieja amiga. La situación no podría resultar más irónica.

Visto en perspectiva, Will se sentía aliviado. Su matrimonio llevaba años en dique seco, y aunque nunca se había imaginado que llegara en solitario a la edad de jubilación, tenía que aceptar su nueva situación y admitir que Georgia y él estaban mucho mejor separados.

Tras hacerse definitivo el divorcio, Will volvió a Cedar Cove y alquiló un apartamento mientras buscaba la manera de llenar el tiempo. No era fácil regresar al pueblo después de tantos años, y menos sin otras pertenencias que una furgoneta alquilada y algunas maletas.

Fue su hermana Olivia quien le sugirió que comprara la galería de arte. Will siguió su consejo y no sólo compró la galería, sino todas las existencias e incluso el mismo edificio, uno de los más antiguos del pueblo y que necesitaba urgentes reformas. Nadie se hubiera imaginado que pudiera convertirlo en un negocio próspero y boyante, pero a Will Jefferson siempre le habían gustado los desafíos.

Respiró hondo y agarró el teléfono. Se sabía de memoria el número de Shirley Bliss. La había llamado tantas veces que sus dedos marcaron los dígitos automáticamente.

Shirley, una artista viuda que exponía sus trabajos en la galería, lo atraía como ninguna otra mujer lo había atraído desde Grace Sherman... ahora Grace Harding. Will había estado tan enamorado de Grace, y tan cerca de compartir su vida con ella, que el hecho de haberla perdido seguía sumiéndolo en la tristeza.

—¿Diga? —preguntó Tanni, la hija adolescente de Shirley.

—Hola, Tanni —la saludó Will alegremente—. ¿Cómo va todo?

—Bien, supongo.

—¿Sabes algo de Shaw? —Will había movido algunos hilos para que aceptaran al novio de Tanni en la Escuela de Arte de San Francisco. Quería que Shirley estuviera en deuda con él, pero hasta el momento apenas le había mostrado gratitud.

—No.

Por la tensión que despedía la voz de la chica Will supo que era un tema delicado que más valía evitar.

—¿Está tu madre en casa? —le preguntó. Al no tener hijos, Will se sentía en incómoda desventaja cuando hablaba con adolescentes.

—Está en el calabozo.

—¿Cómo?

—En el sótano —explicó Tanni—. Donde trabaja.

Se refería a su estudio, sin duda.

—¿Te importaría decirle que estoy al teléfono?

La chica pareció vacilar.

—No le gusta que la molesten mientras está trabajando.

Y Tanni era la encargada de montar guardia sobre el foso que conducía al castillo y sus mazmorras.

—De todos modos díselo, si eres tan amble.

—Está bien —aceptó ella, aunque obviamente no le hacía ninguna gracia.

Will oyó cómo se alejaban sus pasos y el grito que daba para llamar a su madre. Al cabo de un momento volvió y agarró de nuevo el teléfono.

—Dice que si has vendido otra pieza le envíes el cheque.

—No es eso. Dile que tengo que preguntarle una cosa.

—Está bien.

Volvió a oír sus pisadas alejándose y cómo gritaba otra vez. Durante uno o dos minutos no oyó nada, hasta que...

—Soy Shirley.

La frialdad que había percibido en Tanni resultaba aún más evidente en la voz de su madre.

—Espero no haberte interrumpido —dijo Will, intentando adoptar su actitud más encantadora.

—No pasa nada —respondió ella con una voz un poco más suave—. Necesitaba tomarme un descanso.

Will se permitió relajarse un poco.

—Te llamo para saber si estás libre el sábado por la noche. Tengo entradas para el teatro —en vez de darle ocasión para que volviera a rechazarlo, siguió hablando con toda naturalidad—. Peggy Beldon vino esta semana a la galería a comprar un collage para su dormitorio y dijo que Bob actúa en *El vio-*

linista en el tejado. Es una de mis obras favoritas y me gusta apoyar al teatro del pueblo.

—¿Este sábado?

—Sí.

—Lo siento, Will, pero le prometí a Miranda que asistiría a la recaudación de fondos en la biblioteca.

Will ya se esperaba una respuesta semejante.

—Quizá pueda cambiar las entradas para otro día —no iba a rendirse tan fácilmente.

—No lo creo —dijo Shirley, y a Will le pareció detectar un dejo de remordimiento en su voz—. Esta mañana he leído en el *Chronicle* que las entradas están agotadas. Posiblemente tengan que ofrecer funciones extras.

—Bueno, a lo mejor podríamos ir a una de ésas.

—A lo mejor.

—¿Qué tal el domingo? —le preguntó de sopetón, sin saber qué sugerirle. ¿Un paseo por la costa? ¿Una película? ¿Un café? Ya había probado con todas esas opciones y no había conseguido nada.

—Imposible. Miranda y yo vamos a...

—¿Quién es Miranda? —la interrumpió él. Nunca le había oído a Shirley hablar de ella, pero su nombre ya había salido dos veces en aquella conversación. Fuera quien fuera, Will sospechaba que le gustaba meter cizaña.

—Miranda es una buena amiga. Nos conocemos desde hace muchos años, pero perdimos el contacto y no volvimos a recuperarlo hasta que murió mi marido. Miranda también perdió al suyo, hace cinco años. Puede que hayas oído hablar de él... Hugh Sullivan, un paisajista. Bueno, el caso es que Miranda me está ayudando mucho desde que me quedé viuda.

Will quería ser él quien ayudara a Shirley en su nueva vida. Su ilusión era que juntos pudieran encontrar el camino a la felicidad.

—Lo mejor será dejarlo para otra ocasión —dijo Shirley con voz tajante, y dio por terminada la conversación antes de que

Will pudiera sugerir algo más–. Gracias por llamar, Will. Adiós.

Will ni siquiera tuvo tiempo de decir nada. Sacudió la cabeza y colgó.

Tal vez estuviera perdiendo sus habilidades, porque por lo demás seguía conservando su atractivo. Las canas comenzaban a platear su abundante pelo castaño, dándole la imagen de un hombre interesante y seguro de sí mismo. No era un fanático del deporte, pero hacía ejercicio con regularidad y se mantenía en forma. Tampoco era rico, pero sí disfrutaba de una posición acomodada incluso después de haber comprado la galería.

Georgia, fiel a sus principios, había sido más que justa en el acuerdo de divorcio. Al parecer se sentía culpable por la separación, siendo él quien la había engañado. Will sabía que su madre y su hermana seguían teniendo contacto con ella, pero él no. Sería demasiado incómodo.

No sabía qué era lo que Shirley Bliss tanto aborrecía de él. Nunca había tenido problemas para gustar y seducir a las mujeres, hasta que la conoció a ella.

A pesar de sus recelos, no obstante, Will presentía que Shirley se sentía atraída por él y que en el fondo desearía conocerlo mejor. Pero por alguna razón no podía acercarse y tampoco permitía que él lo hiciera.

Entonces lo comprendió.

La respuesta estaba clarísima. Shirley quería salir con él. También ella intuía que harían una buena pareja y sentía la misma química que Will. El problema era que tenía miedo.

Era lógico. Después de pasarse buena parte de su vida atada al mismo hombre, temía lo que pudiera ocurrir si se dejaba dominar por sus sentimientos hacia otra persona.

Lo que Will debía hacer era darle tiempo y planear una estrategia para convencerla...

El sábado por la noche, después de cerrar, miró por la ventana de la galería hacia las parpadeantes luces de los astilleros. En el puerto, los veleros se mecían con el suave oleaje que dejaba a su paso el ferry de Bremerton. Will desvió la mirada hacia la biblioteca. Había leído algo sobre el acto benéfico, pero no había pensado en ello hasta que Shirley le habló de los planes que había hecho con su amiga.

De repente lo asaltó una duda. ¿Le habría dicho Shirley la verdad? ¿Estaría realmente en aquella recaudación de fondos? El único modo de comprobarlo era presentándose él mismo en la biblioteca. No había hecho ningún plan para aquella noche, pues no le apetecía ir solo al teatro, de modo que decidió convertirse en un improvisado mecenas de la biblioteca. Le resultaría incómodo volver a encontrarse con Grace, pero ella tenía que saber que él también había seguido adelante con su vida, y no había mejor manera de demostrárselo.

Se afeitó, se echó un poco de colonia cítrica y se puso un chaleco gris que su madre le había tejido. No se atrevía a pensar en las horas que Charlotte le había dedicado a la labor, pero le tenía mucho aprecio a aquella prenda y siempre la vestía en ocasiones especiales... como aquella velada, en la que tendría la oportunidad de hablar con Shirley cara a cara.

Con las manos en los bolsillos del chaleco, bajó a pie la colina hasta la biblioteca. La música llegó a sus oídos mucho antes de llegar al edificio. Grace había contratado a una banda de música de cámara, y todo parecía indicar que aquel evento era mucho más formal y elegante de lo que Will había pensado.

La primera persona a la que vio al entrar en la biblioteca fue a su hermana, Olivia. Junto a ella estaba Jack Griffin, su marido, en cuyo rostro se reflejaba una preocupación permanente. Olivia se estaba recuperando del cáncer y justo antes de Navidad había estado a punto de morir por una gravísima infección. Toda la familia había estado en vilo, así como sus muchas amistades, incluida Grace.

Will veía a Olivia con otros ojos después de haberla visto tan enferma. Hasta ese momento no se había dado cuenta de lo mucho que quería a su hermana pequeña, y la necesidad de protegerla era más fuerte que nunca.

No se percató de que estaba bloqueando la entrada hasta que alguien le pidió amablemente que le permitiera el paso.

—Lo siento —se disculpó mientras se adentraba en la sala.

Los camareros circulaban entre los asistentes con bandejas llenas de champán y entremeses. Will pensó que necesitaría comprar un ticket y se acercó a una mesa donde una mujer estaba recogiendo dinero. Mientras esperaba su turno miró a su alrededor con la esperanza de encontrar a Shirley. No tardó en localizarla. Estaba hablando con Grace y con otra mujer que debía de ser Miranda.

En aquel momento, como si hubiera sentido que la estaba observando, Shirley se giró y sus ojos se encontraron. Entornó lentamente la mirada, y Will se la mantuvo.

Miranda le dijo algo a Shirley, quien volvió a mirarlo y asintió.

Sin duda le había preguntado por él. Interesante, pensó Will mientras observaba a la amiga de Shirley. Era mucho más alta que ella, casi tanto como él, que medía un metro ochenta y cinco. Shirley era pequeña y delicada, todo lo contrario a Miranda.

Will pagó su ticket y decidió abordar a Shirley. Tal vez podrían hablar un rato y luego deshacerse de su amiga e ir a cenar. No había ningún motivo para desperdiciar una hermosa velada. De camino hacia Shirley agarró una copa de una bandeja y tomó un sorbo. No era champán, pero sí un vino decente y espumoso, seguramente de California.

Shirley lo saludó con la mano y se dirigió hacia él, acompañada de Miranda. Las dos mujeres sostenían copas medio llenas que intentaban mantener en equilibrio mientras caminaban.

—Will —dijo Shirley con una cálida sonrisa—. No esperaba verte aquí. ¿No ibas a ir al teatro?

—Cambié de planes en el último minuto —respondió él. Le devolvió la sonrisa y miró de reojo a su amiga.

Shirley pareció darse cuenta de que le tocaba hacer las presentaciones de rigor.

–Ésta es la amiga de la que te hablé. Miranda Sullivan. Will Jefferson.

–Mucho gusto –dijo Miranda, aunque su voz insinuaba todo lo contrario.

–Lo mismo digo –respondió Will en un tono similar, molesto por la manifiesta hostilidad de aquella desconocida. Por alguna razón parecía rechazarlo, a pesar de no saber nada sobre él.

Shirley pareció darse cuenta, porque miró rápidamente a uno y a otro.

–Le estaba diciendo a Miranda lo mucho que has ayudado a Tanni y a Shaw.

Will inclinó ligeramente la cabeza.

–Me alegra haber sido de ayuda. Shaw es un joven con mucho talento que se merecía una oportunidad.

Miranda sonrió con evidente sarcasmo, pero no hizo ningún comentario.

–Hablando de Tanni, veo que al final se ha decidido a venir –dijo Shirley–. Si me disculpáis un momento... –se dirigió hacia la puerta, dejando a Will a solas con Miranda.

Normalmente, Will no le tomaba antipatía a alguien a quien acabara de conocer, y mucho menos a una mujer, pero en aquel caso tal vez estaba reaccionando al desagrado que ella no se molestaba en ocultar. No se imaginaba cuáles podrían ser los motivos de su aversión, a menos que Miranda hubiera oído rumores sobre él. Fuera como fuera, no lo preocupaba especialmente y prefería ver a Miranda como un desafío. Al fin y al cabo, era amiga de Shirley y más le valdría tenerla como aliada.

–¿Sois buenas amigas, Shirley y tú? –le preguntó.

–Muy buenas amigas –respondió ella, tomando un sorbo de la copa–. ¿Por qué lo pregunta?

Era directa y no parecía dispuesta a facilitarle las cosas, de modo que cambió de táctica y decidió ser directo él también.

—Por la mirada que me has echado.
Miranda arqueó sus negras cejas.
—¿Yo lo he mirado?
—¿No lo has hecho?
—No.
Will sonrió. La verdad era que se divertía con aquel juego absurdo.
—Mentirosa.
Miranda se echó a reír.
—Si le soy sincera, señor Jefferson, no creo que usted me guste.
Will pensó que debería preguntarle el motivo, pero en realidad no le importaba.
—El sentimiento es mutuo —le dijo, mirándola fijamente a los ojos—. Pero tenemos algo en común, y es que ambos apreciamos mucho a Shirley.
Miranda respondió asintiendo brevemente con la cabeza.
—Y por el bien de Shirley, quizá deberíamos intentar llevarnos bien, ¿no te parece?
Ella se quedó examinando el burbujeante líquido de su copa y tardó unos segundos en responder.
—Quizá.
—Hablando de otra cosa, pero que guarda relación, estoy buscando a una persona que conozca bien el mundo del arte para trabajar en mi galería —recordó lo que Shirley le había contado acerca del marido de Miranda—. Tengo entendido que estás sumamente cualificada para estas cosas —una exageración, tal vez, pero mientras funcionara...—. ¿Estarías dispuesta a considerarlo?
La verdad era que una persona como Miranda le sería de gran ayuda en la galería. No sólo por el trabajo en sí, sino por la información que pudiera suministrarle sobre Shirley.
—Mi marido era pintor —murmuró ella.
—Hugh Sullivan, el paisajista —tomó nota mentalmente para investigar al tal Hugh.
Miranda sonrió con condescendencia.

—Lo pensaré, señor Jefferson.
—Bien —dijo él, complacido al comprobar que se la estaba ganando. Lo siguiente era granjearse el afecto de Shirley Bliss.

Con la bendición de su amiga Miranda.

CAPÍTULO 4

El domingo por la tarde volvía a lucir un sol espléndido. Mack trabajaba en el jardín y Mary Jo limpiaba las ventanas. Aquella mañana había ido a la iglesia mientras Mack acababa su guardia nocturna en el parque de bomberos. Los dos regresaron a casa al mismo tiempo y decidieron pasar al aire libre aquella tarde tan agradable.

La sensación de paz y compañerismo embargaba a Mack mientras sembraba el césped y Mary Jo limpiaba concienzudamente los cristales y el alféizar de cada ventana. Noelle estaba durmiendo en el interior de la casa, por lo que Mary Jo había dejado entreabiertas las puertas frontal y trasera para poder oírla. Al acabar, se alabaron mutuamente por la labor realizada y recogieron las cosas. Las ventanas habían quedado diáfanas y relucientes, el césped verdeaba con fuerza y el huerto ya parecía un huerto de verdad. Las lechugas empezaban a brotar y Mary Jo había plantado judías, maíz y guisantes.

–Tengo que ir al supermercado –anunció Mary Jo a las cuatro.

–¿Quieres compañía? –él no necesitaba comprar nada, pero lo que más le apetecía era pasar tiempo con ella.

–Claro, si quieres. Tengo que comprar pañales y alguna otra cosa. No tardaré mucho.

–Después puedo llevarte a comer, si te apetece –se lo dijo

en tono despreocupado, pero por dentro era un manojo de nervios. Cada vez que le parecía estar progresando en su relación con Mary Jo, ocurría algo que lo echaba todo a perder. Tenía que ir con pies de plomo.

—No tienes por qué hacerlo, Mack, pero gracias.

—Es lo menos que puedo hacer —dijo él—. Para pagarte todas las cenas que me has hecho.

—Oh, no. Me gusta cenar contigo, y además, estoy tan acostumbrada a cocinar para mis hermanos que siempre hago más comida de la que podría comerme yo sola. En realidad me haces un favor.

Era la misma explicación que Mack se había dado a sí mismo días antes, pero no le gustó nada oírla en labios de Mary Jo.

Se encogió de hombros y sonrió para ocultar su frustración. ¿Por qué había tenido que enamorarse de la única mujer en el mundo que no quería volver a saber nada del amor? Su única esperanza era que Mary Jo empezara a confiar en él y correspondiera a sus sentimientos de igual manera...

Noelle estaba despierta y muy contenta cuando Mack, después de ducharse y cambiarse de ropa, se encontró con ellas en la puerta. Agarró la sillita y se puso a hacer ruidos y muecas que deleitaron a la pequeña mientras la metía en el coche de Mary Jo. Ella había sugerido que fueran en su vehículo y él se había ofrecido a conducir.

Apenas hablaron de camino al supermercado.

—¿Has averiguado algo más sobre las cartas? —le preguntó ella al cabo de un largo silencio.

—Se me ha ocurrido algo que podría ayudarnos —dijo él.

—¿Qué? —preguntó Mary Jo con evidente interés.

—En una de las cartas, en la que Jacob habla del pescado y las patatas fritas, escribió que había crecido junto al Estrecho de Puget, es decir, aquí mismo.

—Sí —murmuró ella—. De modo que no sólo estaba destinado aquí, sino que era también su casa.

—Así es. Podríamos comprobar las listas de alumnos del

instituto de los años treinta y principios de los cuarenta. El apellido de ella tal vez haya cambiado, pero él de él no.

—Quizá podamos averiguar la dirección de su familia —dijo Mary Jo, muy excitada—. Me pondré a ello mañana mismo. ¿Y tú puedes hablar con tu amigo?

—¿Mi amigo?

—Sí, nuestro casero. A lo mejor puede hablarnos de los anteriores propietarios, o al menos de los más recientes.

—Ah... —a Mack no se le daba bien mentir, pero no se atrevía a decirle la verdad por temor a que hiciera las maletas y se largara de Cedar Cove, furiosa porque la hubiera manipulado—. Sí, hablaré con él —prometió.

—¿Pronto?

—Sí —aceptó, impaciente por cambiar de tema.

—Me muero de curiosidad por saberlo todo sobre esas cartas... Oh, Mack, ojalá hubieras leído más. Son preciosas —hizo una pausa y continuó—. Estaba pensando que si alguien puede hablarnos del anterior propietario es Charlotte Rhodes. Incluso es posible que conociera a los Manry.

—Sí, buena idea —se lo preguntaría a Charlotte, pero lo haría cuando Mary Jo no estuviera presente. Temía que su madre le hubiera dicho a su amiga que él había comprado el dúplex.

—Ella conoce a todo el mundo en el pueblo.

—Cierto —murmuró él secamente.

Mary Jo lo miró extrañada, pero él no hizo más comentarios y suspiró de alivio cuando entró en el aparcamiento del Wal-Mart. No quería seguir hablando de las cartas, del dúplex ni de Charlotte Rhodes.

Encontró un hueco libre cerca de la entrada y apagó el motor. Mary Jo sacó a Noelle del asiento trasero y Mack agarró un carrito para llevar a la pequeña.

—¿Quieres que lo lleve yo? —le preguntó a Mary Jo.

—Sí, por favor.

Tal vez fuera absurdo, pero a Mack le gustaba fingir que eran una pareja casada y confiaba en que algún día el sueño se hiciera realidad.

Mary Jo se dirigió hacia la sección infantil, seguida por Mack y el carrito. Mack imitaba los ruidos de un motor para distraer a Noelle cuando de repente oyó la exclamación de Mary Jo.

−¡Mira! Ahí están Charlotte y Ben.

Mack levantó la cabeza y maldijo su suerte cuando vio a Mary Jo apuntando a la sección de libros y revistas. Genial. Ignoraba lo que Charlotte pudiera saber de las cartas, pero temía que pudiera revelar más de la cuenta.

−Tal vez tenga prisa...

−No digas tonterías −se lanzó detrás de Charlotte y a Mack no le quedó más remedio que seguirla con el carrito−. ¡Charlotte! −gritó, y la anciana se dio la vuelta.

Estaba con su marido, Ben Rhodes, el abuelo de Noelle, y sus ojos se iluminaron en cuanto los vio a los tres.

−Vaya, qué sorpresa −dijo, acercándose a ellos con los brazos extendidos. Abrazó a Mary Jo y a Mack y le sonrió a Noelle−. ¡Cuánto ha crecido desde la última vez que la vimos!

−No fue hace tanto tiempo −dijo Ben, inclinándose para hacerle cosquillas a Noelle en la barbilla.

Ben seguía ofreciendo el porte distinguido y apuesto de un almirante. Era un hombre honesto que nunca eludía su responsabilidad. Mack sabía que su hijo David lo había herido profundamente.

−Si queréis, puedo ir a veros con Noelle una vez a la semana −ofreció Mary Jo−. Sois los únicos abuelos que tiene.

Charlotte y Ben intercambiaron una mirada entre ellos.

−Nos encantaría −dijo Charlotte con entusiasmo−. Gracias, Mary Jo. Significaría mucho para nosotros.

−Los miércoles es cuando mejor me viene, después de recogerla de casa de Kelly.

Kelly Jordan era la persona encargada de cuidar a Noelle. La anciana pareja volvió a intercambiar una mirada.

−Eso sería perfecto −dijo Ben.

−En ese caso, me pasaré el miércoles después del trabajo. Os prometo que no me quedaré mucho tiempo.

—Puedes quedarte todo el tiempo que quieras. Ben y yo estamos deseando ver a nuestra nieta... y a ti también, naturalmente.

—Mack y yo teníamos intención de hablar contigo —le dijo Mary Jo a Charlotte.

—¿Ah, sí?

—Hemos hecho un descubrimiento asombro en el dúplex. Encontré una caja de cartas viejas bajo el suelo del armario de mi habitación.

Mack se acercó a Mary Jo, quien seguía hablando.

—Las cartas se escribieron en los años cuarenta e iban dirigidas a una mujer llamada Joan Manry, que vivía en la casa.

—¿Joan Manry? —repitió lentamente Charlotte.

—¿Te suena el nombre? —le preguntó Mary Jo, esperanzada.

Charlotte arrugó la frente.

—La verdad es que no. Por aquel entonces yo acababa de casarme con Clyde, en contra de la voluntad de mis padres. Era demasiado joven, pero Clyde estaba a punto de irse a la guerra.

—Por lo que he podido deducir, Joan vivía con su hermana en el 1022 de Evergreen Place y trabajaba en los astilleros.

—Como yo —dijo Charlotte—. Lo siento mucho, pero ese nombre no me suena de nada. Aunque haré memoria por si recuerdo algo.

—¿Quién escribió las cartas? —preguntó Ben—. ¿Un soldado?

—Sí. Se llamaba Dennison —intervino Mack—. Jacob Dennison.

—Jacob Dennison... —Charlotte volvió a fruncir el ceño—. Ese nombre sí me resulta familiar, pero no recuerdo por qué.

—Me encantaría saber qué fue de estas dos personas —dijo Mary Jo—. Si Dennison sobrevivió a la guerra y si él y Joan se casaron. De ser así, a sus hijos y nietos les gustaría tener las cartas. Son realmente conmovedoras.

—Es extraño que estuvieran ocultas —comentó Charlotte.
—Sí, no me imagino por qué lo haría. Lo único que se me ocurre es que, por alguna razón, a la hermana de Joan no le gustaba Jacob.
—Es posible —concedió Charlotte—. Veré lo que puedo averiguar sobre esos nombres.
—Eso sería fantástico —dijo Mack, sintiendo como se aliviaba un poco la tensión sobre sus hombros.
—Por casualidad no sabrás quién vivía en el dúplex en los años cuarenta, ¿verdad? —preguntó Mary Jo.
Charlotte negó con la cabeza.
—No, lo siento. Pero sí sé que al principio no era un dúplex.
—¿Cuándo se reformó el edifico?
—Pues no estoy segura. Supongo que hace veinte años, más o menos. El anterior propietario no se preocupaba de mantenerlo, pero todo cambió cuando lo compró Mack.
A Mack se le cayó el alma a los pies, pero al mirar de reojo a Mary Jo se sorprendió al ver que no reaccionaba a la revelación de Charlotte.
—¿Mack sí hizo reformas? —se limitó a preguntar.
—Oh, desde luego —corroboró Charlotte—. Lo reformó por completo.
Mack permaneció callado, por miedo a que cualquier comentario lo condenara aún más a ojos de Mary Jo.
—Ya os he robado bastante tiempo —dijo Mary Jo tras un breve silencio—. El miércoles iré a veros con Noelle.
—Hasta la vista, entonces —Ben empezó a empujar el carro, pero Charlotte se dio la vuelta—. Averiguaré lo que pueda sobre Joan Manry y Jacob Dennison y el miércoles te contaré lo que sepa.
—Muchas gracias. Me muero de ganas por saber algo.
Mary Jo se hizo con el carro y lo empujó hacia el pasillo de los pañales, tan rápido que Mack tuvo que acelerar el paso para mantenerse a su ritmo. Debía de sentirse muy furiosa y traicionada, a juzgar por la rigidez de su espalda y hombros.

No volvieron a intercambiar ni una sola palabra mientras Mary Jo hacía sus compras. Mack guardó silencio mientras ella pagaba e intercambiaba algunas palabras con la cajera, una simpática joven llamada Christie. A Mack le parecía haberla visto antes, pero no recordaba dónde.

Mary Jo parecía bastante animada, hasta que Mack la miró a los ojos. Ella entornó la mirada y él supo que no habría indulto. Estaba muy disgustada y no iba a perdonarle tan fácilmente su engaño.

Tras haber pagado y recogido las bolsas, Mack se adelantó para abrirle la puerta del coche. Normalmente era él quien colocaba a Noelle en la sillita, pero esa vez fue Mary Jo quien lo hizo. Sin otra cosa que hacer, Mack se sentó al volante y esperó a que Mary Jo ocupara su asiento. Entonces volvió a mirarla, con la mano sobre la llave de contacto.

—¿Podemos hablar?

—No.

—¿Puedes decirme al menos cuándo podremos hablar?

Ella no respondió.

—Supongo que eso significa que no será pronto —dijo él, intentando adoptar un tono jocoso.

—Posiblemente —murmuró ella, mirando por la ventanilla lateral.

Mack soltó una prolongada exhalación y sacó el coche del aparcamiento. Durante varios minutos reinó el silencio.

—Justo cuando creía haber conocido a un hombre en el que poder confiar —espetó Mary Jo de repente—, descubro que no sólo me ha mentido sino que ha seguido ocultándome la verdad a pesar de las muchas oportunidades que ha tenido para sincerarse. ¿No estábamos hablando de eso mismo no hace ni media hora?

—Sí, pero...

—¿Puedo creer algo de lo que digas?

—Sí —insistió él.

—Lo dudo —volvió a mirar por la ventanilla y se cruzó de brazos sobre el pecho.

—¿Serviría de algo si te digo que lo siento? —le preguntó Mack. Realmente lo sentía, pero cuando le dijo que el dúplex pertenecía a otra persona no encontró la manera de decirle la verdad.

—No.

—Estás siendo muy dura, ¿no te parece? Admito que la he fastidiado.

—Muy bien, disculpa aceptada —dijo ella, en un tono no muy convincente.

—Gracias.

—¿Por qué me mentiste?

—Buena pregunta. Tenía miedo de...

—¿De qué?

—De que no aceptaras un alquiler tan bajo si descubrías que yo era el dueño.

Ella le lanzó una mirada furiosa.

—Tienes razón. No lo habría aceptado. Lo que quiero saber es por qué era tan importante para ti que yo me instalara a tu lado.

—Porque... —no tenía ninguna respuesta que pudiera satisfacerla. No podía decirle que se había enamorado de ella y que no soportaba la idea de perder a Noelle. Aunque en realidad no podía perderla, ya que no era suya.

—¿»Porque»? —repitió ella—. Oh, eso lo explica todo, desde luego.

—Quería estar cerca de vosotras para protegeros —replicó él, perdiendo la paciencia—. ¿Qué hay de malo en ello? Si David volvía a aparecer tendría que tratar conmigo y os dejaría en paz a ti y a Noelle.

—Puedo ocuparme de mis propios problemas. No necesito que venga a rescatarme un caballero de brillante armadura.

Más bien de armadura abollada, pensó Mack, pero no dijo nada.

—Además, David volvió a aparecer —añadió ella.

—Y te entró el pánico —le recordó él.

—Sí, es verdad, y entonces te hiciste el héroe y me pediste que me casara contigo.

Mack tenía que admitir que no había estado muy acertado.

—No se te podría haber ocurrido una solución más disparatada —masculló Mary Jo—. Y lo peor fue que yo estaba tan asustada que acepté.

—Pero al final entramos en razón —dijo él.

—Sí, por suerte.

Mack suspiró.

—Lo siento, Mary Jo. Cometí una equivocación al ocultarte la verdad.

—Hiciste algo más que ocultarme la verdad. Me mentiste.

—De acuerdo, te mentí.

—Y eso no me gusta.

—Ya me doy cuenta —dijo él irónicamente—. Sólo quiero que sepas que me arrepiento de haberlo hecho... y de la inadecuada proposición.

No recibió respuesta.

Llegaron al dúplex, pero ninguno de los dos parecía dispuesto a salir del coche.

—¿Y ahora qué? —preguntó finalmente Mack.

Mary Jo permaneció en silencio un buen rato, hasta que se volvió hacia él con ojos suplicantes.

—¿Puedo confiar en ti, Mack?

—Sí —respondió él sin dudarlo—. Haría lo que fuera por ti y por Noelle.

—¿Por qué?

Mack respiró hondo. Temía la reacción de Mary Jo si le confesaba sus sentimientos. Seguramente se marcharía de Cedar Cove para siempre y volvería a Seattle.

—¿No lo sabes?

—No —dijo ella—. No lo sé.

—Necesitas a alguien en tu vida. Tal vez no quieras admitirlo, pero es así, y yo quiero ser esa persona —había suavizado la declaración con la esperanza de que ella lo entendiera sin ofenderse.

—De todas las personas que he conocido desde que nació

Noelle, tú has sido en quien más he sentido que podía confiar. Es muy duro descubrir lo contrario.

–¿Me darás otra oportunidad? –le pidió él, sin intentar justificarse ni suplicarle. La decisión sólo le correspondía a ella. O lo aceptaba o lo echaba de su vida para siempre. Mack había cometido un grave error, pero tal vez Mary Jo perdonara y pudieran seguir adelante.

–No te prometo nada –dijo ella.

–No te estoy pidiendo ninguna promesa.

Ella asintió.

–No vuelvas a mentirme.

–Tienes mi palabra –dijo él, y enseguida se dio cuenta de lo inapropiada que resultaba su afirmación.

–Tu palabra... –repitió ella–. Por lo que vale.

Mack tendría que demostrarle que podía confiar en él y que si le había mentido era por una buena causa.

–Desde ahora pagaré un alquiler acorde con la vivienda –exigió ella.

Mack no se veía capaz de discutir. Pero tenía que reconocer, aunque sólo fuera para sí mismo, que se sentía aliviado de que la verdad hubiera salido a la luz.

CAPÍTULO 5

Christie salió de casa de su hermana y se derrumbó contra la puerta. No sabía cómo Teri podía sobrevivir con tres niños pequeños. Trillizos, además. Una tarde ayudándola con los críos bastaba para dejarla sin fuerzas. Afortunadamente, el marido de Teri, Bobby, había insistido en contratar a una niñera que viviera en casa. De lo contrario, habría sido imposible.

Nikki, la niñera, libraba los miércoles, y Christie se había organizado para tener libres esas tardes y así poder ayudar a Teri. Descubrió con sorpresa que cuando concentraba la atención en los demás era una persona mucho más feliz. Había aprendido la lección en Navidad. James, el chófer y mejor amigo de Bobby, se había esfumado sin previo aviso, y Christie se había dedicado a repartir comida y regalos a los más necesitados para mantenerse ocupada. Resultó ser lo mejor que podía hacer, obviando el día de Navidad. James regresó semanas más tarde, sin pedir disculpas ni dar ningún tipo de explicación.

La puerta que había sobre el garaje se abrió y James salió al porche. No la invitó a entrar en su apartamento, pero era evidente que recibiría con agrado su compañía. Su silencio expectante lo decía todo.

Christie estaba agotada, pero no podía rechazarlo. Amaba a James con locura, y lo había perdonado a pesar del daño que le había causado con su repentina desaparición. Christie seguía sin comprender el motivo de su ausencia, y le había dejado muy claro que todo acabaría entre ellos si volvía a hacerlo.

Tenía todo el derecho del mundo a estar disgustada con él. Había creído que James era distinto a todos sus ex. No se podía decir que hubiera tenido buen ojo con el sexo masculino desde que empezó a salir con chicos en el instituto. Lo único que su ex marido le había dado, aparte de problemas, era su apellido. Y todos los hombres con los que había estado antes y después la habían dejado plantada. Parecía tener un imán para aquellos fracasados a los que intentaba enderezar con amor y compasión. Durante un tiempo todo marchaba sobre ruedas, hasta que, invariablemente, una discusión, una traición o algún tipo de confesión demoledora echaba por tierra el romance y Christie volvía a quedarse sola y destrozada.

James, en cambio, le había parecido especial. Para empezar, no era ni mucho menos tan atractivo como los hombres que solían gustarle a Christie. Alto y flacucho, sus facciones marcadas e irregulares recordaban a la caricatura de un mayordomo inglés. Pero era un hombre tan compasivo, atento y cariñoso que no le hacía falta la belleza externa y superficial.

Además, James la había inspirado a convertirse en una mujer diferente a la que era. Christie le expuso su horrible pasado para que no hubiera secretos entre ellos y entonces... ¡puf! James desapareció de su vida como todos los hombres a los que había amado.

Cierto era que él, al menos, regresó semanas más tarde y que Teri y Bobby lo defendieron. Pero Christie no quiso saber nada de él, y no fue hasta que Teri se puso de parto y se encontraron en el hospital que decidió darle una segunda oportunidad. Aún se andaba con pies de plomo, no obstante. Ya había sufrido demasiados desengaños y había dado demasiadas segundas oportunidades.

—Pareces cansada —observó James. La recibió a mitad de la escalera y le rodeó la cintura con un brazo para subir a su lado.

—Tú también lo estarías si te hubieras pasado tres horas con un pequeño demonio.

—¿Jimmy?

—No, Christopher —su hermana había llamado a los trillizos por Bobby, James y Christie. Como era lógico, Christie sentía debilidad por Christopher, el más pequeño de los tres y el que exigía más atenciones.

—¿Qué te has hecho en el pelo? —le preguntó James mientras la besaba en la cabeza.

Christie se había teñido de rubio y había añadido unas mechas caoba. Nunca podía llevar el pelo de un solo color. Le parecía demasiado soso. Teri era peluquera, aunque el embarazo la había apartado temporalmente de su oficio y era su amiga Rachel Peyton quien se había lucido con aquella nueva imagen.

—¿Te gusta?

—Me gustas tú —repuso él. La hizo pasar a su apartamento y la condujo hasta el sofá. Christie no puso objeción alguna cuando James fue a la cocina a calentar agua para el té.

—Tú también me gustas —le dijo.

James le llevó una taza de té con miel y limón. Ningún otro hombre había sido tan paciente con ella ni la había querido como él. Para Christie sería muy fácil volver a bajar la guardia, pero no podía permitírselo. Necesitaba tiempo para sentirse segura del amor que James le brindaba. Todo lo que sabía de él la animaba a confiar, pero ya se había arriesgado antes y él la había abandonado. Así que, por su propia salud mental y emocional, tenía que andarse con sumo cuidado.

—¿Qué tal la escuela? —le preguntó James.

Christie se había matriculado en clases de fotografía y contabilidad. Tenía el propósito de fundar una empresa especializada en la documentación del patrimonio personal con fines aseguradores.

—Bien —disponer de vehículo propio le suponía una gran ayuda, pues ir a la academia en autobús podía ser una engorrosa tarea, sobre todo si aún trabajaba en Wal-Mart. James había jugado un papel decisivo a la hora de conseguirle el coche, aunque ella no lo supo hasta más tarde. Nunca habría aceptado su ayuda si hubiera sabido que Bobby y Teri lo habían involucrado—. Estoy ayudando a una compañera de clase —de lo cual se enorgullecía—. Se me dan muy bien los números.

—A mí también.

—Eso significa que algún día tendremos unos hijos muy listos —bromeó ella, riendo.

James se puso colorado ante la mención de los hijos. En lo referente al sexo y al compromiso iba muy por detrás de ella. Christie sabía que había tenido algunas aventuras, pero aquélla era su primera relación seria. James había sido un genio del ajedrez, al igual que Bobby, hasta que sufrió una crisis nerviosa. Bobby lo había contratado como chófer, y, hasta donde Christie sabía, no había vuelto a jugar al ajedrez desde la adolescencia.

James se sentó junto a ella y le pasó un brazo alrededor de los hombros. Christie se relajó contra él y cerró los ojos al tiempo que suspiraba de satisfacción.

—Quiero que nos casemos pronto —dijo él.

Ella saboreó sus palabras. Quería creer que pasarían juntos el resto de sus vidas, pero la experiencia le impedía soñar con cuentos de hadas.

No era el primer hombre que le proponía el matrimonio; varios lo habían hecho con anterioridad, antes de que saliera a la luz algún asunto incómodo.

«Incómodo» no bastaba para definir ciertos asuntos. Con Jason había tenido que esperar a que se divorciara, y luego descubrió que ni siquiera se había molestado en pedir el divorcio.

El siguiente tenía problemas con Hacienda y esperaba que fuese ella la que saldara sus deudas. Y en cuanto a Danny...

sólo quería casarse con ella por dinero y para recibir visitas conyugales mientras cumplía una condena de veinte años por fraude.

—¿Christie?

James estaba esperando su respuesta.

—No... no creo que esté lista para el matrimonio —murmuró. Sintió que él se ponía rígido, pero no podía decirle otra cosa.

James tardó unos momentos en responder.

—Pensaba que era el matrimonio lo que querías —dijo finalmente—. Lo que ambos queríamos.

—Sí, pero... aún no.

James retiró el brazo y se inclinó hacia delante, bajando la mirada al suelo.

—¿Cuándo?

—No lo sé. ¿Por qué lo preguntas? ¿Estás pensando en volver a dejarme?

—No. Estoy pensando en pasar el resto de mi vida amándote.

Christie ya había oído eso antes. Sonaba muy bonito... hasta que descubría la verdad.

—¿Por qué tanta prisa? No nos conocemos, James. Confié en ti y mira lo que pasó —no quería recordárselo, pero estaba realmente preocupada.

Él se levantó y caminó hasta el otro extremo de la habitación.

—Tenía la esperanza de que pudiéramos olvidar eso.

A Christie nada le gustaría más que todo fuera así de sencillo.

—¿Qué sabemos realmente el uno del otro? —insistió—. Hay atracción, sí, y podría haber deseo...

—Vale.

Qué predecibles eran los hombres... Allí era cuando sus otras parejas habían sugerido que pondrían a prueba la relación viviendo juntos. Y lógicamente se iban a vivir con ella, pues ninguno podía pagar un alquiler. No era el caso de James, quien había insistido en esperar y no se la había llevado a la cama meses antes, cuando ella estaba más que dispuesta. Pero los papeles parecían haberse cambiado.

—Respuesta incorrecta —dijo ella, imitando la voz de un presentador televisivo.

—¿No te interesa el sexo? —preguntó él.

Christie soltó una carcajada.

—Yo no he dicho eso.

—Entonces, ¿cuál es el problema? Estabas dispuesta hacerlo con otros hombres. ¿Por qué conmigo no?

Las palabras de James se le clavaron en el corazón. Christie se llevó una mano al pecho y respiró profundamente hasta que el dolor se le alivió, antes de levantarse.

—Tengo que irme. Gracias por el té —llevó la taza a la cocina y la dejó con manos temblorosas en el fregadero. Tragó saliva para intentar deshacer el nudo que se le había formado en la garganta y se dio la vuelta para marcharse, pero se encontró a James bloqueando la puerta.

—No he querido decir eso —murmuró. Parecía apenado, y no era el único.

—Claro que sí —replicó ella en un tono más animado—. Es verdad lo que dices. No tenía ningún reparo en entregarme a otros hombres. A muchos hombres. Y luego fui tan tonta que te lo conté todo, pensando que... no sé, que si tú lo sabías podríamos olvidarlo. Pensaba que entenderías lo importante que para mí era empezar de cero. Y por si lo has olvidado, James, hace unos meses no quisiste acostarte conmigo.

—Sí, pero... —suspiró—. Puedes confiar en mí, Christie. Sabes que nunca te haría daño.

—Eso creía —murmuró ella—. Pero ahora...

James cerró los ojos.

—Puede que tengas razón y que lo mejor sea aplazar el matrimonio. Te propongo una cosa: avísame cuando estés lista para perdonar y olvidar y entonces volveremos a hablar.

—Buena idea —dijo ella alegremente—. Lo mismo te digo.

James arqueó las cejas y se apartó para que ella pudiera salir.

Christie iba por la mitad de la escalera cuando él volvió a hablarle.

—Supongo que no es éste el mejor momento para decirte que voy a estar fuera unos días.

Ella se detuvo, con el pie suspendido entre dos escalones. James sólo le había dicho eso para llamar su atención. Posiblemente ni siquiera fuera cierto.

—¿Y eso desde cuándo lo sabes? —le preguntó sin darse la vuelta.

—Desde hace una hora. Bobby y yo tenemos algunas reuniones en Los Ángeles.

Aquello explicaba por qué Teri no le había dicho nada antes. Las preguntas se agolpaban en su cabeza, exigiendo respuestas. Quería saber cuánto tiempo estaría fuera. A qué clase de reuniones tenía que asistir. Y por qué había esperado a ese momento para decírselo.

Pero insistir sobre el tema era lo que habría hecho la vieja Christie, la mujer insegura e indecisa que siempre necesitaba apoyo y consuelo.

—Muy bien —fue todo lo que dijo, aferrándose con tanta fuerza a la barandilla que le dolían los dedos.

—¿Quieres que te llame cuando regrese?

Ella se encogió de hombros.

—De ti depende. Que tengas un buen viaje.

El suspiro de James llegó hasta sus oídos.

—No creo que sea posible.

Ella se giró con una sonrisa titubeante.

—No, lo digo en serio, James. Te deseo un buen viaje —dijo, y sintió como James la seguía con la mirada mientras bajaba los escalones y caminaba hacia el coche.

Al arrancar y alejarse del camino de entrada de Teri, se preguntó si acababa de rechazar una proposición matrimonial del único hombre decente que se lo había pedido en su vida.

CAPÍTULO 6

El jueves, Grace entró como una exhalación en el restaurante Pot Belly. Había quedado para comer con Olivia al mediodía, pero se había retrasado con una clienta y llegaba cinco minutos tarde a la cita. No era mucho tiempo, pero no le gustaba tener a su amiga esperando.

Superada la quimioterapia, Olivia se había tomado el verano libre para recuperar las fuerzas antes de volver al juzgado, donde trabajaba como juez de familia.

—Siento llegar tarde —se disculpó Grace mientras se sentaba frente a su mejor amiga.

—Me he tomado la libertad de pedir por ti.

Grace sonrió.

—Estupendo. ¿Y qué me has pedido?

—Crema de patatas y ensalada con salsa ranchera, sin bollos.

Después de cuarenta años de amistad, Olivia conocía bien sus preferencias culinarias.

—¿Y tú?

—Una ensalada y un bollo.

Grace la miró severamente. Olivia tenía que ganar peso y necesitaba algo más que una ensalada.

—Y una doble porción de tarta de chocolate —añadió Olivia con una sonrisa.

—Excelente.

—Con dos tenedores.
—Mejor todavía.
—¿Estás lista para el programa de lectura? —le preguntó Olivia.

Grace se recostó en la silla. Tras unos cuantos meses de planificación, el programa Leyendo con Rover estaba a punto de ponerse en marcha. Estaba destinado a niños con dificultades de lectura que acudirían a la biblioteca para leer con perros. Un perro era una compañía mucho menos amenazadora para aprender a leer que un maestro o que los compañeros de escuela, pues nunca se burlaba ni irritaba y permitía que el niño se relajara y leyera por puro placer. Grace había descubierto el programa en una revista especializada y le había llamado la atención.

—¿Lo estoy? —preguntó Grace—. Yo creo que sí, pero no lo sabré hasta esta tarde. De momento tengo a dos jóvenes voluntarias y a dos adultos.

—¿Cuántos perros?

—Vamos a empezar con seis perros y seis niños con edades comprendidas entre los siete y los once años. Todos ellos en riesgo de exclusión escolar

—¿La directora está de acuerdo?

—Desde luego. Me ha dicho que está impresionada con el proyecto.

—Yo también lo estoy —afirmó Olivia mientras levantaba su taza de té.

—Y yo. Me alegra que los animales vengan de la perrera y...

—¿No están amaestrados? Creía que me habías dicho que sí lo estaban.

—Sí, claro que lo están. Beth Morehouse los eligió personalmente en el refugio y los adiestró como perros de terapia. Hace maravillas con los animales. En los dos últimos años los ha estado llevando a hospitales y residencias de ancianos.

—¿Beth Morehouse? Me has hablado de ella, pero aún no la conozco. No estaba en la recaudación de fondos, ¿verdad?

—No, estaba fuera del pueblo, trabajando con el dueño de un perro en Seattle.

—Háblame de ella —le pidió Olivia con una mueca—. Seguramente ya lo hayas hecho, pero la quimioterapia me ha hecho estragos en el cerebro.

Grace asintió comprensivamente. Sabía muy bien que la quimioterapia causaba una niebla mental que podía tardar meses o años en disiparse.

—Hace unos años se mudó aquí. Está divorciada, tiene dos hijos y es adiestradora de perros. Al principio tenía tres perros, luego adoptó a los otros y a partir de ahí no paró de crecer.

Grace había conocido a Beth mientras trabajaba como voluntaria en el refugio de animales. Al saber que tenía perros adiestrados para la terapia, le pareció lógico usarlos en el programa Leyendo con Rover. Se lo propuso a Beth a principios del invierno y ésta accedió encantada.

—Estoy muy nerviosa —admitió Grace. Le encantaba iniciar nuevos proyectos en la biblioteca, pero aquél le resultaba especialmente importante y al fin estaba a punto de verlo hecho realidad.

—Todo saldrá bien —le aseguró Olivia.

—Espero que tengas razón.

—¿Acaso lo dudas?

—No son exactamente dudas. Estoy un poco preocupada por las dos jóvenes voluntarias.

La camarera les llevó los platos y las dos empezaron a comer.

—Una de ellas es Tanni Bliss, y la otra Kristen Jarney —dijo Grace tras una cucharada de crema—. Son como la noche y el día. Kristen es animadora y muy popular. Tanni, en cambio, se mantiene alejada de la gente. Según me ha contado su madre, lo ha pasado muy mal desde que murió su padre. Espero que puedan trabajar juntas.

—¿Qué te hace pensar que no?

Grace no sabía cómo explicarlo.

—En la primera reunión vi cómo Tanni miraba a Kristen. Parecía estar pensando que era una pérdida de tiempo formar a Kristen como voluntaria. Incluso insinuó que Kristen abandonaría el programa al cabo de un par de semanas. Kristen fingió no haberla oído, pero era evidente que se sentía ofendida.

Olivia dejó el tenedor junto al plato.

—¿Por qué Tanni le tiene tanta antipatía a Kristen?

—Parece verla como una cabeza hueca que sólo se presenta voluntaria para inflar su expediente académico. Insinuó también que Kristen no iría a la universidad sólo por sus notas. Es animadora, muy bonita y chispeante, y Tanni es todo lo contrario.

—Dices que perdió a su padre. Supongo que aún no ha superado la depresión.

—Puede ser —Grace tenía la esperanza de que el programa de lectura sirviera para animar a Tanni... y que las dos chicas dejaran sus diferencias fuera de la biblioteca.

Aquella misma tarde, a las tres y media, Grace estaba rodeada de perros y niños. El caos reinaba en la biblioteca mientras se le asignaba un perro a cada niño.

—Kristen, tú trabajarás con Mimi y Aubrey —ordenó Grace. Mimi era una perra mestiza, un cruce de Pomerania y de otra raza imposible de identificar. Aubrey era una estudiante de primer grado que se aferraba a la mano de su madre como si la vida le fuera en ello, pero cuando le presentaron a Mimi respondió al instante con entusiasmo.

Kristen se llevó a la niña a una zona apartada junto a la ventana, donde la iluminación era mejor, y se sentó con ella en la alfombra. Mimi se acurrucó junto a Aubrey y posó la cabeza en la rodilla de la niña.

—Tanni, tú estarás con Boomer y Tyler.

—De acuerdo —asintió y se llevó al perro y al niño de siete años al otro extremo de la sala. Boomer era un Golden Retriever que a Grace le recordaba a su perra Buttercup.

Como era previsible, Tanni se alejó de Kristen tanto como pudo.

A continuación, Grace emparejó a los dos adultos con dos niños de diez y once años y dos perros. Se mantuvo al margen y esperó. Los estudios demostraban que los niños se sentían más cómodos leyéndoles a los perros en voz alta que haciéndolo frente a los adultos, y que con la práctica adecuada mejoraban notablemente sus niveles de lectura. Al estar con perros, además, potenciaban sus habilidades sociales y conseguían vencer la timidez. Grace fue testigo de una sorprendente y rápida transformación en cada niño. Sonrió cuando Boomer, el Golden retriever, miró a Tyler con sus grandes ojos castaños y mantuvo el libro abierto con la pata en lo alto de la página.

Grace había descubierto que muchas librerías y bibliotecas por todo el país participaban en programas similares a aquél. De hecho, una importante librería de Seattle llevaba perros de terapia a la sección infantil dos veces al mes, y otras librerías empezaban a seguir el ejemplo.

Ojalá el programa de lectura en la biblioteca de Cedar Cove resultara tan popular y gratificante.

Los treinta minutos pasaron en un abrir y cerrar de ojos. Grace se movía en silencio de un grupo a otro. Era importante que los niños se sintieran cómodos y relajados. Los voluntarios se encargaban de supervisarlos junto a los perros, pero poco a poco se iban distanciando para que los niños se quedaran a solas leyéndoles a sus amigos caninos.

Grace se acercó a Kristen después de que ésta hubiera dejado a Aubrey.

—¿Qué te parece? —le preguntó.

El rostro de la joven se iluminó con una sonrisa.

—Aubrey ha aceptado a Mimi en seguida. Es increíble. ¿Te has fijado en cómo se acurruca Mimi contra ella?

Por el rabillo del ojo Grace advirtió la mueca que ponía Tanni. Kristen también la vio, y aunque no dijo nada era obvio que se sentía dolida.

Al acabar la lectura, Beth Morehouse reunió a los perros y los sacó de la biblioteca con ayuda de Kristen y Tanni.

Tanni volvió a los pocos minutos a recoger su mochila.
–¿Tienes un momento? –le preguntó Grace.
–Sí, claro.
Grace la llevó a su pequeño despacho y le indicó que tomara asiento.
–¿Qué te ha parecido esta primera sesión? –le preguntó, sentándose frente a ella.
–Muy bien, creo. Tyler y Boomer hacen buena pareja, aunque me sorprende lo cómodo que se ha sentido Tyler con un perro tan grande. Es muy pequeño para su edad y yo temía que un Golden retriever pudiera asustarlo, pero no ha sido así.
–Fue Beth quien sugirió los emparejamientos.
–He estado a punto de corregir a Tyler en un par de ocasiones, pero sabía que no era ésa mi labor.
–Genial –los niños tenían que ganar confianza y autoestima por sí mismos, lo que sería imposible si los voluntarios intervenían para corregir su pronunciación.
Tanni agarró su mochila, que había dejado caer a sus pies al sentarse.
–Quería hablar contigo de otra cosa –le dijo Grace–. Se trata de Kristen.
Tanni frunció el ceño.
–¿Qué pasa con ella?
–¿Te desagrada?
La chica se encogió de hombros.
–No especialmente.
–¿Ha pasado algo entre vosotras que yo deba saber?
Tanni miró al suelo y negó con la cabeza.
–No.
–Pero a ti no te gusta, ¿verdad? –insistió Grace.
–No –admitió Tanni.
Grace se inclinó hacia delante en la silla.
–¿Te importaría decirme por qué?
Tanni tardó un poco en responder, y cuando lo hizo pareció escupir las palabras.

—Kristen no está haciendo esto porque quiera ayudar a esos niños. Eso lo sabes, ¿verdad?

Grace arqueó las cejas.

—¿Te lo ha dicho ella?

—No, pero está muy claro. Se ha ofrecido voluntaria porque espera ganar el premio de ciudadanía que se entrega en la graduación.

Olivia había ganado aquel premio el año en que ella y Grace se graduaron. El Club de los Rotarios se lo concedía a un estudiante con buenas notas, que hubiera demostrado capacidad de liderazgo y que hubiese prestado servicios de voluntariado a la comunidad.

—Nunca podría conseguirlo con sus notas —dijo Tanni.

—¿Lo sabes con certeza?

Tanni dudó un momento.

—No, pero como ya he dicho, está claro.

A Grace no le parecía tan claro.

—Creo que te estás equivocando con ella.

—Es una animadora —fue la única justificación de Tanni.

—¿No te gustan las animadoras?

—No.

—Yo fui animadora en el instituto —le confesó Grace.

Tanni levantó la mirada hacia ella.

—Las cosas eran muy distintas en esos tiempos —lo dijo como si se refiriera a los días del Salvaje Oeste, con caravanas de carromatos cruzando las praderas.

—¿Ah, sí?

—Ya sabes... —murmuró Tanni, encogiéndose otra vez de hombros.

—No, lo siento, pero no lo sé.

—Hoy día las animadoras no tienen cerebro. No hay más que fijarse en Kristen. Cada vez que se ríe me entran ganas de vomitar.

—¿Tiene novio?

—Supongo. Todas las chicas como ella tienen novio.

—Entiendo.

—¡Si crees que tengo celos te equivocas! Yo también tengo novio. Se llama Shaw Wilson.

—¿Shaw Wilson? ¿El que trabaja en Mocha Mama's?

—Ya no. Está en la escuela de arte de San Francisco. Un amigo de Will Jefferson lo ayudó a entrar.

—No sabía que Shaw quería ser artista —dijo Grace. Sí sabía que la madre de Tanni, Shirley Bliss, era una artista de mucho talento.

—Es muy bueno —declaró Tanni con vehemencia.

—En ese caso, merece tener su oportunidad.

Tanni asintió, pero era evidente que echaba de menos a su novio.

—Debes de sentirte muy sola sin él.

—Es uno de los motivos por los que me ofrecí voluntaria para trabajar aquí.

—Me alegra que lo hayas hecho.

Tanni la miró a los ojos.

—Entonces, ¿quieres que me quede?

—Naturalmente.

—¿A pesar de que no aguanto a Kristen?

—Bueno, quizá puedas darle una oportunidad...

—¿Cómo? —preguntó la joven con el ceño fruncido.

—Dejando los comentarios sarcásticos y las miradas asesinas.

Tanni movió los pies adelante y atrás.

—Lo intentaré, pero me sale sin pensar.

—No te estoy diciendo que tengáis que ser amigas, Tanni. Lo único que te pido es que la respetes y que dejes de criticar sus motivaciones. ¿Qué más te da si se ha presentado voluntaria porque quiere ganar el premio de los Rotarios? No te causa ningún perjuicio por estar aquí, ¿verdad?

—No —admitió Tanni de mala gana.

—Pues ya está.

—¿Puedo irme ya? —preguntó Tanni, inclinándose para agarrar su mochila.

—Claro. Y gracias por esta charla tan interesante.

—De nada.
—¿Volverás la semana que viene? —le preguntó Grace mientras la seguía a la puerta del despacho.

Tanni asintió.

—Puede que no me guste Kristen, pero Tyler y Boomer sí me molan.

CAPÍTULO 7

Al salir de Get Nailed, Rachel Peyton se pasó por la tintorería de camino a casa para recoger una chaqueta. Mientras esperaba, sintió un mareo repentino y tuvo que sentarse rápidamente.

—¿Está bien? —le preguntó Duck-Hwan Hyo, mirándola con preocupación.

—Sí, sí, estoy bien —respondió ella, pero la voz le temblaba.

—¿Tiene bebé?

Rachel asintió. Era curioso que el encargado oriental de la tintorería lo hubiera notado y su marido no. Bruce podía ser tan obtuso que a Rachel le gustaría golpearlo en la cabeza con el zapato. Aquel embarazo no había sido planeado, pero Rachel estaba muy contenta y deseaba decírselo a su marido.

Duck le gritó algo en coreano a su esposa. La pequeña mujer salió de la trastienda y mantuvo una breve conversación con su marido mientras ambos lanzaban miradas compasivas a Rachel.

—¿Quiere té? —le preguntó Su Jin—. Le traeré una taza de té verde.

—No, estoy bien, de verdad.

—¿Seguro? —insistió Duck.

—Seguro, Duck. Gracias. Sólo ha sido un ligero mareo.

—Cambio mi nombre —dijo Duck con una reverencia y una amplia sonrisa de orgullo—. Ya no Duck. Ahora nombre americano.

—Yo también nombre americano —anunció Su Jin.

—José —se presentó Duck.

—José —repitió Rachel, intentando no reírse.

—Serenity —dijo su esposa.

—Lo recordaré —les prometió Rachel. Agarró la chaqueta y fue hacia su coche. La parada en la lavandería sólo había sido una táctica dilatoria. Jolene estaba en casa y la tensión se palpaba en el ambiente cuando las dos se encontraban bajo el mismo techo.

Jolene y Rachel habían estado muy unidas. Además de buena amiga, Rachel había sido como una madre para la joven. Pero todo cambió cuando Rachel se casó con el padre de Jolene y ésta pasó a verla como una rival que le robaba el afecto paterno. La base de amistad y complicidad que Rachel había construido se disolvió como si nunca hubiera existido en cuanto Bruce le puso el anillo en el dedo.

A Rachel aún le costaba creer que su relación con Jolene se hubiera desintegrado tan rápido. Se había esforzado al máximo por ser paciente y comprensiva. Al principio había mantenido a Bruce al margen, pues no quería que su marido se viera obligado a elegir entre su mujer o su hija, pero la hostilidad de Jolene no dejaba de crecer y había alcanzado un punto en el que Rachel ya no sabía qué hacer.

El embarazo lo complicaba todo aún más. Le había advertido a Bruce que debían extremar las precauciones cuando hacían el amor. Ella empezó a tomar la píldora, pero tuvo que dejarla por una reacción alérgica y Bruce dijo entonces que él sería quien usara los medios anticonceptivos, cosa que hizo... casi siempre.

La culpa era de Bruce tanto como de ella. Se había quedado tan aturdida al descubrir que estaba embarazada que no fue capaz de decírselo a Bruce, sabiendo que él no sería capaz de ocultárselo a Jolene durante mucho tiempo. La experiencia le enseñaba a Rachel que la situación, ya de por sí bastante delicada, sólo podía empeorar.

Debería irse a casa y preparar la cena, pero no soportaba la idea de encontrarse con Jolene, y menos sintiéndose tan débil y mareada. Las náuseas provocadas por el embarazo, la inquietud por la reacción de Jolene y el estrés que reinaba en casa formaban una combinación letal ante la que no se veía con fuerzas para resistir.

De modo que tomó el camino de casa de Teri, en Seaside Avenue. Hacía una semana que no veía a su amiga, y el temor a la merecida reprimenda la invadió al aparcar en el camino de entrada.

Llamó con los nudillos a la puerta en vez de usar el timbre, para no despertar a los trillizos.

Fue Bobby quien le abrió, con un bebé en el brazo.

—Teri se alegrará de verte —le dijo, brincando al pequeño mientras hablaba. Rachel nunca se hubiera esperado ver a Bobby, campeón mundial de ajedrez, con un niño pequeño en brazos. La imagen le llegó al corazón y la ayudó a creer que la fuerza del amor podía cambiarlo todo.

—¿Llego en mal momento? —preguntó ella. No quería molestar a Teri si estaba dándoles de comer a los niños.

—¿Estás de broma? —preguntó Teri, saliendo al vestíbulo—. Me muero por un poco de compañía. Pasa y ponte cómoda. Deja que lleve a Jimmy con Nikki y enseguida estoy contigo —tomó al bebé de brazos de su marido y se marchó rápidamente. Regresó al cabo de un minuto, sin el pequeño Jimmy, y se sentó en el sofá junto a Rachel. Para Bobby fue un alivio, después de sus torpes intentos por distraer a Rachel hablando de tácticas ajedrecísticas.

—Pareces cansada —observó Rachel.

—Lo estoy. Todavía no hemos establecido una rutina con los niños, y la verdad, no sé qué haría sin una niñera tan estupenda como Nikki.

—Tuviste mucha suerte de encontrarla.

—Desde luego —corroboró Teri con una sonrisa—. ¿Te apetece un poco de té?

—Me encantaría —había rechazado el té ofrecido por Su Jin, o Serenity, pero el cuerpo le pedía realmente una taza de té.

—A mí también. Llevo toda la tarde sin parar —a pesar de su evidente cansancio, volvió a levantarse y corrió a la cocina. Rachel la siguió—. Espero que hayas venido para decirme que Bruce ya sabe lo de tu embarazo.

Rachel negó con la cabeza.

—Aún no.

—Rach... tienes que decírselo a tu marido.

—Lo sé —admitió ella—, pero me gustaría alargar todo lo posible la poca paz que me queda.

—No puedes dejar que Jolene te arruine la vida.

—Dime cómo puedo evitarlo y lo haré con mucho gusto.

Teri se sentó en la mesa de la cocina y Rachel ocupó una silla frente a ella.

—¿Has intentado hacer algo con Jolene, tan sólo vosotras dos?

Rachel asintió.

—No quiere ir a ningún sitio conmigo.

—¿No le gusta ir de compras?

—Claro, pero no si yo voy con ella —parte del problema era que Jolene prefería la compañía de chicos de su edad. Al igual que todos los adolescentes, era mucho más influenciable por sus amistades que por sus padres. Jolene idolatraba a su padre, pero Rachel se había convertido para ella en la odiada madrastra.

—Es una lástima.

—También intenté convencerla para que hiciera algunos cursos conmigo.

—¡Excelente idea!

—Nos apunté a clases de repostería. Ya sabes lo mucho que le gusta a Jolene hacer pasteles. A Bruce también le pareció muy buena idea, pero no sirvió de nada. La noche que teníamos la primera clase, Jolene fingió estar enferma y se quedó en casa. Bruce me confesó que experimentó una milagrosa mejoría en cuanto yo salí por la puerta —suspiró—. Bruce no aprueba lo que hace su hija, pero no sabe ni la mitad. El caso es que acabé el curso de repostería sin que Jolene asistiera a una sola clase.

—¿Por qué? ¿Se puso enferma todas las semanas?

—No, simplemente se negó a ir. Dijo que al faltar la primera semana se quedaría muy atrasada con respecto al resto de la clase. Dijo, además, que no tenía el menor interés en aprender a decorar tartas. Que eso era para... taradas como yo —Jolene podía ser muy hiriente con sus insultos, pero era lo bastante lista para no proferirlos delante de su padre. Y Rachel no se atrevía a contárselo.

—¿Cómo están las cosas entre tú y Bruce? —preguntó Teri, pero en ese momento la tetera empezó a silbar y se levantó para servir el té. Sin teína para Rachel, con galletitas saladas y una variedad de quesos. Lo llevaron todo al salón y volvieron a sentarse en el sofá.

—Bruce es... Bruce —murmuró Rachel.

—Siempre ajeno a todo, ¿no?

Rachel asintió, intentando ocultar su amargura con una mueca. El embarazo le estaba causando estragos en sus emociones y apenas podía contener las lágrimas.

—Sólo tiene una cosa en la cabeza —susurró mientras se secaba los ojos con una servilleta.

—La cama.

Rachel volvió a asentir.

—A Jolene la saca de sus casillas que siempre quiera irse a la cama a las ocho. No es estúpida y sabe por qué su padre está de repente tan cansado —Rachel había intentado explicarle a Bruce que su insaciable apetito sexual no ayudaba a mejorar la situación entre ella y Jolene, pero él alegaba que su vida amorosa no era asunto de su hija. Tenía razón, desde luego, pero sólo conseguía empeorar aún más la relación entre las dos mujeres.

A Rachel le encantaba que su marido la deseara a todas horas. Los ratos que pasaban encerrados en el dormitorio eran los únicos momentos de paz que tenía. Cada vez que hacían el amor sentía el impulso de hablarle de su embarazo, pero nunca se atrevía a hacerlo. Tampoco le había dicho que ya podía prescindir de los preservativos, porque incluso Bruce habría adivinado por sí mismo el motivo.

Tampoco ayudaba que Jolene se quedara levantada hasta tarde, haciendo ruido para dejarles muy claro que sabía perfectamente lo que estaban haciendo. Bruce se quedaba dormido nada más hacerlo, por lo que Rachel no encontraba la ocasión idónea para decírselo.

Rachel eligió dubitativamente una loncha de queso.

—Tengo miedo de volver a casa al final del día —confesó.

—Eso no es bueno.

—No, no lo es. Me siento absolutamente impotente. No sé qué hacer, Teri.

—Podrías probar con la terapia de familia —sugirió su amiga—. ¿Quieres que Bobby hable con Bruce?

—Gracias, pero no creo que sirviera de mucho.

—Supongo que tienes razón. Además, a saber lo que le diría Bobby... No es el tipo de situación con las que más cómodo se sienta. ¿Te he dicho que estuvo fuera unos días? Los niños y yo lo echamos terriblemente de menos.

—¿Fuera? ¿Dónde?

Teri tomó un sorbo de té.

—Bobby y James fueron a Los Ángeles por negocios —frunció el ceño—. Es lo único que sé.

—No habrá ningún problema, ¿verdad?

—No, no —se apresuró a corroborarlo Teri—. Se trata otra vez de mi hermana. Christie y James han vuelto a tener diferencias. James puede ser tan cabezota como ella, y creo que ni siquiera se hablan.

—Oh, no —la noticia entristeció a Rachel. Había creído que todo iba bien entre ellos.

—Seguro que lo arreglan —dijo Teri—. James la quiere mucho y lo mismo ella a él. Todo se habrá solucionado en unos días.

—Eso espero. La próxima vez que hablemos quiero que me digas que ya han fijado la fecha de la boda.

Acabó el té y poco después se marchó de casa de Teri. No había encontrado ninguna solución a su problema, pero se sentía mejor después de haberlo hablado con su mejor amiga.

Al llegar a casa, vio que Bruce ya estaba allí. Aparcó junto a su coche en el garaje y sacó la bolsa de la tintorería del asiento trasero. Bruce le abrió la puerta del garaje antes de que hubiera llegado a la casa.

—Llegas tarde —le dijo en tono agraviado.

—Fui a ver a Teri.

—No le has dicho nada a Jolene. Estaba muy preocupada —a Rachel le dolió la acusación, pero no se creía que su hijastra estuviese preocupada por ella.

Jolene estaba detrás de su padre y parecía muy satisfecha consigo misma.

—Me dijiste que tenía que avisarte si iba a volver tarde a casa —le recordó.

—Así es, pero aquí la adulta soy yo y no tengo por qué darte explicaciones de mis actos —tal vez fuera demasiado dura, pero no podía contenerse. Apenas había llegado a casa y ya comenzaban los ataques—. Si te hace feliz, te llamaré la próxima vez que vaya a retrasarme.

—¿Por qué tú puedes saltarte las reglas y yo no? —exigió saber Jolene mientras Rachel pasaba junto a ella para entrar en la cocina.

Rachel ignoró la pregunta, colgó la ropa en el armario del vestíbulo y volvió a la cocina.

—Voy a hacer la cena.

—¿Qué vamos a tomar? —preguntó Jolene, siguiéndola a la cocina.

—¿Qué te apetece? —había sacado la carne picada de pollo del congelador.

—Nada de lo que tú prepares —masculló la joven en voz baja.

Rachel fingió no haberla oído.

—¿Te apetece algo especial, Bruce?

—¿Qué te parece tacos? —respondió él desde el salón, donde había vuelto a sentarse frente al ordenador. Ajeno, como siempre, a la tensión existente entre Rachel y Jolene.

—Por mí, estupendo —dijo Rachel, sin mirar a Jolene mientras sacaba el pollo del frigorífico.

—Odio los tacos —murmuró la chica.

—¿Desde cuándo?

—Desde que tú los haces. Mi padre los hacía mucho mejor. Los hacíamos juntos y nos divertíamos mucho.

En otras palabras, la entrada de Rachel en sus vidas lo había estropeado todo.

—Me encantaría que me ayudaras —le dijo Rachel, esforzándose por mantener una actitud conciliadora frente a los continuos insultos de Jolene—. Si me enseñas cómo, tal vez pueda hacerlos como a ti te gustan.

—Ni loca —espetó Jolene, y se marchó a su habitación.

Rachel se puso a cocinar en un intento por salvar la velada; sazonó el pollo, rayó el queso y cortó los tomates y las lechugas. Lo sirvió todo en la mesa, que Bruce había puesto sin necesidad de que se lo recordara. Él llamó a Jolene y los tres se sentaron a comer.

—¿Qué tal la escuela? —le preguntó Bruce a su hija.

—Genial. He sacado un sobresaliente en el examen de historia.

—Enhorabuena —la felicitó Rachel.

Jolene apartó la mirada, menospreciando cualquier halago que pudiera recibir de Rachel.

—Misty me ha invitado a dormir en su casa el viernes. Puedo ir, ¿verdad que sí, papá?

Bruce miró a Rachel.

—Por mi no hay ningún problema.

—Creía que los padres de Misty trabajaban por la noche.

—¿Y? —preguntó él.

—¿Quién más estará en casa hasta que vuelvan sus padres?

—Nadie —dijo Jolene con irritación—. Sus padres la dejan cuidarse sola. No somos niñas, ¿sabes?

—Jolene se ha quedado otras veces en casa de Misty —añadió Bruce.

—Pero era sábado y sus padres estaban en casa —señaló Rachel.

—Oh, claro.

—¿Por qué no invitas a Misty a dormir aquí? —sugirió Rachel.

Jolene le lanzó una mirada asesina.

—¿Contigo aquí? Ni hablar.

—Jolene —la reprendió Bruce.

—¿Por qué te casaste con ella? —le gritó Jolene a su padre—. Odio tenerla en nuestra casa. Quiero que todo vuelva a ser como antes.

—Jolene, por favor... —le suplicó Rachel, pero su hijastra se negaba a escuchar. Se levantó y se marchó corriendo a su habitación. Rachel se encogió al oír el portazo.

Transcurrieron unos segundos de silencio, hasta que Bruce dejó escapar un suspiro.

—Lo siento.

—No tendría que haber dicho nada —se disculpó Rachel. Por mucho que lo intentara, nunca conseguía nada bueno.

—No, no. Tenías razón. Si Jolene pasa la noche con una amiga, quiero que haya algún adulto en casa. La abuela de Misty se queda con ella algunas noches que sus padres están trabajando, pero al parecer pasa mucho tiempo sola. Y ella y Jolene podrían meterse en problemas si no hay nadie para vigilarlas.

Rachel se levantó y empezó a recoger la mesa. Pensó en sacar el tema del asesoramiento familiar, pero decidió esperar a no estar tan cansada.

—¿Quieres que le diga a Jolene que te ayude con los platos? —le preguntó Bruce.

—No, gracias. No es necesario —no se veía con fuerzas de soportar las malas caras de Jolene.

Bruce frunció el ceño.

—Tiene obligación de ayudar en casa.

—Sí, pero no esta noche. Está muy enfadada con nosotros. Mejor que los lave mañana.

—¿Estás segura?

Rachel asintió con cansancio. Unos minutos después, mientras estaba enjuagando los platos en el fregadero, Bruce se colocó detrás de ella y la abrazó por la cintura. Un escalofrío recorrió la espalda de Rachel cuando empezó a besarla detrás de la oreja.

—Bruce... —susurró, pero cerró los ojos y se apoyó contra él, dejando que continuara. Le pareció oír un ruido tras ella, pero al principio no le prestó atención. Cuando se dio cuenta de que Jolene había entrado en la cocina, se quedó de piedra.

—¡Es asqueroso! —chilló la joven—. ¿Cómo voy a traer amigas a casa? ¡Me moriría de vergüenza! —volvió a su habitación y cerró con el segundo portazo de la noche.

Bruce soltó a Rachel y suspiró con pesar.

—Parece que Misty no pasará con nosotros la noche del viernes.

Rachel no supo si estaba bromeando o simplemente haciendo una observación. Fuera como fuera, la única respuesta que ella pudo darle fue poner los ojos en blanco.

CAPÍTULO 8

Mary Jo Wyse se despertó con un sobresalto de un sueño profundo. No estaba segura de qué la había despertado, si el sueño que estaba teniendo o algún ruidito que hubiera hecho Noelle en su cuna. Al cabo de cinco meses la pequeña al fin se pasaba durmiendo casi toda la noche, lo que suponía un enorme alivio para su madre.

Se quedó mirando el techo de la habitación, pensando en el descubrimiento del pasado fin de semana. Mack era el dueño del dúplex. Quería estar cerca de ella, y para conseguirlo la había hecho creer que el casero era un amigo suyo.

El engaño había supuesto una amarga decepción. A Mary Jo le gustaba Mack, le gustaba mucho, pero no estaba preparada para embarcarse en una nueva relación. David Rhodes le había enseñado algunas lecciones muy dolorosas, y sería una estúpida si no las aplicara.

El problema era que quería confiar en Mack. También había deseado creer en David, y durante mucho se aferró a la ilusión de que la quería y que también querría a la hija de ambos, negándose a aceptar lo que para los demás era obvio. Hasta sus hermanos sabían la clase de hombre que era David sin conocerlo. Cuando finalmente reconoció la verdad, se quedó totalmente destrozada. Aunque en ningún momento se arrepintió de haber tenido a Noelle. La pequeña le daba un sentido y esperanza a su vida.

También tenía que reconocer que Mack había intentado compensar su error. El lunes por la tarde, al volver a casa de su trabajo en el bufete de Allan Harris, se encontró con un gran ramo de flores en la puerta. La tarjeta que lo acompañaba sólo constaba de dos palabras: *Lo siento,* y estaba firmada por Mack.

El martes y el miércoles Mack tenía turno de noche en el cuartel de bomberos, pero el jueves le hizo otro regalo. En esa ocasión, un juego de moldes para tartas. Mary Jo quería hacer un pastel de coco con una receta que Charlotte Rhodes le había ofrecido, pero desistió en su intento al descubrir que no tenía en casa ningún molde adecuado. El regalo de Mack no podría ser más oportuno.

Mack no escatimaba esfuerzos en intentar resarcirse, y el instinto le decía a Mary Jo que debería perdonarlo. Al fin y al cabo, y a pesar de su bienintencionado engaño, la había ayudado a encontrar una casa para ella y su hija. Sin él, aún estaría viviendo con sus tres hermanos autoritarios y dominantes. Por mucho que los quisiera, prefería estar lejos de ellos.

Al perder su trabajo en la compañía de seguros le entró el pánico, aunque en el fondo fue una bendición. David Rhodes trabajaba en la misma oficina y Mary Jo tenía miedo de volver a verlo cuando acabara su permiso de maternidad, pero su jefe se encargó de cambiar tus temores por otros al despedirla. Tiempo después se enteró por una amiga de que David Rhodes también había dejado la compañía.

Se le presentaba la oportunidad de mudarse a Cedar Cove, y Mack fue un factor clave en aquella decisión. Grace Harding y Olivia Griffin la ayudaron a encontrar un nuevo trabajo, y la hija menor de Grace, Kelly, se encargaba de cuidar a Noelle durante el día.

Lo siguiente era encontrar una vivienda asequible. Sabía que los alquileres eran mucho más bajos que en Seattle, pero aun así se sorprendió por el precio tan económico del fantástico dúplex reformado. Mack podría haberlo alquilado por el doble de lo que le cobraba a ella. Naturalmente, tras haber descubierto el engaño, Mary Jo lo había consultado con un agente inmobiliario y había insistido en pagarle a Mack el alquiler que fuera justo, aunque eso le supusiera un considerable recorte a su limitado presupuesto. Además, tenía intención de pagarle la diferencia que él le había ahorrado en los meses que llevaba ocupando el apartamento.

Poco después del enfrentamiento con David, Mack le ofreció el matrimonio. A Mary Jo le pareció muy extraño, pero aun así aceptó. Afortunadamente, los dos se dieron cuenta de que era un error y cancelaron el compromiso antes de haberlo hecho público. Mary Jo se estremecía al pensar en la reacción que hubiera tenido Linc.

Linc...

Sonrió al pensar en él y se giró de costado. No recordaba haber visto nunca a su hermano tan feliz. En contra de lo que siempre había imaginado, el matrimonio le sentaba de maravilla. Él y Lori se conocían desde hacía menos tiempo que Mary Jo y Mack, pero parecían complementarse a la perfección.

Linc no era un hombre que actuara por impulsos, pero en los dos últimos meses había hecho dos cambios drásticos en su vida. El primero fue casarse con Lori Bellamy. El segundo, mudarse a Cedar Cove y establecer una sucursal del negocio de reparación de coches que su padre había fundado más de cuarenta años antes. Mel y Ned, los dos hermanos menores, se habían quedado a cargo del taller de Seattle.

El hecho de que Linc hubiera delegado semejante responsabilidad en sus dos hermanos expresaba la confianza que tenía en ellos. Al parecer, también a él lo agobiaban las restricciones impuestas por la familia y al fin estaba listo para seguir adelante por su cuenta. ¡Gracias a Dios!

Lo primero que sospechó Mary Jo fue que Linc se trasladaba a Cedar Cove para vigilarla. Pero no parecía ser el caso. Linc estaba tan ocupado reformando el local y disfrutando de su matrimonio que Mary Jo apenas le veía el pelo.

Debió de quedarse dormida, porque la alarma la despertó a las siete. Noelle también se despertó al momento, con hambre y con la urgente necesidad de pañales limpios. Mary Jo la bañó, le dio de comer y la vistió para llevarla a casa de Kelly de camino a la oficina. Tenía el cuerpo destrozado y le costaba concentrarse, sin duda por las horas que había permanecido en vela, pensando en Mack, en David Rhodes y en Linc.

—Al menos ya es viernes —se murmuró a sí misma mientras revisaba un documento por tercera vez.

Al volver a casa vio la camioneta de Mack aparcada en el camino de entrada que compartían los dos apartamentos. Debía de haber estado esperándola, porque salió al porche en cuanto ella se bajó del coche. Mary Jo lo saludó con la mano y sacó a Noelle del asiento trasero.

—Hola —dijo él. Parecía incómodo y al mismo tiempo ansioso por hablar.

—Hola, Mack.

—¿Sigues enfadada?

—Decepcionada, más bien.

Mack guardó un momento de silencio.

—Lo siento mucho, de verdad.

—Lo sé —había percibido su arrepentimiento desde el momento de la confesión—. Pero me gustaría que hubieras sido sincero conmigo desde el principio.

—No volveré a ocultarte nada.

Mary Jo asintió. No tenía nada más que decir al respecto. Todo el mundo cometía errores y de nada servía detenerse en ellos.

—¿Olvidado? —le preguntó él.

Ella volvió a sentir.

—Olvidado.

—Gracias —obviamente aliviado, bajó los escalones del porche para acercarse a ella—. Esta tarde he ido a la biblioteca.

—¿Ah, sí?

—Apenas me acordaba de las clases de historia del instituto, así que saqué dos libros sobre la Segunda Guerra Mundial. Quiero conocer bien algunos detalles.

Mary Jo sonrió.

—Yo hablé con Charlotte el miércoles y también la semana pasada. He hecho una búsqueda por Internet de todos los institutos de la región, pero no he encontrado a ningún Jacob Dennison en las fechas que estamos barajando. Tendré que ampliar los parámetros de búsqueda en cuanto pueda —mientras hablaba se cambió a Noelle del brazo derecho al izquierdo.

—¿Tenía Charlotte alguna información útil? —preguntó Mack, sacando del coche la sillita de Noelle y la bolsa de los pañales.

—Me dijo que quizá Joan Manry hubiera estudiado en el instituto de Cedar Cove, de modo que consulté en Internet los nombres de los alumnos que se graduaron durante la guerra. El nombre de Joan Manry no aparecía entre ellos.

—Lástima.

—Quiero buscar en Internet una guía telefónica de esos años, pero todavía no he tenido tiempo.

—¿Crees que será posible encontrar alguna?

—No lo sabremos hasta que no lo hayamos intentado.

Mack esbozó una amplia sonrisa, y Mary Jo frunció el ceño, preguntándose qué le resultaría tan divertido.

—Me encanta cuando hablas en plural —le confesó Mack—. Quiero que trabajemos juntos para seguirles la pista a esos dos. No entiendo por qué Joan escondió las cartas, aunque me alegro de que lo hiciera.

—Lo único que se me ocurre es que su familia no aceptaba su relación con el soldadito y a Joan no le quedó más remedio que mantener la correspondencia en secreto.

—Mmm... Jacob dijo algo sobre la antipatía que le profesaba la hermana de Joan, ¿no?

—Sí, y no me imagino cuál pudo ser el motivo. Lo que está claro es que Joan y Elaine no se llevaban muy bien.

—Me dijiste que Joan vivía con su hermana aquí, en Cedar Cove. ¿Y sus padres?

–No estoy segura. Joan y Elaine sí parece que vivían aquí, pero las cartas no dicen nada de sus padres. Es difícil hacerse una idea general leyendo sólo la mitad de la correspondencia –Mary Jo mantuvo la puerta abierta para Mack–. ¿Quieres quedarte a cenar?

–¿Qué te parece si pido una pizza? Así tendremos más tiempo para investigar y cotejar las fechas de las cartas con los libros que he traído de la biblioteca.

–Me parece una idea estupenda –había pensado hacer crema de almejas, pero estaba demasiado cansada para cocinar–. Pero asegúrate de que mi mitad de pizza no tenga ninguna de esas anchoas que tanto te gustan –le advirtió en tono jocoso.

–Lo intentaré –le prometió él con una sonrisa.

Una hora más tarde los dos estaban sentados en la cocina, con la caja de pizza en la encimera, la caja de las cartas y los libros de historia en la mesa y Noelle mordisqueando sus juguetes en el parque. Mack y Mary Jo habían acabado de comer y se disponían a empezar la investigación.

–Comprueba esta fecha –dijo Mary Jo, desplegando una de las cartas–. 3 de junio de 1944. Es la última carta del montón. Escucha...

Hola, cariño

¿Cómo está mi chica? No sé qué está pasando, pero últimamente se habla mucho por aquí. Si te contara algo más me metería en problemas, así que no lo haré. Sea lo que sea, algo me dice que pronto me habré puesto en marcha.

Quiero que entiendas una cosa: estoy preparado para enfrentarme a mi destino. Si la invasión se lleva a cabo, aunque no sé dónde ni cuándo, hay muchas probabilidades de que no vuelva con vida. No pienses que quiero morir. Ninguno de nosotros quiere. Pero estamos en guerra, Joan, y lucharé hasta el último aliento. No soy ningún héroe, pero haré lo que se me ordene para que tú, mis padres, mis hermanos, y todo el resto del mundo podáis vivir en libertad. Si pudiera elegir ahora estaría contigo, buscando esos hijos de los que he-

mos hablado. Pero estoy al otro lado del mundo, dispuesto a mandar a Hitler al infierno.

Recuerda que te quiero. No puedo hacerte más promesa que ésta. Si muero, no habrá nada en la tierra ni en el cielo que se interponga en mi amor por ti. Reza por mí, cariño. Reza por todos nosotros.

Besos,

Jacob

A Mary Jo se le quebró la voz al leer las dos últimas líneas. Mack se sintió contagiado por su emoción, pero se concentró en la tarea que tenían entre manos y hojeó rápidamente uno de los libros.

—Dios mío —susurró.

—¿Qué? —Mary Jo dejó la carta y rodeó la mesa para mirar por encima del hombro de Mack.

—El 6 de junio de ese año fue el Día D, cuando los aliados desembarcaron en las playas de Normandía.

—Fue su última carta —dijo Mary Jo. Volvió a su sitio y se dejó caer en la silla, imaginando lo que debió de suceder.

—Recuérdame lo que decían las cartas anteriores.

—Jacob decía que los entrenamientos y las maniobras se sucedían sin descanso. Él era paracaidista con la 101, y hablaba de lo que sintió al realizar su primer salto. Al principio estaba muerto de miedo, pero cuanto más lo hacía más fácil le resultaba.

—Debía de estar entrenándose para la invasión —dijo Mack.

—Al final de la carta, cuando dice que si algo le sucede...

—¿Sí?

Mary Jo intentó contener las lágrimas.

—Murió, ¿verdad? No sobrevivió a la invasión.

—No lo sabemos. Tal vez sólo resultó herido.

—Tal vez —dijo ella, no muy convencida—. Pero ¿no te parece que ella habría conservado la carta que lo confirmara?

—No estaban casados, ¿verdad?

—No —sólo estaban comprometidos. Jacob había partido

para Europa con la promesa de que se casaría con ella si regresaba con vida.

—Si no estaban casados, el ejército no tenía por qué notificar a Joan que Jacob había sido herido en combate —explicó Mack—. El único modo que tenía Joan de saberlo era a través de la familia de Jacob.

—Aquí no se dice nada de su familia.

—Aun así, no podemos descartar la posibilidad de que fuera herido y que no hubiera muerto en la invasión.

—¿Qué dice el libro sobre el Día D? —quiso saber Mary Jo. Sus conocimientos sobre la Segunda Guerra Mundial eran más escasos de lo que había pensado.

—Veamos —dijo Mack, leyendo rápidamente la información—. El Desembarco de Normandía fue la mayor invasión anfibia realizada jamás. ¡Cielos! Las fuerzas aliadas constaban de ciento setenta y cinco mil soldados y más de cinco mil naves. Tuvo que ser impresionante.

—Zarparon de Inglaterra, ¿no? —al menos recordaba aquel detalle.

Mack asintió.

—El desembarco se produjo a lo largo de ochenta kilómetros de la costa de Normandía y se dividió en cinco sectores... Recuerdo que en clase de historia nos hablaron de Omaha Beach y de Utah Beach. Y también aparecen en esa película... *Salvar al soldado Ryan*. Fue allí donde desembarcaron las tropas estadounidenses.

—Sí, eso es —Mary Jo había visto la película con sus hermanos en DVD. La escena inicial de la batalla la había sobrecogido, y la sensación era mucho mayor ahora que conocía a uno de los soldados que tomaron parte. Un soldado que quizá hubiera muerto entre tantos otros. Un soldado que se había convertido en alguien familiar para ella gracias a esas cartas donde volcaba sus pensamientos y emociones más íntimas.

—Creo que los ingleses y canadienses desembarcaron en Juno Beach y Sword Beach —continuó Mack—. Sí, Omaha y Utah fueron las playas ocupadas por los estadounidenses.

—Jacob...

—No, Jacob no estuvo en las playas —dijo Mack.

—¿No?

—Dijiste que era paracaidista.

—Sí, ¿y qué? —no sabía muy bien lo que significaba eso, aparte de que saltaban de los aviones.

—En ese caso, tuvo que lanzarse en paracaídas tras las líneas enemigas.

—Tras las líneas enemigas —repitió ella en voz baja.

—Eso no significa que lo mataran —volvió a sugerir Mack.

—Lo sé, pero la ausencia de cartas posteriores a la invasión no invita precisamente a ser optimistas.

Mack guardó unos minutos de silencio.

—¿Estás segura de que no había nada más escondido bajo el suelo del armario? —preguntó por fin.

Mary Jo se había excitado tanto al descubrir las cartas que no se había molestado en seguir buscando.

—Quizá deberíamos comprobarlo... —sugirió—. ¿Quieres que lo hagamos ahora?

—¿Por qué no?

De camino al dormitorio, Mary Jo se convenció de que Jacob Dennison había muerto en la guerra. Tal vez fuera aquélla la razón por la que Joan había ocultado las cartas: no podía desprenderse de ellas, pero tampoco podía mirarlas.

Mack abrió la puerta del armario y se agachó para retirar las tablas sueltas, aunque Mary Jo dudaba que pudiera haber algo más escondido en un espacio tan pequeño.

—¿Tienes una linterna? —le preguntó él.

—Espera —dijo ella, y corrió a la cocina a buscarla. Linc se la había comprado, y le había sido de gran utilidad en un apagón.

Al volver al dormitorio encontró a Mack tendido boca abajo.

—Toma —le tendió la linterna y Mack alargó el brazo para agarrarla—. ¿Ves algo?

—Creo que sí.

—¿Sí? —exclamó ella.

—Espera —murmuró él con un gruñido. Se puso de rodillas y le entregó a Mary Jo un pequeño objeto de forma rectangular envuelto en hule.

—¿Qué es esto? —preguntó ella, sin poder creerse lo que veían sus ojos.

—Ábrelo y lo sabremos.

Mary Jo se arrodilló en el suelo junto a él y retiró con cuidado el envoltorio. Era un librito de tapas marrones, cerrado con un pequeño candado. *Diario de cinco años,* se leía en letras doradas muy descoloridas.

—Es el diario de Joan —exclamó Mary Jo, apretándoselo contra el pecho. Al fin tendrían la respuesta al enigma. De no haber sido por Mack, el diario habría permanecido oculto en el armario—. Gracias, Mack —le dijo, y se inclinó para besarlo. Fue un gesto natural, absolutamente espontáneo, pero bastó para despertar las emociones dormidas de Mary Jo.

Ninguno de los dos se movió durante varios segundos. Y entonces, como si una fuerza externa los empujara, se lanzaron a la vez el uno hacia el otro.

Mary Jo se olvidó por completo del diario mientras sucumbía al beso de Mack.

CAPÍTULO 9

Will Jefferson estaba seguro de haber hecho algunos progresos con Shirley Bliss. Tras varias conversaciones bastante desalentadoras, ella había aceptado finalmente una cita. Will había recibido una invitación para una exposición de Larry Knight en Seattle y Shirley había accedido a acompañarlo. Siempre la había impresionado el contacto que mantenía Will con un artista como Knight.

Hasta ese momento, había rechazado todas las invitaciones de Will alegando que tenía otros compromisos. Will sabía que al menos uno de esos compromisos era cierto. El que tenía con su amiga Melinda, o Matilda, o M-no-sé-qué Sullivan. Miranda. Eso era. Will y Miranda habían hablado por teléfono y ella le había dicho que lo ayudaría en la galería cuando fuera necesario. Hasta el momento no la había necesitado, y aunque Miranda se había mostrado por teléfono tan fría como en persona, Will estaba convencido de que acabaría ganándosela sin mucho esfuerzo.

Le había ofrecido a Shirley recogerla en su casa, pero ella había insistido en encontrarse con él en el ferry de Bremerton. A él no le hacía ninguna gracia, pero no le quedaba más remedio que dejar que fuese ella la que marcara el ritmo. Si Shirley quería ir despacio, que así fuera. Él era un hombre paciente.

Al llegar a Bremerton vio a Shirley esperando en la terminal del ferry.

—Me alegro de verte —le dijo Will, acercándose a ella para besarla en la mejilla.

—Lo mismo digo —respondió Shirley, retrocediendo rápidamente. Will sabía que no le gustaban las demostraciones de afecto en público, de modo que no se sintió ofendido.

Shirley estaba preciosa de negro y verde azulado, y Will también se había esmerado con su imagen. Sabía lo importante que era vestir bien y no le importaba gastar lo que hiciera falta en vestir adecuadamente. La experiencia le había demostrado que el dinero empleado en el vestuario producía cuantiosos beneficios. Tal vez fuera un tópico que la ropa hiciese al hombre, pero Will no podía estar más de acuerdo.

—Me alegro de que me hayas invitado —le dijo Shirley mientras subían al ferry—. Soy una gran aficionada al trabajo de Larry Knight.

Avanzaron hacia la proa del barco para conseguir los mejores asientos, antes de que fueran ocupados por los pasajeros que embarcaban con sus coches. Se sentaron en unos bancos acolchados, uno enfrente del otro.

—Larry Knight es amigo mío —le recordó Will. No quería añadir que, de no haber sido por él, el novio de Tanni no habría podido entrar en la escuela de arte de San Francisco. Gracias a él y a sus contactos, Shaw estaba haciendo lo que quería... y a una considerable distancia de la hija de Shirley. Por suerte, Larry había visto que el chico tenía talento y estaba dispuesto a ayudarlo.

—Me gustan especialmente sus últimas piezas. Ya sabes, las que están influidas por el pop art de los años sesenta.

—Sí, tiene mucho talento —dijo Will, consciente de lo superficial que resultaba su comentario.

—No es sólo talento —replicó Shirley—. Ese hombre es un genio.

Will frunció el ceño, pues tampoco creía que fuera para tanto. Quizá Shirley tuviera una opinión sobrevalorada de

Larry. En cualquier caso, estaba decidido a hacer de aquella velada una ocasión inolvidable para Shirley. La cena que había organizado para después iba a impresionarla, sin duda.

—Ha trabajado con todos los materiales —continuó ella, incapaz de contener su admiración—. No creo haber conocido nunca a nadie tan versátil como Larry. Bueno, en realidad nunca nos hemos visto, pero estoy muy familiarizada con su trabajo y es como si lo conociera a través de ti. Es un privilegio poder conocerlo por fin en persona.

Will empezaba a cansarse.

—Hace años que Larry y yo somos amigos. Nos conocimos en 1996, en la inauguración de una pintura que hizo para las Olimpiadas de Atlanta —explicó, intentando desviar la conversación hacia él. En realidad, había sido Georgia la que organizó aquella exposición, pero ella prefería permanecer en un segundo plano mientras que Will disfrutaba siendo el centro de atención.

Shirley asintió.

—¿Sabías que Larry hacía portadas?

—¿Portadas?

—Portadas para libros.

Will no tenía ni idea de aquella otra faceta artística de Larry.

—¿Ah, sí?

—También hacía ilustraciones para libros infantiles.

—Pero ya no las hace, ¿verdad? —preguntó Will, fingiéndose sorprendido.

—No, ya no. Ha abandonado el arte comercial.

Will murmuró una respuesta evasiva.

—Estoy muy emocionada por tener la oportunidad de conocerlo —dijo Shirley. Will nunca la había visto tan animada.

Cruzó las piernas y pensó que aquél sería un buen momento para recordarle que iba a conocer al gran Larry Knight gracias a él.

—Como ya te he dicho, somos viejos amigos —no mencionó que el artista se había quedado viudo cinco años atrás, porque no quería que Shirley y Larry compartieran ese punto en común.

—Oh, sí, lo sé.

Él asintió, deleitándose con el tono reverencial de su voz.

—De no haber sido por ti y por Larry, Shaw seguiría trabajando en Mocha Mama's.

Will se relajó un poco. Shirley tenía que entender que no la había invitado para que pusiera a Larry Knight por las nubes. Ella era su cita y la de nadie más.

El Museo de Arte de Seattle estaba atestado de gente cuando llegaron. El paseo desde el muelle hasta la Primera Avenida había sido muy estimulante; hacía una espléndida noche primaveral y los «glitterati» ocupaban las calles de camino al museo. A Will le pareció que él y Shirley se fundían perfectamente con esos millonarios amantes del arte que se dirigían al evento. Las entradas no eran precisamente baratas, y Will confiaba en que Shirley supiera apreciar el dinero que estaba desembolsando para brindarle aquella oportunidad. También había hecho una reversa en un restaurante de categoría.

Al entrar en el museo vieron a Larry con un grupo de gente, todos charlando y bebiendo vinos de precio exorbitante, a juzgar por las botellas que estaban a la vista. Larry era alto y delgado, e irradiaba una personalidad arrolladora. Llevaba una barba canosa pulcramente recortada y vestía una chaqueta de piel. El pelo lo llevaba demasiado largo para el gusto de Will y peinado hacia atrás.

—Vamos. Te lo presentaré —dijo, llevando a Shirley hacia él. Esperó pacientemente a que Larry estuviera libre y entonces se adelantó—. Larry, quiero presentarte a mi amiga Shirley Bliss.

—Will Jefferson —Larry lo reconoció al instante y le estrechó la mano—. Me alegro de volver a verte.

—Lo mismo digo —respondió Will, confiando en que su alivio no fuera demasiado evidente. Por un momento había temido que Larry no se acordara de él.

Larry se giró hacia Shirley y le ofreció la mano.

—Shirley Bliss —repitió lentamente—. Me suena el nombre... ¿Eres artista?

Shirley se puso roja como un tomate y pareció quedarse sin habla.

—Shirley es una artista textil de Cedar Cove —dijo Will.

—Shirley Bliss —volvió a repetir Larry—. Naturalmente. He visto tu obra.

—¿En serio? —preguntó Shirley, aparentemente perpleja por aquella revelación.

—Sí. Will me envió una foto de su galería y en ella aparecía el dragón. Es una pieza increíble.

—Vaya... Gracias. Es uno de los mayores halagos que he recibido en toda mi carrera.

—¿Vino tinto o blanco? —preguntó Will con excesiva brusquedad.

Shirley lo miró con cara de pocos amigos.

—Tinto, por favor.

—Mientras Will va a buscar el vino, permíteme que te enseñe una de mis piezas.

—Será un honor.

Will frunció el ceño mientras Larry se llevaba del brazo a Shirley. ¿Cómo era posible que la situación se le hubiera escapado de las manos nada más entrar en el museo? Entre Larry y Shirley había surgido una sintonía inmediata, y eso lo preocupaba.

No tardó en localizar a un camarero y hacerse con dos copas de vino tinto. Al entregarle una de ellas a Shirley, ésta la miró distraídamente un momento, antes de darle las gracias.

—Ya te hemos robado bastante tiempo —dijo Will, preparado para llevarse a Shirley al otro extremo de la sala.

—Es verdad —corroboró Shirley de mala gana—. Me ha encantado hablar contigo, Larry. Muchas gracias otra vez.

—No, no. Gracias a ti —respondió Larry. Hizo una ligera reverencia y le sostuvo la mirada a Shirley unos segundos más de lo necesario.

—¿Echamos un vistazo? —sugirió Will.

—Sí, claro —aceptó Shirley con voz entrecortada.

Will la alejó lo más posible de Larry, pero Shirley no dejaba de seguirlo con la mirada mientras él iba de un lado a otro del museo, saludando a sus invitados y charlando con ellos.

Mientras contemplaban sus pinturas, Will tuvo que reconocer que Larry Knight era un artista de mucho talento. Aunque no por ello iba a aceptar de buen grado la atención que Larry le dispensaba a su cita.

Shirley, como era lógico, estaba embelesada con cada lienzo.

—Sabe usar como nadie el color y la sombra —dijo al menos una docena de veces.

No se podía esperar menos de un artista que vendía sus cuadros por seis cifras o más.

Una hora más tarde, cuando el museo empezó a vaciarse de gente, Will se disponía a sugerir que se marcharan cuando Larry apareció repentinamente junto a ellos.

Los ojos de Shirley se iluminaron al instante.

—¿Vais a ir a cenar? —les preguntó él.

—Así es —respondió Will, adelantándose a la posible respuesta de Shirley.

—Qué lástima —dijo Larry—. Quería invitaros a una cena privada en un club no lejos de aquí. Sólo estaremos mi agente, el encargado del museo y unas pocas personas. Mañana tengo que madrugar para tomar el avión.

—Por desgracia, no podemos —dijo Will, intentando aparentar que lo sentía realmente.

Shirley le lanzó una mirada suplicante.

—¿No podemos cambiar los planes?

—Me temo que no. He hecho una reserva en un restaurante.

—Vaya —murmuró ella con expresión abatida.

Will miró fijamente a Larry, acuciándolo en silencio a que se largara de una vez. Shirley era su cita y Larry estaba invadiendo su territorio.

—En otra ocasión, entonces —dijo Larry.

—En otra ocasión —repitió Will. Agarró a Shirley por el codo y la llevó hacia la salida.

Una vez en el exterior se preparó para recibir los reproches de Shirley, pero a ella no pareció importarle que se mostrara reacio a compartir su compañía. Su actitud amable y comprensiva le sirvió para alimentar un poco su maltrecho ego. Ya era bastante malo que Shirley se hubiera quedado embobada con todo lo que decía Larry Knight.

Will había hecho las reservas en el mejor asador de Seattle y también había pedido por adelantado una botella del mejor vino de la casa. Desafortunadamente, descubrió que a Shirley no le gustaba la carne roja. Tal vez no la conocía tan bien como había creído.

Shirley permaneció callada durante la travesía de vuelta a Bremerton. Cuando el ferry atracó en el muelle Will insistió en acompañarla al aparcamiento, donde ella había dejado su coche.

—Gracias —dijo ella cuando llegaron a su vehículo—. Lo he pasado muy bien.

—Yo también —respondió él. Quería hacerle ver que la velada no habría sido ni la mitad de agradable sin ella.

—Conocer a Larry ha sido lo mejor, sin duda.

—Me alegro de haberlo hecho posible —odiaba ser tan descarado, pero quería que Shirley reconociera su papel a la hora de presentarle «lo mejor» de la velada.

—¿Sabes que perdió a su mujer?

—Sí, lo sé —Will había intentado mantenerlo en secreto, pero al parecer Larry se lo había dicho.

—Hace cinco años. De un ataque al corazón. Nació con esa debilidad congénita, pero nadie lo descubrió hasta que fue demasiado tarde.

—Trágico —dijo él. Era obvio que Larry y Shirley no habían estado hablando de técnicas artísticas en los escasos minutos que Will se había ausentado para buscar el vino. Seguramente Shirley le había confesado que ella también era viuda.

—Sí —murmuró Shirley, sacando del bolso las llaves del coche.

—¿Qué tal una última copa?

Ella sonrió y negó con la cabeza.

—No, gracias.

Will no había creído que aceptara, pero de todos modos se sentía obligado a preguntárselo.

Shirley estaba abriendo la puerta cuando Will le puso una mano en el hombro. Después de todo lo que había invertido para que la velada fuera un éxito, lo menos que podía recibir era un beso.

Pero Shirley giró el rostro y sólo lo besó en la mejilla.

—Gracias otra vez por esta velada tan encantadora.

Will se apartó y ella se subió al coche, arrancó y se alejó.

Una mezcla de sensaciones diversas acompañó a Will de camino al coche. Durante el último año había llevado una vida sencilla y célibe, prácticamente monacal. No había sido fácil, sobre todo con las oportunidades que se le presentaban para pasar una noche o una semana con una mujer hermosa, sin preguntas ni compromisos.

Pero si se había mudado a Cedar Cove era para enterrar los viejos hábitos e introducir nuevos cambios en su vida. Quería tener una relación estable, y la quería con Shirley. No sólo era inteligente y tenía clase y talento, sino que además le resultaba irresistiblemente atractiva.

Con lo que no contaba era con no resultarle atractivo a ella. Había sido un golpe demoledor para su ego, y aún más por la evidente atracción que Shirley había sentido por Larry Knight. Pero una relación entre los dos artistas no conduciría a ninguna parte. Larry siempre estaba viajando de un lado para otro, lo que hacía imposible mantener una relación de verdad.

Y lo que dejaba vía libre para Will...

Mientras conducía de vuelta a Cedar Cove estuvo barajando ideas para conquistar a Shirley. Hasta el momento había fracasado en todos sus intentos, pero la culpa había sido suya por ser demasiado impaciente. Shirley se hacía la difícil, y cualquier adolescente conocía aquella estrategia clásica.

Decidió que esperaría una semana antes de volver a llamarla. Si en ese tiempo se vendía alguna de sus piezas, genial, le mandaría el cheque a final de mes al igual que hacía con todos los demás artistas. Se acabaron las llamadas personales y las entregas especiales.

Su plan acabaría funcionando. Y mientras tanto quizá debería salir con alguien más. Empezó a sopesar las opciones y de repente se le ocurrió. Si había alguien capaz de llamar la atención de Shirley, era su mejor amiga.

Sonrió y le dio un manotazo al volante. A Will le encantaban los desafíos, y aquél era uno. Miranda Sullivan y Shirley Bliss...

Al día siguiente llamaría a Miranda para invitarla a salir.

CAPÍTULO 10

A la mañana siguiente al Día de los Caídos, Corrie McAfee miraba por la ventana del salón mientras esperaba a Peggy Beldon para ir de compras. Peggy se había tomado un descanso en las obras que ella y su marido, Bob, estaban haciendo en la pensión Thyme and Tide, en Cranberry Point. El lugar tenía merecida fama; Peggy hacía que los huéspedes se sintieran como en casa y además era una fantástica cocinera que convertía todas las comidas en auténticos festines.

Corrie vio acercarse a Peggy y se apartó de la ventana para recoger su bolso.

—Ya está aquí —le gritó a su marido. Roy se iría a la oficina al cabo de media hora, pero Corrie se había tomado el día libre. Era una de las ventajas de ser la secretaria de Roy y trabajar en familia.

—Que te diviertas —le dijo él sin apartar la vista del periódico.

—¿No vas a decirme que no gaste mucho? —bromeó ella.

Roy se puso el periódico en la rodilla.

—¿Serviría de algo?

—La verdad es que no.

—Tan sólo un pequeño recordatorio —dijo Roy—: gastar no es la mejor manera de ahorrar.

—Sí, cariño.

Roy la miró con el ceño fruncido, pero sus ojos brillaban con un regocijo mal disimulado.

—Sabía que dirías eso.

Corrie ocultó una sonrisa, le lanzó un beso y salió por la puerta. Peggy estaba hablando por el móvil cuando Corrie se subió al coche. Acabó la llamada y le sonrió a su amiga.

—Estaba hablando con Bob. Va a pintar las habitaciones esta semana y quería asegurarme de que había elegido el color adecuado —el objetivo de aquella excursión era comprar las colchas y las sábanas para las habitaciones de la pensión.

—Había pensado que fuéramos a Centralia.

—Genial. No he ido desde las últimas navidades.

El centro comercial estaba a más de una hora en coche, pero así tendrían tiempo para ponerse al día. Corrie no buscaba nada especial en las tiendas. Una ganga era una ganga, pero a pesar de lo que Roy había insinuado, era una mujer muy sensata.

—¿Cómo está Mack? —le preguntó Peggy.

—Muy bien —respondió Corrie. Estaba muy contenta por tener a su hijo viviendo tan cerca de ella. La relación de Mack con su padre nunca había sido tan buena. Se habían pasado muchos años enfrentados, convirtiendo las reuniones familiares en situaciones realmente incómodas en las que Roy siempre estaba provocando a Mack.

Pero las cosas habían mejorado sin que Corrie supiera cómo ni por qué. El único cambio había sido la llegada de Gloria a sus vidas. La tristeza invadió a Corrie al pensar en su hija mayor. Estaba en la universidad cuando tuvo a Gloria y no le quedó más remedio que darla en adopción. Había roto con Roy, y él estaba con otra chica cuando Corrie descubrió que estaba embarazada. De modo que no le dijo nada del bebé, volvió a casa con su familia y vivió tranquilamente su embarazo. Roy no supo que tenía una hija hasta que se reconciliaron dos años después.

Después de perder a sus padres adoptivos en un accidente de avión, Gloria emprendió la búsqueda de su familia biológica. Corrie estaba encantada con la oportunidad de conocer a su hija, pero para Gloria fue muy duro descubrir que sus padres estaban casados y que habían tenido otros dos hijos.

A pesar de las dudas iniciales, todos se esforzaron por que Gloria se sintiera querida y aceptada en su nueva familia. Pero Corrie tenía a veces la sensación de que su hija mayor no se encontraba cómoda; al fin y al cabo, había sido criada como hija única y no compartía ningún recuerdo familiar con sus dos hermanos, Linnette y Mack. En muchos aspectos seguían siendo unos completos desconocidos.

—¿Cómo se llevan Mack y Mary Jo, viviendo puerta con puerta? —fue lo siguiente que le preguntó Peggy.

—Hasta ahora, muy bien —respondió Corrie, cruzando los dedos.

—Es una chica encantadora.

—¿Te he dicho que Mary Jo encontró una caja con cartas de la Segunda Guerra Mundial? Mack me dijo que estaban investigando sobre la guerra.

—¿Sabes quién escribió o recibió esas cartas?

—Se las escribió un soldado a su novia, Joan Manry, que trabajaba en los astilleros durante la guerra. Pero Mack no cree que su familia fuera de Cedar Cove.

—No me suena el nombre —dijo Peggy. Había nacido y crecido en Cedar Cove y se había casado con Bob Beldon, su novio del instituto. Durante muchos años vivieron en Spokane, hasta que volvieron a Cedar Cove y compraron la pensión.

—Mack dice que muchas familias vinieron aquí durante la guerra.

—Así es —corroboró Peggy—. Venían a trabajar en los astilleros.

—El soldado que escribió las cartas se llamaba Jacob Dennison. ¿Te suena ese nombre? —le preguntó Corrie, esperanzada.

—No, lo siento.

—Qué lástima —Corrie suspiró—. El misterio sigue sin resolverse.

–¿Qué van a hacer Mack y Mary Jo con las cartas? A lo mejor sus dueños aún viven –Peggy miró por el espejo retrovisor para incorporarse a la autovía en dirección a Olympia, la capital del estado.

–Mary Jo quiere entregárselas a los herederos, en caso de que pueda localizarlos. Ella y Mack nos han contado muchas cosas de esas cartas. Son un auténtico tesoro.

–Me gustaría verlas.

–Y a mí –murmuró Corrie.

–De vez en cuando les echo un vistazo a las cartas que Bob mandaba desde Vietnam... me hacen revivir aquel tiempo.

Las dos se quedaron calladas un largo rato.

–Noelle está creciendo muy deprisa –comentó finalmente Corrie–. Mack me pidió que me quedara con ella el domingo para que él pudiera llevar a Mary Jo al cine. Me encantó estar con la pequeña.

–¿Estás preparada para ser abuela? –le preguntó Peggy con una sonrisa.

–Totalmente –afirmó Corrie con vehemencia. Nada le gustaría más que ser abuela, pero temía que aún faltaran algunos años para eso. A no ser que Mack y Mary Jo se casaran y Noelle se convirtiera en su nieta... lo que era cada vez más probable.

En cuanto a Linnette, Corrie estaba segura de que acabaría casándose, aunque no sería dentro de poco. Su hija aún no había superado el desengaño de Cal Washburn. Después de que éste le rompiera el corazón, había hecho las maletas y se había subido al coche sin ningún destino fijo. Acabó en un pequeño pueblo llamado Buffalo Valley, en Dakota del Norte.

Gracias a su trabajo como enfermera, la comunidad la recibió con los brazos abiertos. Incluso reformaron un viejo edificio para usarlo como clínica y contrataron a Linnette para que la dirigiera. Ahora estaba saliendo con un granjero llamado Pete Mason, pero Corrie no creía que fuera algo serio. Al menos era la impresión que tenía después de haber conocido brevemente al joven y de escuchar lo poco que

Linnette tenía que decir al respecto. La última vez que Corrie le pregunto por Pete, su hija cambió rápidamente de tema. La relación debía de estar en las últimas.

—¿Cómo le va a Gloria en la oficina del sheriff? —le preguntó Peggy.

—Hasta donde yo sé, muy bien.

Gloria había pedido el traslado de la policía de Bremerton a Cedar Cove y estaba encantada con el sheriff Troy Davis y su departamento. A Corrie le gustaba que su hija mayor se hubiera hecho policía. Roy había trabajado como policía en Seattle hasta que una lesión de espalda lo obligó a retirarse prematuramente y convertirse en detective privado.

Llegaron al centro comercial poco antes de las diez y se tomaron un café con bizcochos antes de empezar las compras. Peggy le contó a Corrie los ensayos de la nueva obra que se estrenaría en el teatro del pueblo, el musical *José el Soñador*, de Andrew Lloyd, en la que Bob había conseguido el papel de Jacob. Peggy, como era normal en ella, se había ofrecido voluntaria para hacer los trajes.

—El otro día me encontré con Olivia —dijo Peggy entre bocado y bocado de su magdalena de salvado y arándanos—. Parece que vuelve a ser ella misma.

—Me alegro —Corrie había pedido la misma magdalena para ella, pero no se podía comparar a las que hacía Peggy.

—Dice que piensa volver al trabajo en septiembre.

Corrie sonrió al oírlo. La última vez que habló con Olivia, la juez de familia estaba sopesando sus opciones y pensando seriamente en la jubilación anticipada. Pero al parecer había cambiado de opinión.

—Ah, y la semana pasada estuve almorzando con Faith Beckwith —añadió Peggy—. Está muy ocupada con los preparativos de la boda. ¿Sabes adónde quiere ir Troy de luna de miel?

—¿Hawai?

—Alaska. Quiere ir a una cabaña junto al Círculo Polar... ¡a pescar! ¿Qué te parece?

Corrie arrugó la nariz y se echó a reír.

Peggy sacó las muestras de pintura del bolso, las ordenó y fueron a buscar las colchas. Por alguna razón desconocida, Corrie se sorprendió a sí misma deambulando por la sección infantil mientras Peggy elegía las sábanas. Tal vez fuera por la pregunta que le había hecho Peggy sobre sus deseos de ser abuela, pero en cualquier caso algo la retenía allí.

Agarró un pequeño pijama amarillo y sintió que algo se removía dentro de ella.

—Voy a comprarlo —le dijo a nadie en particular, pero volvió a dejarlo. Roy pensaría que se había vuelto loca si se ponía a comprar ropita de bebé. Ni siquiera sabía si alguna vez sería abuela.

Se reunió con Peggy y juntas eligieron las colchas para las habitaciones de la pensión. Fueron a tres tiendas diferentes y Peggy compró algo en cada una de ellas. Corrie la ayudó a llevar las abultadas bolsas al coche.

—Creo que ya he acabado —dijo Peggy—. ¿Y tú?

—Oh, yo también —Corrie volvió a mirar hacia la tienda donde había visto el pijama de bebé.

—¿Seguro?

—Enseguida vuelvo —dijo Corrie, y volvió a la tienda mientras Peggy esperaba en el coche. Agarró el pijama amarillo y otros dos, junto a un juego de mantas. Antes de poder detenerse, añadió más ropa, mantas y juguetes a la compra. Roy se burlaría de su alocada cabeza, pero a ella no le importaba.

No le dijo a Peggy lo que había comprado. Cargaron las bolsas en el asiento trasero y se pusieron a hablar de libros, películas y cotilleos inofensivos.

—Gracias por haberme acompañado —le dijo Peggy al aparcar frente al número 50 de Harbor.

—No tienes por qué darme las gracias —replicó Corrie—. Me lo he pasado muy bien —se dispuso a salir del coche cuando Peggy le llamó la atención.

—No olvides tus bolsas.

—¡Es verdad! —a punto había estado de dejárselas en el coche.

Roy estaba en la oficina, afortunadamente. Corrie temía decirle que sólo había comprado cosas para un bebé que ni siquiera existía. No sabía por qué lo había hecho, y el sentimiento de culpa la acució a meter las bolsas en el armario de la habitación vacía.

El teléfono empezó a sonar cuando entró en la cocina, y Corrie se extrañó al ver el número de Linnette en la pantalla a aquellas horas. Su hija siempre estaba muy ocupada en la clínica y no volvía a casa hasta las seis o las siete de la tarde. Al menos el pueblo le había ofrecido alojamiento muy cerca de su lugar de trabajo.

—Hola, cariño —la saludó Corrie alegremente—. ¿Hace tan buen tiempo en Dakota del Norte como aquí?

—¿Dónde estabas? —le preguntó Linnette—. Te llamé antes y no respondió nadie.

—Estaba de compras con Peggy. ¿Va todo bien? ¿Has intentado llamar a tu padre a la oficina?

—No quiero hablar con papá. Te buscaba a ti.

Corrie se sentó en el taburete que había junto al teléfono.

—Pues aquí me tienes. ¿Qué ocurre, Linnette?

Su hija tardó en responder.

—Me temo que no hay una forma sencilla de decirte esto...

—¿Decirme qué? —Corrie intentó sofocar la ansiedad que se apoderó de ella.

—Debería habértelo dicho antes, pero no lo hice, y cuanto más lo postergaba, más me costaba decírtelo. Ahora no sé cómo te lo tomarás y... por favor, no te enfades conmigo. ¡Por favor!

Corrie respiró profundamente.

—Linnette, no voy a enfadarme contigo, pero dime de una vez qué ocurre.

—No es nada malo, mamá. De hecho, es algo muy bueno. O al menos para mí.

Un hormigueo recorrió la columna de Corrie.

—Estás embarazada, ¿verdad?

—Sí —la respuesta estuvo acompañada de una risa y un sollozo al mismo tiempo.

—Oh, Dios mío... —Corrie se deslizó del taburete y se puso en pie. La excitación inicial fue rápidamente desplazada por la inquietud. ¿Quién sería el padre? ¿Linnette se quedaría con el bebé, siendo una mujer soltera e independiente?—. Debería habérmelo imaginado. Y creo que de algún modo lo intuía. Como ya te he dicho, estaba de compras con Peggy y de repente sentí la irresistible necesidad de comprar ropa de bebé.

—Esto... hay algo más —dijo Linnette.

—¿Vas a tener gemelos? —exclamó Corrie.

—No. Estoy casada.

—Casada —repitió Corrie. Por alguna razón, aquella segunda revelación la dejó más aturdida que la primera—. ¿Con quién?

—Con Pete, naturalmente.

—¿Pete Mason? ¿El hombre al que nos presentaste en Navidad?

—Sí.

Pete había llevado a Linnette a casa de sus padres para que pudiera pasar con ellos las vacaciones. A Corrie le había causado buena impresión, pero jamás hubiera sospechado que él y Linnette tenían previsto casarse.

—¿Lo quieres? —el mayor temor de Corrie era que su hija se hubiera casado por despecho.

—Claro que sí. Nos casamos cuando volvíamos a casa. No habíamos pensado en hacerlo, y ya sé que puede parecer una locura. Nos detuvimos en Las Vegas el veintinueve de diciembre. Sólo encontramos una habitación doble con una sola cama, y Pete insistió en que nos la quedáramos. Yo le dije en broma que no era esa clase de chica y entonces él dijo: «Pues casémonos y asunto arreglado». Yo dije: «De acuerdo», y así fue —lo dijo todo de golpe, sin pararse a respirar—. Creo que me quedé embarazada esa noche.

Corrie tuvo que volver a sentarse. Miró el calendario,

aunque en realidad no era necesario, y calculó que su hija estaba embarazada de cinco meses.

—¿Quieres decir que lo has sabido todo este tiempo y no me lo has dicho?

—Sí, mamá. Lo siento. Quería decírtelo, pero tenía miedo de que papá y tú os enfadarais con nosotros y lo fui aplazando.

—No estoy enfadada. ¡Estoy ilusionada!

—¿Se lo dirás a papá por mí?

—Por supuesto.

Linnette dudó un momento.

—¿Crees que se enfadará?

—No, cariño. Creo que se llevará una gran alegría. ¿Puedo decírselo también a Mack y Gloria?

—Claro. Aunque... Mack ya lo sabe.

—¿Mack lo sabe? —a Corrie le costaba creer que sus hijos le hubieran guardado el secreto. Difícil de creer... y doloroso—. ¿Y Gloria?

—Todavía no se lo he dicho. ¿Quieres hacerlo tú, debería decírselo yo?

—Yo lo haré —se ofreció Corrie. Sería una buena y legítima razón para visitarla.

Linnette expulsó una sonora exhalación.

—Me siento mucho mejor, mamá. No sabes el alivio que me supone haberte dicho lo de Pete... y lo del bebé.

Siguieron hablando durante diez o quince minutos, y cuando colgaron todo el dolor y la decepción se habían desvanecido. Corrie había albergado la esperanza de organizar la boda perfecta para su hija, pero se recordó a sí misma que lo más importante era la unión, no la ceremonia. Se preguntó si el bebé sería niño o niña. Linnette había decidido no saberlo, así que el amarillo era el color adecuado, al menos por ahora.

Sumida en sus divagaciones, se ocupó de algunas tareas domésticas y preparó una cena especial a base de solomillo y espinacas salteadas, el plato favorito de Roy.

—Hola, cariño —la saludó él cuando volvió a casa después de las seis. Corrie lo recibió en el salón y lo abrazó por la cintura.

Roy la miró con desconfianza.

—Muy bien, confiésalo, ¿qué has comprado?

—Me he gastado menos de doscientos dólares —se defendió ella.

—¿En qué?

—En ropa de bebé.

—¿Ropa de bebé? —repitió él, frunciendo el ceño.

—Sí, abuelo. Vamos a tener un bebé a finales de septiembre.

—¿Cómo dices? —preguntó Roy con una expresión de perplejidad absoluta.

Corrie se echó a reír.

—Linnette y Pete van a ser padres, y antes de que digas nada... se han casado.

CAPÍTULO 11

Gloria Ashton se paseaba por el pequeño salón de su apartamento mientras esperaba a su cita. Sólo había salido con el médico una vez, casi tres años antes, y había sido un completo desastre. Después de aquello Chad la había invitado a salir en numerosas ocasiones, pero ella se mantuvo firme en su rechazo.

Al pensar en aquella cita se estremecía de vergüenza. Había pasado la noche con él. Una sola cita y habían acabado en la cama sin pensar en las consecuencias. Nunca había hecho algo así, y nunca más volvería a hacerlo. Aquel comportamiento irracional e impulsivo iba contra todo lo que Gloria creía. En su opinión, el sexo debería reservarse para las parejas comprometidas.

La culpa de todo la había tenido ella, por sentirse tan sola, perdida y vulnerable. Se había trasladado al Estado de Washington para buscar a sus padres biológicos poco después de morir las dos personas que la habían adoptado, educado y querido. Por razones que no podía entender había bajado la guardia con aquel desconocido. Tan avergonzada estaba por su patético comportamiento que se había negado a volver a verlo.

Posteriormente se enteró de que Chad tenía intención de marcharse de Cedar Cove y entonces descubrió que no quería perderlo. Pero también tenía miedo de lo que pudiera pasar si le permitía volver a su vida. Al final acabó aceptando aquella cita, la segunda en tres años, antes de analizar a fondo sus sentimientos.

Si miraba hacia atrás creía entender la reacción que tuvo con él la primera noche. Chad había sido una compañía maravillosa, la había escuchado con atención y le había ofrecido todos sus ánimos y apoyo. El tiempo que pasó con él fue como subirse a un bote salvavidas después de haber naufragado. Con Chad se había sincerado por completo y le había hablado de su familia biológica, de sus dudas e inquietudes. Había desnudado su alma ante un hombre del que apenas sabía nada.

Llamaron a la puerta. Gloria cerró los ojos, respiró hondo y le abrió a Chad.

—Hola —la saludó él con una bonita sonrisa. Iba vestido con una chaqueta sport de color beis y una camisa del mismo azul marino que sus ojos. Gloria sabía que las mujeres lo encontraban muy atractivo, y no sólo por su aspecto. Todo en él irradiaba seguridad y carisma.

Gloria consiguió devolverle la sonrisa.

—Hola. ¿Quieres pasar unos minutos?

—Claro —entró en el apartamento y se quitó la chaqueta para dejarla sobre el brazo del sofá—. Me alegro de que hayas aceptado mi invitación para cenar.

Por milésima vez, Gloria se preguntó qué mosca le habría picado para aceptar la invitación. Chad la asustaba, la intrigaba y la desconcertaba, todo a la vez. No había querido volver a verlo desde la primera cita, y sin embargo sabía que se arrepentiría toda su vida si lo dejaba marchar.

Sintió las palmas sudorosas y se las frotó contra los muslos.

—No muerdo, tranquila —dijo él con otra sonrisa.

Gloria parpadeó un par de veces.

—¿Te parece que estoy tan tensa?

—Sí —afirmó Chad, riendo—. Siéntate.

Como buena anfitriona, se sentía obligada a preguntarle si le apetecía beber algo.

–¿Vino? Tengo tinto y blanco. El blanco es de Nueva Zelanda, por recomendación de Roy –aún no podía pensar en Roy como su padre ni mucho menos llamarlo «papá».
–Perfecto, gracias.

Aliviada por tener algo que hacer, fue a la cocina y sacó la botella de Sauvignon Blanc del frigorífico. Sacó también dos copas del armario y las llenó antes de volver al salón.

Chad estaba mirando por la ventana. Gloria le ofreció una de las copas y se puso muy erguida.

–Me gustaría que empezáramos de nuevo, si es posible.
–¿Empezar de nuevo? ¿Quieres decir que nos olvidemos de nuestra primera cita?

Gloria no se ruborizaba a menudo, pero en esa ocasión no pudo evitarlo. Bajó la mirada al suelo y asintió.

–Por favor.

Chad se giró de nuevo hacia la ventana con vistas a Sinclair Inlet.

–No sé si podré olvidarlo. Guardo un recuerdo muy especial de aquella noche...
–No se repetirá, si es eso lo que estás pensando.

Chad volvió a mirarla.

–Eso me temo –dijo con voz amable–. Aquella noche estuve con la mujer más hermosa, apasionada e increíble que haya conocido en mi vida.
–Nunca había hecho algo así –murmuró ella, avergonzada por las palabras de Chad.
–¿Y crees que yo sí?
–No... no lo sé. No te conozco. No nos conocemos.
–Sí, sí nos conocemos –replicó él–. Te llamas Gloria Ashton y eres generosa, cariñosa, valiente...
–Si fuera valiente no estaría temblando como un flan –extendió la mano para demostrarle que no mentía.
–Y sin embargo has accedido a volver a verme.
–No tenía elección.
–No, no la tenías –corroboró él–. Y yo tampoco tenía otra opción que pedírtelo. Me enamoré de ti aquella noche,

Gloria. De otra manera no habría soportado tus constantes rechazos.

—No puedes estar enamorado de mí —declaró ella con vehemencia. Eran las palabras que más había temido escuchar—. Ni siquiera me conoces.

—¿Por qué te empeñas en negarlo? —dejó su copa en la mesita y se acercó a ella. Le puso las manos en los hombros y la miró fijamente.

Gloria le sostuvo la mirada, aunque con bastante dificultad.

—Está bien —dijo él—. Si quieres empezar de nuevo, así lo haremos —dejó caer los brazos—. Hola, me llamo Chad Timmons —le ofreció una mano parodiando un gesto solemne.

—Gloria —dijo ella con voz temblorosa—. Gloria Ashton —tocó brevemente la mano de Chad e intentó sofocar el estremecimiento que le provocó el ligero contacto.

—Mucho gusto.

—Lo mismo digo. Así que... vamos a salir a cenar esta noche.

—Sí.

A Gloria todo aquello le parecía ridículo, pero ella misma se lo había buscado.

—Bien —respondió, ofreciéndole una pequeña sonrisa de agradecimiento.

—¿Nos vamos? —preguntó él.

—Sí —tomó rápidamente un sorbo de vino y llevó las copas a la cocina. Se apoyó un momento en la encimera, cerró los ojos y rezó para sobrevivir a aquella cita sin hacer el ridículo.

—He hecho una reserva en D.D.'s —dijo Chad mientras recogía su chaqueta.

—Suena bien —comentó ella.

Chad la ayudó a ponerse la rebeca. Gloria se había pasado un largo rato decidiendo qué ropa ponerse; no quería parecer demasiado informal ni tampoco excesivamente elegante. Al final eligió unos pantalones blancos de lino, una camiseta blanca sin mangas y una rebeca rosa.

Cerró la puerta del apartamento y se dirigieron a pie al restaurante.

—Dejé allí mi coche aparcado —explicó Chad—. Así podremos dar un paseo después de cenar, si te apetece.

—Claro. Será muy agradable.

Chad la tomó de la mano y ella se lo permitió. Su tacto era suave y delicado, y Gloria empezó a relajarse. Si realmente pudieran empezar de nuevo, tal vez acabaran siendo amigos... y entonces verían si la amistad conducía a algo más.

La cena fue todo lo que había esperado, y temido, que fuera. Transcurridos los incómodos momentos iniciales, estuvieron hablando durante dos horas mientras degustaban un delicioso pastel de cangrejo y el mismo vino que habían tomado en casa. Chad le contó algunas de sus experiencias en la clínica y ella le habló de sus años como policía.

—Rechacé un puesto en el hospital de Tacoma para quedarme aquí —le dijo él.

—¿Se disgustaron? —si así fuera, ella tendría la culpa.

—No mucho. Me dijeron que si alguna vez quería un trabajo se lo hiciera saber.

Corrie se quedó mirando la copa de vino por unos momentos.

—Me alegra de que te quedaras en Cedar Cove —susurró.

—Yo también.

Añadió algo que Gloria no entendió. Le pareció que decía «más que nunca», pero no estaba segura.

Acabaron la cena con café y salieron a pasear por los muelles. Gloria se sentía más cómoda de lo que hubiera creído posible, en parte gracias al vino que habían compartido.

—Me lo estoy pasando muy bien —le confesó a Chad.

—Lo dices como si te sorprendiera.

—Es que me sorprende —admitió ella—. No esperaba que fuera así.

Chad le puso una mano en el hombro.

—Yo siempre supe que sería así.

Gloria decidió no responder.

Caminaron en silencio otros diez minutos, antes de que Chad la llevara a su coche.

—Tranquila —le dijo mientras bajaba la capota—. Sólo he tomado una copa y media de vino.

Ella asintió.

—¿Adónde vamos?

—¿Adónde te gustaría ir?

«A casa», fue lo primero que pensó Corrie. Quería que todo volviera a ser como era cuando sus padres vivían. Quería irse a California, donde todo le resultaba familiar. Pero no era posible. La vida que conocía había acabado. Sus padres estaban muertos y enterrados. Su casa había sido vendida. Todo cuanto conocía y amaba había desaparecido.

—Adonde tú quieras —respondió, ya que Chad esperaba una respuesta.

—Muy bien —dijo él. Arrancó el coche y bajaron por Harbor Street hasta la ensenada, donde giraron hacia Bremerton.

Chad encendió la radio y estuvieron cantando los clásicos de Elvis y los Rolling Stones. El coche tomaba las curvas como la seda y Gloria soltó una carcajada de delicia mientras cerraba los ojos y sentía el viento agitándole los cabellos.

—Me encanta cuando te ríes —dijo Chad al aparcar junto al astillero y apagar el motor.

Gloria sonrió y él le agarró la mano.

—Me siento muy bien —susurró ella—. No sé por qué... El vino, la música...

—Todo eso ayuda, y también mi encantadora compañía, pero ¿sabes cuál es la verdadera razón?

Ella lo miró con curiosidad.

—Has encontrado a tu familia —dijo él.

—Mis padres biológicos —los McAfee habían hecho todo lo posible por acogerla en sus vidas, pero no había funcionado. No para ella. Por mucho que lo deseara, no encajaba en esa familia. Era como entrar por la fuerza en un círculo cerrado. Haría falta algo más que lazos sanguíneos para crear un verdadero vínculo afectivo.

—Ahora tienes una nueva familia.

Gloria estaba segura del afecto que le profesaban Roy y Corrie, y le había encantado descubrir que tenía una hermana y un hermano. Pero desgraciadamente no habían conseguido conectar. Se habían hecho amigos, sí, pero distaba mucho de ser una amistad íntima.

—¿Gloria?

—¿De verdad tengo una familia? —preguntó ella con la voz entrecortada. Hasta el día anterior no había sabido que su hermana Linnette estaba casada y embarazada. Había sido la última de la presunta familia en enterarse, y sólo gracias a que Corrie se lo había dicho. Cierto era que Linnette se lo había ocultado a sus padres, pero Mack sí lo había sabido desde un principio. A Gloria, en cambio, no le había dicho nada.

Los ojos se le llenaron de lágrimas sin poder evitarlo.

—¿Gloria?

—Linnette se ha casado —susurró ella, avergonzada por su inesperado sentimentalismo.

Chad frunció el ceño.

—Con Pe... Pete Mason —le costaba hablar—. Voy a ser... —estuvo a punto de decir «tía», pero Chad le puso un dedo bajo la barbilla y le hizo girar el rostro hacia él.

Iba a besarla. Gloria se dispuso a decirle que no lo hiciera, pero todo su cuerpo se rindió en cuanto la boca de Chad se posó suavemente en sus labios. Le echó los brazos al cuello y se abandonó a la sensación del momento.

No supo cuánto tiempo duró el beso, pero parecía que ninguno podía saciarse. Chad se apartó finalmente, dejó escapar el aire contenido y arrancó el coche enseguida.

Gloria cerró los ojos y apoyó la cabeza en el respaldo. No sabía adónde se dirigían y la verdad era que no le importaba. Tan sólo intentaba entender lo que había pasado. O más bien, lo que estaba a punto de suceder.

Llegaron a casa de Chad, situada junto a la clínica. Él apagó el motor y permaneció mirando al frente.

—Dime que te lleve a casa, Gloria.

—¿Por qué?
—Porque si entramos en la mía, los dos sabemos lo que pasará.
Ella no respondió.
—Háblame —insistió él.
—Chad, yo... —no podía hacerlo. Todas sus defensas se habían desmoronado en cuanto él la besó, y nada quedaba de su férrea determinación por no repetir los errores de la primera cita.

Lo agarró por la nuca y tiró de él hacia sus labios. El beso fue como la chispa que prendía la mecha. Chad se apartó bruscamente de ella y salió del coche.

Gloria no esperó a que rodeara el vehículo y le abriera la puerta. Salió tan rápidamente como él, se echó de nuevo en sus brazos y siguieron besándose de camino a la puerta. Chad agarró las llaves e intentó abrir la puerta mientras Gloria le dificultaba la tarea dándole mordiscos en la oreja.

Gloria se alegró de que no encendiera las luces al entrar. Se quitó la rebeca, seguida rápidamente por la camiseta y el sujetador. Chad se desnudó con la misma impaciencia que ella y la llevó al dormitorio.

Los dos cayeron en la cama, desnudos y entrelazados, sin molestarse en apartar las sábanas. Hicieron el amor, se quedaron dormidos y volvieron a hacerlo al despertarse en mitad de la noche. Después, Chad se pegó a ella por detrás, la arropó hasta los hombros y la abrazó por la cintura.

Gloria se despertó a las cinco de la mañana, sintiendo náuseas. Había vuelto a hacerlo. Se había entregado a un hombre al que apenas conocía y le había confesado la decepción que sentía con su nueva familia. Había algo en él que le hacía perder el sentido común.

Chad roncaba suavemente junto a su oreja. Intentando no despertarlo, se levantó y recogió a oscuras la ropa desperdigada por toda la casa.

Le escribió una nota a Chad y se la dejó junto a la cafetera. A continuación, salió de puntillas del apartamento y volvió a su casa. El frío de la mañana se le metía por los huesos.

No volvería a pasar. No podía volver a pasar. Se habían comportado como dos insensatos y ni siquiera habían usado protección. Eran un médico y una agente de policía, dos personas adultas que deberían actuar con cabeza.

Pero Chad ejercía en ella una fascinación incomprensible que la privaba de toda lógica. Y eso la asustaba. Nunca había sentido nada parecido con ningún otro hombre.

Eso no la exculpaba, sin embargo, de haberse entregado a él de aquella manera tan impúdica e irresponsable. Sus profesoras del instituto para chicas les habían repetido hasta la saciedad lo que no deberían hacer... y era exactamente lo que ella estaba haciendo. Se había colocado en una situación que, por más que quisiera, no podía ni sabía controlar.

La única manera de protegerse era diciéndole a Chad que no quería volver a verlo. Y eso era lo que le había dejado muy claro en la nota.

CAPÍTULO 12

Mary Jo acababa de meter la cena en el horno cuando oyó la camioneta de Mack en el camino de entrada. El corazón le dio un pequeño vuelco, pero intentó ignorar las sensaciones que él le provocaba. Sabía muy bien los riesgos que implicaba enamorarse, y por nada del mundo se volvería a poner, a ella y a su hija, en peligro. Tenía que sofocar lo que sentía por Mack, pero él se lo estaba poniendo tan difícil que su resolución empezaba a flaquear.

Salió a recibirlo al porche.

—Hola —lo saludó. No podía olvidar el beso que se habían dado al descubrir el diario de Joan. Por más que intentaba sacárselo de la cabeza, el recuerdo la invadía en los momentos más inoportunos. Como ahora.

—Hola —respondió él—. Qué bien huele... —comentó, intentando echar un vistazo a la cocina.

—¿Es una indirecta?

—Tal vez. ¿Qué estás preparando?

—Lo llamo estofado Reuben. Linc me hacía prepararlo al menos una vez por semana.

—¿Qué lleva?

—Chucrut y ternera.

—Chucrut... —repitió él, arrugando la nariz.

—¿No te gusta?

—No mucho, pero si es el plato favorito de Linc estaré encantado de probarlo —la miró fijamente a los ojos, como si quisiera dejarle claro que se comería muy gustosamente cualquier cosa que ella hubiera preparado.

Mary Jo se estremeció de emoción. Se habían besado antes, muchas veces. Pero la noche que descubrieron el diario fue diferente, mucho más intensa y profunda, como si las barreras hubieran caído entre ellos y juntos hubieran encontrado la pieza que faltaba.

—En ese caso, estás invitado a cenar —le dijo.

—Voy a lavarme y vuelvo en diez minutos.

Mary Jo lo vio alejarse y se giró para mirar a su hija, que estaba mordiéndose el puño en su sillita.

—Mack viene a cenar —anunció Mary Jo. Poco antes le había dado de comer a Noelle, quien no se lo había puesto nada fácil. A la pequeña empezaban a salirle los dientes, lo que le provocaba un poco de fiebre y mucha irritación.

El domingo anterior habían ido al cine. A diferencia de las otras veces que habían ido juntos a algún sitio, a Mary Jo le pareció una cita de verdad. Tal vez porque estaban ellos dos solos, sin tener que ocuparse de Noelle. La relación seguía siendo natural y despreocupada, pero iba ganando velocidad por momentos.

Cuando Mack volvió, Mary Jo ya había servido el estofado en la mesa, junto a una ensalada y pan recién hecho.

—Qué buena pinta —dijo él mientras tomaban asiento.

Mary Jo le pasó la ensalada.

—He estado leyendo el diario de Joan en mis ratos libres —había empezado por el 1 de enero de 1944, impaciente por conocer los pensamientos íntimos de aquella mujer que tan importante había llegado a ser para ella.

—¿Has encontrado algo interesante?

—Todo es interesante. Menciona muchas veces lo mal que se llevaba con su hermana. Elaine quería que Joan saliera con Earl, el hermano de Marvin.

—¿Y quién es ese Marvin?

—El marido de Elaine.

—¿Earl estaba en el ejército?

Mary Jo se encogió de hombros.

—No lo dice. Es difícil seguir los acontecimientos, porque cada entrada sólo consta de tres o cuatro líneas. Joan escribía frases muy cortas, del tipo: «mucho trabajo hoy», «sin noticias de Jacob», y cosas así.

—¿Puedo ver el diario cuando acabemos de cenar?

—Oh, claro —siguieron comiendo tranquilamente, con Noelle finalmente satisfecha en su sillita. Mack cambió su opinión sobre el chucrut, porque se sirvió dos veces.

Al acabar, quitaron la mesa y Mary Jo preparó café antes de ir a su habitación a por el diario. La noche anterior había estado leyendo hasta que se le cerraron los ojos.

—¿Has llegado al 6 de junio de 1944? —le preguntó Mack.

—No, sólo hasta principios de mayo —no había querido saltarse las páginas, quizá porque temía lo que pudiera descubrir o quizá porque se había implicado totalmente en la vida cotidiana de Joan.

—Me pregunto si hablará del Día D —dijo Mack mientras abría el diario y buscaba la entrada correspondiente a esa fecha—. «6 de junio de 1944» —leyó—. «He hecho la colada. Sin noticias de Jacob. Todo el día trabajando en el transporte de tropas».

—¿Transporte de tropas? ¿Qué quiere decir con eso? —preguntó Mary Jo.

—No tengo ni idea.

—¿Qué escribió al día siguiente?

Mack pasó la página.

—«7 de junio de 1944. Sin noticias de Jacob. Estoy destrozada. Se añaden 3 más. He recibido algunas bombillas de 200 w. Escribo cartas» —levantó la mirada—. Tenías razón con lo de las frases cortas. ¿Por qué hablará de las bombillas?

—Seguramente todo estaba racionado —Mary Jo se había informado recientemente sobre las cartillas de racionamiento—. ¿Sabías que la receta de la tarta de terciopelo rojo se desarrolló a partir de los racionamientos?

Mack la miró sin entender.

—¿Tarta de terciopelo rojo? ¿Qué es eso?

—Es la favorita de mi hermano Ned. Se la preparo en todos sus cumpleaños con crema de queso.

—¿Y por qué es roja? ¿Lleva fresas?

—No —tomó un sorbo de café—. He estado leyendo sobre la vida doméstica durante la guerra. No eres el único que tiene el carné de la biblioteca —añadió con una sonrisa mientras dejaba la taza—. Quería saber cómo se las arreglaban las mujeres mientras los hombres estaban en la guerra. Los trabajos, los racionamientos, ese tipo de cosas —hizo una pequeña pausa—. Uno de los productos que se racionaban era el cacao.

—¿Y?

—Que al haber escasez de cacao las mujeres no podían hacer pasteles de chocolate. Ah, y también se racionaba el azúcar.

—Lo que significa... —la apremió él a continuar.

—Lo que significa que tuvieron que apañárselas para hacer pasteles —dijo ella, pensando que era obvio—. Y entonces se les ocurrió sustituir el chocolate con colorante. ¿Es que nunca has probado la tarta de terciopelo rojo?

—La verdad es que no.

—Te haré una.

—¿Tendré que compartirla con tu hermano?

—Posiblemente.

Los dos se sonrieron mutuamente y por un momento se quedaron ensimismados. Mary Jo fue la primera en apartar la mirada, pero todo su cuerpo sentía la poderosa presencia del hombre que tenía enfrente.

Mack siguió leyendo el diario.

—«8 de junio de 1944. ¿Por qué no me escribes, Jacob? Me estoy volviendo loca».

Un mal presentimiento invadió a Mary Jo.

—¿Qué escribió el 9 de junio?

Mack pasó la página, leyó en silencio y levantó la mirada.

—«He barrido la casa. Sin noticias de Jacob. Tengo tanto miedo...».

—Sigue leyendo —lo apremió Mary Jo en voz baja. Tenía que saber la verdad, por traumática que fuera.

—El 10 y el 11 de junio sólo está escrito: «Sin noticias de Jacob».

—¿Y el 12?

—Nada.

—¿Dónde vuelve a escribir?

Mack hojeó el diario hasta el final.

—El resto está en blanco.

—¿No escribió nada más? —murmuró Mary Jo—. Eso quiere decir que Jacob murió... Seguramente lo mataron el Día D.

—Eso no lo sabemos con seguridad. A lo mejor podemos acceder a los archivos militares.

—Sí. ¿Y qué te parece si buscamos a Elaine Manry? —sugirió Mary Jo. Tal vez nunca encontraran a Joan, pero quizá pudieran localizar a su hermana.

—¿Se menciona en el diario el apellido de casada de Elaine? —preguntó Mack.

Mary Jo resopló con frustración.

—No, pero tampoco hay razón para que se mencione en el diario, ¿verdad?

Sabía que su reacción estaba siendo exagerada, pero no podía evitarlo. Después de leer las hermosas cartas de amor de Jacob y el diario de Joan, cargado de anhelo y angustia, había llegado a sentir un profundo afecto por esas dos personas. No sólo eran nombres escritos en papel; eran personas reales que habían vivido una época infernal.

—Jacob murió —volvió a susurrar, incapaz de pronunciar las palabras en voz alta—. Algo tuvo que ocurrirle, porque de lo contrario Joan no habría dejado de escribir en su diario.

—Sigo pensando que no debemos extraer conclusiones precipitadas —dijo Mack.

—Jacob era paracaidista —le recordó ella—. Y las divisiones aerotransportadas sufrieron enormes pérdidas —se había documentado sobre las tropas que se lanzaban en paracaídas tras las líneas enemigas. Un regimiento fue totalmente exterminado al aterrizar en un pueblo lleno de soldados alemanes.

—Cierto, pero...

—Creo que estoy en lo cierto al suponer que murió —concluyó ella, a punto de echarse a llorar. Por eso no había querido leer las últimas páginas escritas del diario. Porque, en el fondo de su corazón, sabía lo que había pasado. Y seguramente también fuera el motivo por el que Joan había ocultado las cartas de amor. Verlas debía de ser extremadamente doloroso.

—Sólo son suposiciones —objetó Mack.

—¿Y cómo podríamos estar seguros?

—No lo sé, pero voy a investigarlo.

—Quizá en Francia haya un archivo con todos los soldados enterrados —había visto fotos de las playas y colinas de Normandía, cubiertas con miles de cruces blancas. Si Jacob había muerto en Francia, era muy probable que estuviese enterrado allí.

—Intentaré conseguir la información —le prometió Mack—. A lo mejor descubrimos que no está allí —parecía muy optimista, convencido de que Jacob había sobrevivido a la invasión.

—Quizá resultó herido —dijo Mary Jo.

—Sí, también nos planteábamos esa posibilidad.

—Las comunicaciones eran mucho más lentas que ahora, por lo que pudieron transcurrir semanas hasta que Joan se enterara de lo que le había pasado a Jacob.

—Exacto.

Mary Jo asintió pensativamente, pero algo le decía que Jacob nunca volvió de la guerra.

Noelle empezó a llorar. Antes de que Mary Jo pudiera moverse, Mack fue hacia ella y la levantó de la sillita.

—Le están saliendo los dientes —explicó Mary Jo—. Además son ya las siete y media... hora de que se duerma.

Mack meció a la niña en brazos y pronto la hizo sonreír.

—Debería llevarla a su cuna —dijo Mary Jo. Se sentía culpable por haberla ignorado mientras revivía el drama de la Segunda Guerra Mundial.

—Yo me ocupo de los platos —se ofreció él. Después de cenar lo habían apilado todo en el fregadero y la encimera.

Para Mary Jo fue una grata sorpresa, pues siempre le había costado que sus hermanos la ayudaran en la cocina.

—No tienes por qué hacerlo.

—Claro que sí. Mi madre decía que si era ella la que cocinaba no debería ocuparse también de los platos. Mi padre estaba de acuerdo, por lo que Linnette y yo teníamos que lavar los platos cada noche —sonrió con malicia—. Cuando Linnette y yo nos marchamos de casa mi madre delegó la tarea en mi padre.

—¿Y lo hace?

—Siempre. De hecho, creo que mis padres se lo pasan muy bien haciendo cosas juntos. Más de una vez los he sorprendido bailando algún clásico de *rock and roll*.

Mary Jo sonrió.

—¿Quieres que ponga música?

Mack le devolvió la sonrisa.

—Quizá más tarde.

Recogió rápidamente la cocina y encendió la televisión para ver las noticias mientras Mary Jo le daba el pecho a Noelle, después de haberle cambiado el pañal y puesto el pijama. Los dos estaban sentados en el sofá y Mack rodeó a Mary por los hombros. La pequeña se durmió en los brazos de su madre y Mary Jo apoyó la cabeza en el hombro de Mack.

—Ojalá Jacob sobreviviera a la guerra —susurró.

Mack la besó en la cabeza y se pasaron la hora siguiente viendo la televisión. Cuando él se marchó, Mary Jo acostó a Noelle en la cuna. No habían pasado ni diez minutos cuando oyó que llamaban suavemente a la puerta. Al abrir se encontró con un Mack exultante.

—Me he conectado a Internet nada más llegar a casa.

A Mary Jo le dio un vuelco el corazón.

—¿Jacob volvió de la guerra?

—No lo sé, pero lo que sí es seguro es que no murió en Francia. Su nombre no aparece en la lista de los estadounidenses enterrados allí.

—Puede que fuera herido y que lo enviaran a casa —dijo Mary Jo. Aquello también podría explicar por qué Joan había dejado de escribir inmediatamente después del Desembarco de Normandía. Quizá había conseguido llegar al hospital donde estaba ingresado Jacob, tras esconder el diario para que su hermana no lo encontrara. Una vez que Jacob se recuperó y salió del hospital, se casaron y Joan no volvió a recuperar el diario y las cartas.

Un alivio inmenso invadió a Mary Jo.

—¿No te alegras? —le preguntó Mack.

—¡Estoy loca de alegría!

—La última vez que te vi tan contenta fue cuando encontré el diario... y en esa ocasión me besaste.

Mary Jo se echó a reír y le rodeó el cuello con los brazos.

—Eso está mejor —dijo él, antes de besarla en la boca.

CAPÍTULO 13

Roy McAfee levantó la vista del ordenador cuando Corrie entró en su despacho y cerró la puerta tras ella.

—Leonard Bellamy quiere verte —le dijo con el ceño fruncido.

Roy miró el calendario de mesa.

—No tiene ninguna cita —le confirmó Corrie—. Ha dicho que necesita verte enseguida —la última palabra la pronunció con un marcado tono de disgusto.

Roy ya sabía que su mujer no tenía en gran estima a Leonard Bellamy, cuya familia era la más rica y poderosa de la región. Poseían la mitad de Bremerton y varias propiedades en la isla Bainbridge, y también tenían algunos negocios en Cedar Cove. Roy había trabajado para Leonard en otras ocasiones, principalmente investigando a futuros empleados.

—De acuerdo —dijo Roy. Sentía curiosidad por saber qué quería Leonard.

—No ha concertado una cita —le recordó Corrie.

—No pasa nada. Ahora tengo tiempo —Corrie sabía que no todo el mundo pedía cita por adelantado y que siempre recibía visitas inesperadas. No iba a hacer una excepción con Bellamy, aunque su mujer pensara lo contrario. Al fin y al cabo, Leonard Bellamy pagaba puntualmente sus facturas.

La última vez que Roy trabajó para él fue para investigar a un empleado que había demandado a la empresa para reclamar una indemnización, alegando que una lesión en la espalda le impedía trabajar. Roy también había sufrido lesiones en la espalda y en principio se solidarizó con el trabajador... hasta que lo sorprendió entrenándose para escalar el monte Rainier con una mochila de treinta kilos a la espalda. Leonard lo había recompensado con una generosa prima al final de la investigación.

—Se presenta sin cita previa y da por hecho que lo recibirás porque es el gran Leonard Bellamy —murmuró Corrie—. Pues para mí no es más que un imbécil despótico y arrogante.

—Hazlo pasar, Corrie.

—Está bien, pero no me gusta que se aproveche de ti.

Roy no se molestó en defender a Bellamy, ya que no serviría de nada.

Un minuto después Corrie hizo pasar a Leonard Bellamy al despacho. Roy se levantó y los dos hombres se estrecharon la mano.

—Buenos días —lo saludó Roy, y esperó a que Leonard ocupara el sillón que había frente a la mesa para volver a sentarse—. ¿En qué puedo ayudarte? —los dos eran hombres muy ocupados y no tenían tiempo para perder en cháchara inútil.

—Creo que conoces a mi hija, Lori.

—Me temo que no la recuerdo.

—Pero sabes que tengo dos hijas, ¿no?

—Sí, por supuesto —Leonard también tenía un hijo, Robert. Él y Denise trabajaban con su padre.

—Quizá recuerdes que Lori estaba prometida con ese... ese criminal llamado Geoff Duncan.

Roy estaba familiarizado con el caso Duncan. Geoff había trabajado como asesor legal para el abogado Allan Harris, quien se ocupaba del patrimonio de Martha Evans, cuando desaparecieron varias joyas de gran valor. Todas las pruebas apuntaban a Dave Flemming, un reverendo del pueblo, como autor del robo. El sheriff Troy Davis y Roy investigaron juntos el caso y descubrieron una de las joyas en una casa de empeños donde la había dejado Geoff.

Geoff había aceptado declararse culpable y estaba cumpliendo condena en prisión.

—Recuerdo que Duncan estaba comprometido —dijo Roy.

Bellamy suspiró.

—Geoff le hizo creer que estaba locamente enamorado de ella y que el destino de ambos era estar juntos. La verdad es que sospeché de él nada más conocerlo. Es un estafador profesional y lo único que quería de Lori era su dinero —sacudió la cabeza—. Confieso que al cabo de un tiempo empezó a caerme bien... El típico encanto de los farsantes, ya sabes.

Roy no dijo nada, aunque tenía su propia opinión al respecto. Geoff Duncan había robado las joyas porque no tenía un centavo, pero Roy no creía que fuera un criminal. Tan sólo era un joven irresponsable y desesperado por impresionar a su novia y a sus futuros suegros, pero su plan había fracasado estrepitosamente y parecía sinceramente arrepentido.

Bellamy se recostó en el sillón y cruzó los tobillos.

—Mi hija tiene menos cerebro que una nutria, como lo demuestra su última locura.

Roy había perfeccionado su cara de póquer años atrás y no le costó ocultar su desagrado por la forma en que Bellamy hablaba de su hija.

—¿A qué te refieres? —le preguntó tranquilamente, pero Leonard ignoró la pregunta.

—¿Te he dicho que trabaja en una tienda de ropa? ¡Mi hija en una tienda de ropa! Tres años de universidad tirados a la basura porque se le mete en la cabeza la fantasía de ser modista. La amiga de mi mujer tiene una tienda de ropa y la contrató. Si Lori quería dejar los estudios y ponerse a trabajar yo podría haberle dado otro empleo. ¿Pero sabes qué me dijo cuando se lo ofrecí?

Roy se permitió no responder.

—«No, gracias, papá» —dijo Leonard con voz de falsete—. «Prefiero trabajar con Brenda» —cerró los ojos y volvió a suspirar de frustración.

—¿Quieres que investigue a su jefa? —preguntó Roy.

—¡No! —ladró Leonard, pero enseguida le lanzó a Roy una mirada de disculpa—. Lori ha hecho otra estupidez de las suyas...

—¿De qué se trata?

Bellamy apretó los puños hasta que le palidecieron los nudillos.

—Se ha casado con un hombre al que apenas conoce.

—Entiendo.

—Por lo poco que sé, se casaron al mes de conocerse. Quizá antes. No sé si mi mujer entendió bien lo que contó. Como te podrás imaginar, Kate está muerta de miedo —suspiró una vez más y dejó caer los hombros—. Como es lógico, Lori intentó mantenerlo en secreto. De no haber sido porque se le escapó a Brenda, la amiga de Kate que tiene la tienda de ropa, no sé cuánto tiempo habría pasado hasta que nos enterásemos. Lori ni siquiera se molestó en negarlo cuando hablé con ella después de que me lo dijera Kate. Admitió que se había casado con ese hombre, como si casarse fuera un simple capricho. Para mi mujer es una humillación insoportable que haya sido una amiga la que le diga que su hija está casada.

Roy podía entender la consternación de la familia. Seguramente los Bellamy habrían organizado una boda por todo lo alto, pero su hija los había privado de tan fastuoso evento.

—No te imaginas lo afectada que está Kate —volvió a decir Leonard.

—Tú también lo estás —murmuró Roy.

—¿Acaso no tengo motivos para estarlo?

—Claro que sí —Roy podía solidarizarse con Leonard, hasta cierto punto, porque él había pasado por algo similar. Linnette los había sorprendido recientemente a él y a Corrie al anunciar que se había casado con Pete Mason.

La diferencia era que ellos sí conocían y apreciaban a Pete. Era un granjero decente y trabajador y Roy confiaba en él. Además, Linnette estaba a punto de convertirlos en abuelos.

—Odio tener que pedirte esto —continuó Leonard—. Quiero

que averigües lo que puedas sobre ese hombre que ha engañado a mi hija para casarse con ella. Descubre todos sus secretos —Leonard empezaba a ponerse rojo—. Ese tipo es un parásito. Lo sé.

—¿Sabes cómo se llama?

—Sí, claro, y hay algo más... Lori ha cambiado su apellido. Ya no es Lori Bellamy, sino Lori Wyse. ¡Ni siquiera Bellamy-Wyse!

—¿Wyse? ¿Está emparentado con Mary Jo Wyse?

—No sé quién es ésa. ¿Por qué lo preguntas?

Roy agarró el bolígrafo y lo movió entre las palmas.

—Mi hijo Mack está saliendo con Mary Jo Wyse. Es vecina suya. Creo recordar que Mack comentó que el hermano de Mary Jo se había mudado al pueblo.

—¿Has conocido a Linc Wyse?

—No, pero sí he visto muchas veces a Mary Jo.

—Bueno, pues Lori se ha casado con Lincoln Wyse. Linc, para abreviar.

—Si es hermano de Mary Jo, me supondría un conflicto de intereses para llevar este caso.

—¿Estás diciendo que no puedes ser objetivo?

—No, estoy diciendo que conozco a un pariente o un posible pariente del sujeto a investigar. Quiero que lo tengas claro desde el primer momento. Estaría faltando a la ética profesional si no te lo dijera.

—Muy bien, pues ya lo sé. Y ahora saca los trapos sucios de ese hombre.

—¿Trapos sucios?

—Es un ladrón, un cazafortunas que ha engañado a la idiota de mi hija para quedarse con su herencia —frunció el ceño—. Te aseguro que estoy tentado de desheredarla... Ya veríamos entonces cuánto dura ese matrimonio de pacotilla. Se lo tendría bien merecido. Bueno, ¿cuándo puedes empezar?

Roy se quedó pensativo.

—¿Vas a aceptar el caso o no? —preguntó Bellamy con impaciencia.

—Con mucho gusto investigaré a Lincoln Wyse —dijo Roy al cabo de un momento—. Pero sólo si tienes claro que ese hombre puede ser un familiar de la mujer con la que está saliendo mi hijo.

—Eso ya me lo has dicho —hizo un gesto con la mano para quitarle importancia al detalle—. ¿Cuándo puedes conseguirme la información?

—¿Cuándo la quieres?

—Ayer. Quiero que este hombre salga de la vida de mi hija antes de que ella cometa otra estupidez y se quede embarazada. Parece empeñada en matarnos a disgustos a su madre y a mí, porque no para de avergonzarnos. Cuando no es una cosa, es otra. Primero fue Duncan, y ahora se casa con un extraño.

—Parece ser de naturaleza impulsiva —dijo Roy con cuidado, molesto por el desprecio de Leonard hacia su hija.

Bellamy se levantó y volvieron a estrecharse la mano.

—Estaré esperando tus noticias.

—Te llamaré dentro de unas semanas.

Bellamy lo miró fijamente a los ojos.

—No me ocultes nada, ¿entendido? Quiero saberlo todo.

—Me aseguraré de investigar a fondo —le prometió Roy.

—Bien —dijo Bellamy, y salió rápidamente del despacho como si estuviera impaciente por marcharse.

Apenas había salido cuando entró Corrie.

—¿Qué quería esta vez? —preguntó desde la puerta, con los brazos cruzados y la mirada entornada.

Roy no sabía por qué su mujer le tenía aquel odio acérrimo a Bellamy. Era un hombre arrogante y prepotente, cierto, pero muchos otros clientes también se comportaban de esa manera.

—Quiere que investigue a alguien.

Corrie soltó un bufido desdeñoso.

—Veo que no te cae muy bien —observó Roy.

—Me da mala espina —respondió ella—. Bellamy paga religiosamente sus facturas, pero si de mí dependiera, no trabajaría más para él.

—Su hija se casó en secreto hace algunas semanas y él tiene miedo de que su marido sólo vaya detrás de su dinero —se levantó y se acercó a su esposa—. Se llama Lincoln Wyse. Creo que podría tratarse del hermano de Mary Jo.

Corrie lo miró con el ceño fruncido.

—Lo es.

—Le he expuesto esa posibilidad a Bellamy y le he advertido que podría suponer un conflicto de intereses, pero no le importa. Quiere que me encargue del caso.

—He conocido a Lori y a Linc —dijo Corrie, frunciendo aún más el ceño—. Hacen muy buena pareja. No me creo que Linc se haya casado con ella porque sea la hija de Leonard Bellamy.

—Pronto lo averiguaré —dijo Roy.

Corrie regresó a su mesa y Roy volvió a sentarse. Se disponía a iniciar la investigación en el ordenador cuando su mujer volvió a entrar en el despacho.

—Sigo pensando que no deberías aceptar este caso.

—¿Y por qué no? —preguntó él, recostándose en el sillón y entrelazando las manos a la nuca.

—Él... él quiere que encuentres información que pueda usar contra Linc —dijo Corrie, visiblemente nerviosa—. Si no lo haces, pensará que no has cumplido con tu trabajo.

—¿Qué te hace pensar eso?

—¿No es evidente?

En realidad, sí lo era. Bellamy confiaba en que Roy pudiera encontrar algún divorcio, o quizá la quiebra de algún negocio, con el único propósito de demostrarle a su hija lo equivocada que estaba.

—Le he dicho que aceptaría el caso —dijo Roy, y él siempre había sido un hombre de palabra.

—Pues recházalo.

—No puedo hacer eso —si aceptaba un caso lo llevaba hasta el final con toda su profesionalidad y eficacia.

—Temía que dijeras eso —dijo Corrie con un profundo suspiro de resignación—. Espero que no tengas que lamentarlo.

Roy esperó a que saliera del despacho para cerrar la puerta. Se aseguró de que no estaba escuchando a hurtadillas y agarró el teléfono para llamar a su hijo.

—Hola, papá —lo saludó. El identificador de llamada era un invento maravilloso, pensó Roy.

—Hola, Mack.

—¿Qué puedo hacer por ti?

—¿Qué sabes de Linc Wyse? —le preguntó Roy, yendo directamente al grano.

—Linc Wyse —repitió Mack—. ¿El hermano de Mary Jo?

—Sí.

—Es un buen hombre. Decente, sencillo...

—¿Está casado con Lori Bellamy?

—Sí.

—¿La quiere?

—Está casado con ella, ¿no?

Roy sonrió.

—Muchos hombres se casan sin amor.

—Linc no. No es de esa clase —le aseguró Mack con plena convicción—. No me has dicho por qué quieres saberlo.

—Tienes razón. No te lo he dicho —rara vez hablaba del trabajo con la familia, pero confiaba en el buen criterio de Mack con las personas—. Gracias. Me has dicho lo que quería saber.

—¿Eso es todo lo que querías?

—Sí —respondió Roy—. Gracias por tu ayuda.

—No hay de qué.

Roy dejó el teléfono y sonrió. Investigaría a fondo a Linc Wyse, pero no creía que fuera a encontrar nada que satisficiera a Leonard Bellamy. Y tenía que reconocer que le gustaría escribir su informe.

CAPÍTULO 14

Al cabo de tres días lloviendo, el sol se asomó brevemente el sábado poco después del mediodía.

Mary Jo estaba deseando salir del dúplex un rato. Noelle llevaba lloriqueando toda la mañana y una distracción les sentaría bien a ambas.

A pesar de los cielos cubiertos y de la llovizna que había caído durante la mañana, Mack había estado trabajando en el exterior con botas de goma. Había escardado el jardín y estaba levantando una valla alrededor del patio trasero. También había prometido que instalaría un columpio para Noelle.

Como había posibilidad de lluvia, Mack había sugerido que fueran al mercado en coche y se pasaran por la biblioteca. Se pusieron en marcha inmediatamente después de comer, y de nuevo fueron en el coche de Mary Jo.

Cuando aparcaron junto a la biblioteca, Mary Jo levantó a Noelle de la sillita mientras Mack desplegaba el cochecito. La pequeña soltó unos balbuceos encantadores cuando Mary Jo la ató al asiento. Estaba creciendo muy rápido. Ya se incorporaba por sí sola, y dentro de poco empezaría a gatear.

Devolvieron los libros prestados y caminaron hasta el mercado mientras charlaban sobre Joan, Jacob y las cartas.

—Ahí están Grace y Olivia, junto al puesto de los jabones —dijo Mary Jo, llamándolas con la mano.

Las dos mujeres se acercaron a ellos. Grace llevaba una

pequeña bolsa de Soap People y Mary Jo olió la inconfundible esencia a lavanda.

—No me digas que ésta es Noelle —dijo Olivia, inclinándose para mirar de cerca a la pequeña—. Dios mío... Le han salido dos dientes.

Después de la quimioterapia a Olivia volvía a crecerle el pelo, fuerte y rizado. Mary Jo no sabía de qué color había sido antes, pero le gustaba su color plateado actual. No había conocido a Olivia hasta el mes de diciembre anterior, cuando libraba su lucha particular contra el cáncer. Por aquel entonces estaba muy pálida, débil y demacrada, pero ahora era una mujer diferente. Aún tenía que ganar peso, pero irradiaba salud y vitalidad.

—Tenemos que seguir comprando —se despidió Grace después de haber charlado unos minutos.

—Que os divirtáis —les dijo Mack, y se llevó a Mary Jo hacia el mercado.

Mary Jo compró un kilo de almejas e invitó a Mack a compartirlas aquella noche. Él compró una *baguette* crujiente en la panadería y los ingredientes para la ensalada, además de una botella de vino blanco. Mary Jo le dijo que muy pronto podrían tomar las lechugas, pimientos y judías que cultivaran en su huerto.

—En nuestro huerto —recalcó. Mack había hecho el trabajo más duro, excavando y arando la tierra. Ella se había encargado de la siembra, pero los dos habían escardado y regado por igual. Desde el principio habían acordado que compartirían la cosecha.

—Nuestro huerto, sí —repitió Mack, aparentemente sorprendido—. He disfrutado mucho trabajando en él, tanto como voy a disfrutar de todo lo que produzca.

Un hombre al que le gustaba la horticultura era por naturaleza paciente y generoso. Mary Jo no quería enamorarse de él, pero no podía evitarlo...

Por el rabillo del ojo vio a su hermano y a su cuñada. Se dispuso a decírselo a Mack, pero entonces vio que Linc rodeaba a Lori con el brazo. El matrimonio había transformado por completo a su hermano mayor. Linc siempre había estado en guardia, protegiendo a su familia. Se había asignado las responsabilidades de un padre y no le gustó nada que Mary Jo se fuera a vivir a Cedar Cove, si bien aquella decisión acabó suponiendo un cambio trascendental en la vida de Linc.

Mary Jo se había equivocado al confiar en David Rhodes. Él le había dicho que la amaba, y ella había sido una ingenua al creerlo. Como resultado de sus mentiras y falsas promesas, ella se había quedado sola y embarazada.

Al entregarse a David se había rebelado contra el control que Linc ejercía sobre ella. El embarazo lo complicaba todo, pero al mismo tiempo suponía el comienzo de un nuevo orden en la familia Wyse. Ella se mudó a Cedar Cove y, al seguirla, Linc acabó conociendo a Lori. Durante los últimos meses la relación entre Mary Jo y su hermano había empezado a cambiar. Por primera vez desde la muerte de sus padres, Linc abandonó el papel de padre suplente y volvió a ser su hermano.

—¿No son ésos Linc y Lori? —preguntó Mack.

Mary Jo asintió. Los cambios que había experimentado Linc no sólo eran evidentes en su actitud. Parecía mucho más cómodo consigo mismo y con el mundo y se comportaba como un joven alegre y despreocupado. Viéndolo así, Mary Jo se daba cuenta de lo mucho que lo había afectado la pérdida de sus padres. Hasta entonces sólo se había preocupado egoístamente de sus propios sentimientos, sin pensar en los de su hermano. No había querido causarle problemas, pero era lo que había conseguido con su rebeldía adolescente.

Se saludaron y estuvieron hablando unos minutos, haciendo planes para cenar juntos más adelante. Después, Mack y Mary Jo reanudaron su paseo por el mercado y Mack compró un par de baberos para Noelle, que no dejaba de babear desde que le estaban saliendo los dientes. Mary Jo le ató el de color rosa al cuello enseguida.

A las tres se cerró el mercado y Mack sugirió que siguieran paseando por el muelle. Mary Jo aceptó encantada; lucía un sol espléndido y Noelle se había quedado dormida.

El ferry de Seattle acababa de atracar en el muelle de Bremerton y las gaviotas sobrevolaban en círculos el puerto. El olor de la marea impregnaba el aire.

Mack empujaba el cochecito con una mano y con la otra agarró la mano de Mary Jo. Ninguno de los dos hablaba. El placer de caminar junto al agua en compañía de Mack era tan delicioso que Mary Jo se sentía henchida de felicidad. Estaba a punto de comentárselo a Mack cuando oyó una voz familiar tras ellos.

—Vaya, vaya... qué imagen tan conmovedora.

A Mary Jo se le congeló la sangre en las venas. Era David Rhodes.

Mack se giró al momento y ella se apretó instintivamente contra su costado.

—¿Qué quieres? —preguntó Mack.

—¿A ti qué te importa? —replicó David en tono desafiante.

Mary Jo empezó a temblar. Encontrarse al padre de su hija en aquel ambiente idílico era lo último que se esperaba.

—Veo que no has tardado mucho en encontrar a mi sustituto —dijo David sin apartar la mirada de Mack—. Me alegro por ti —añadió con una sonrisa que Mary Jo conocía demasiado bien—. Lo único que me preocupa es mi hija.

—¿Qué haces aquí? —le preguntó ella, aunque la respuesta era obvia. David había ido a ver a su padre y su madrastra. O peor aún, había ido a buscarlas a ella y a Noelle.

Por mucho que afirmara estar allí por Noelle, no había mirado ni una sola vez al cochecito, como si su hija no existiera.

—He venido a buscarte —dijo David, mirándola fijamente.

—¿Por qué? —la voz le temblaba tanto como el cuerpo.

—Ya sabes por qué.

No, no lo sabía. Ni quería saberlo.

—Aléjate de Mary Jo —le advirtió Mack entre dientes.

Mary Jo le puso una mano en el brazo. No quería convertir aquello en una pelea, aunque estaba segura de que

Mack no tendría problemas para superar a David. Le costaba creer que se hubiera sentido atraída por aquel hombre de rostro hinchado y ojos inyectados en sangre.

La explicación era muy simple. En David Rhodes había visto la libertad que tanto anhelaba bajo la asfixiante autoridad de su hermano. Él le había ofrecido una vía de escape y ella la había seguido estúpidamente.

David volvió a mirar a Mary Jo.

—He venido a decirte que si me demandas por la pensión alimenticia, lo lamentarás.

—Vuelve a amenazar a Mary Jo y serás tú quien lo lamente —rugió Mack. Apartó la mano de Mary Jo de su brazo y se plantó delante de David.

David no se amedrentó lo más mínimo.

—Como ya te dicho antes —le dijo en tono amistoso—, esto no es asunto tuyo. Nuestra hija es algo entre Mary Jo y yo —se giró hacia ella y arqueó las cejas—. Mi padre me ha dicho que te aconsejó que me reclamaras una pensión para la niña.

Mary Jo tragó saliva. Ben le había hablado del tema el miércoles anterior, cuando ella fue a verlo para su visita semanal. En opinión de Ben, David debería contribuir económicamente al cuidado de su hija. El rechazo de David lo había inquietado y había animado a Mary Jo a presentar una demanda. Ella le había prometido que lo pensaría, aunque no le había contado nada a Mack. Su mayor temor era que si le exigía a David el pago de una pensión, él insistiera en los derechos de visita. No soportaba la idea de dejar a Noelle en manos de David, ya que no confiaba en él.

—No lo haré —espetó.

Una sonrisa apareció lentamente en el rostro de David.

—Sabia decisión.

Mack dio un paso amenazador hacia delante, pero David levantó una mano.

—Mary Jo puede tomar sus propias decisiones —dijo tranquilamente—. No necesita tu ayuda.

—Voy a casarme con ella —le dijo Mack.

David se encogió de hombros.
—Felicidades, pero no olvides que antes fue mía.
A Mary Jo le entraron náuseas.
—¡Ya basta! —gritó.
Noelle se despertó y empezó a llorar. Mary Jo y Mack se inclinaron hacia ella al mismo tiempo, chocándose sus cabezas. Mary Jo agarró a su hija y se alejó lo más rápidamente que pudo de los dos hombres. Temblaba de tal manera que apenas podía caminar.

Todos sus temores sobre David parecían haberse hecho realidad. Por segunda vez desde que se marchó de Seattle sintió un fuerte deseo de volver a casa de su familia.

Mack la alcanzó un momento después y la tocó en el hombro.
—David se ha ido.
Ella asintió, incapaz de hablar.
—¿Estás bien? —le preguntó él con preocupación.
Mary Jo no sabía qué responderle. Todo el cuerpo le temblaba de miedo y rechazo. No quería volver a ver a David y preferiría morir antes que entregarle a Noelle. Por nada del mundo se arriesgaría con su hija.
—¿Mary Jo? —las manos de Mack le apretaron los hombros—. Respóndeme. ¿Estás bien?
—No... no lo sé.
—Estás temblando.
Noelle empezó a llorar de nuevo, quizá porque sentía la tensión de su madre. Mary Jo la acunó suavemente en sus brazos y le susurró palabras de consuelo.

Mack se las llevó de regreso al coche, plegó y guardó el cochecito de Noelle y arrancó el motor.
—Quiero irme a casa —susurró Mary Jo.
—Allí es donde voy a llevarte —le dijo él.
—Me refiero a Seattle.
—Mary Jo...
—Noelle y yo estaremos a salvo allí.
—Conmigo estáis a salvo.

—David nunca ha estado en mi casa de Seattle. No... no sabe dónde vive mi familia.

—Los nervios te impiden pensar con claridad —le dijo Mack—. A David no le costaría mucho averiguar la dirección de tus hermanos.

Tenía razón, pero a Mary Jo no le importaba. El instinto la acuciaba a huir y esconderse. No quería encontrarse nunca más con David, y si se quedaba en Cedar Cove siempre correría ese riesgo.

—Voy a llamar a Troy Davis —dijo Mack.

—¿Al sheriff? ¿Por qué?

—Quiero que pidas una orden de alejamiento para David Rhodes.

—¿Con qué acusación?

—Seguro que encontramos algo —insistió Mack testarudamente.

Tal vez, pensó Mary Jo, pero no le parecía la mejor solución.

Al llegar al dúplex, Mack aparcó en el camino de entrada y permaneció en el interior del coche.

—¿Pedirás la orden de alejamiento?

—Eso no lo detendrá.

—Puede que no, pero el sheriff tendrá autoridad para arrestarlo. No voy a permitir que os amenace a ti y a Noelle.

Mary Jo abrió la boca, pero ninguna palabra salió de sus labios.

—Hemos llegado demasiado lejos como para dejar que ahora se interponga entre nosotros —dijo Mack.

Mary Jo se frotó la cara con las manos, sintiéndose desgarrada en su interior. La tarde había comenzado de una manera maravillosamente prometedora, paseando por el mercado, encontrándose con buenas amigas, viendo a su hermano y a Lori... y había acabado así.

—Abrázame, por favor —le pidió a Mack.

Él la rodeó enseguida con los brazos y Mary Jo hundió la cara en su pecho. Cerró los ojos y aspiró profundamente el calor y el afecto que Mack irradiaba. Pronto dejó de temblar.

—¿Mejor? —le susurró Mack.
Ella asintió.
—¿Sigues queriendo volver a Seattle?
—No ha sido muy buena idea —admitió ella.
—Bien.
—Ya oíste a David —dijo ella, volviendo a incorporarse—. Ben quiere que le exija una pensión. Cree que David debe cumplir con sus responsabilidades como padre.
—¿Lo vas a hacer?
—No lo sé...
—No me gusta que David te hable de esa manera —murmuró Mack—. No me gustan sus amenazas ni sus insinuaciones.
—Tiene miedo —le dijo Mary Jo. A David lo aterraba la idea de mantener económicamente a su hija hasta los dieciocho años, y haría cualquier cosa para eludir su obligación.
Mack abrió la puerta del coche.
—Lo dije en serio.
Mary Jo lo miró sin comprender.
—¿El qué?
—Lo de casarme contigo.
Otra vez no...
—Gracias, Mack, pero no.
Él la miró fijamente, y por un instante sus ojos reflejaron todo el dolor y la decepción que sentía.
—Ya hemos pasado por esto —le recordó ella—. La ultima vez me propusiste el matrimonio por culpa de las amenazas de David —si realmente quería casarse, Mary Jo desearía que lo hiciera por amor y no por temor a perderlas a ella y a su hija.
—Supongo que se me olvidó —murmuró él, y echó a andar hacia su casa.
—¡Mack!
—¿Qué?
—Vas a venir a cenar, ¿verdad?
Él negó con la cabeza.
—No, gracias. He perdido el apetito.

CAPÍTULO 15

Shirley Bliss estaba acurrucada en el sofá de su salón con una taza de té en la mano. Su amiga Miranda se sentaba frente a ella, también con una taza de humeante té. Miranda había aceptado recientemente un empleo a tiempo parcial con Will Jefferson, que en opinión de Shirley resultaría beneficioso para los dos. Miranda no necesitaba dinero, pero no sabía qué hacer con su tiempo y podría ser de gran ayuda en la galería de Will, gracias a los contactos que tenía en el mundo del arte. Su marido había sido un conocido pintor paisajista y ella también hacía sus pinitos en la pintura. Le faltaba la disciplina necesaria para aprovechar su talento, pero en cambio tenía un ojo crítico excelente.

−¿Cómo fue tu cita con Will Jefferson? –le preguntó Miranda–. Me muero por saber los detalles...

−Yo no lo llamaría exactamente una cita –respondió Shirley sin mirarla a los ojos. Se sentía culpable por haber aceptado la invitación de Will. Con gusto le habría puesto alguna excusa, pero no podía rechazar la oportunidad de conocer a Larry Knight.

Larry era todo lo que siempre se había imaginado y mucho más. Apenas habían intercambiado algunas frases, pero los minutos que pasó a solas con él, en una galería atestada de gente, fueron sencillamente mágicos. Él le había dicho que perdió a su mujer cinco años atrás y al instante se había establecido una compenetración especial entre ellos.

—Will te llevó a Canlis, ¿no? —era uno de los restaurantes más caros y selectos de Seattle.

—Eh... sí.

—No se enteró de que no comes carne roja —dijo Miranda, riéndose. Shirley no era vegetariana y de vez en cuando comía carne, pero nunca chuletones ni bistecs.

—Se enteró al final de la noche —no sólo había intentado dejarle claras sus preferencias gastronómicas, sino también el nulo interés personal que tenía en él. Por mucho que le agradeciera todo lo que había hecho por Tanni y Shaw, no quería tener una relación sentimental con Will Jefferson.

—Te pidió que le dejaras exhibir tu dragón.

También por eso se sentía culpable Shirley. El dragón era una pieza muy personal para ella, nunca la había expuesto al público y nunca más volvería a hacerlo. Accedió a regañadientes que Will lo expusiera en la galería durante el verano, después de haber acordado inicialmente que sólo sería un mes. Para ella, el dragón simbolizaba el dolor que le había dejado la muerte de su marido. Lo había hecho poco después de que Jim muriera en un accidente de moto. Shirley se estuvo negando durante varias semanas a los continuos ruegos de Will para exhibirlo, hasta que finalmente aceptó con la condición de que se tomaran las medidas oportunas para protegerlo.

—¿Has vuelto a hablar con Will desde el domingo? —le preguntó Miranda.

Shirley negó con la cabeza. El silencio de Will la sorprendía un poco, después de sus continuos intentos por contactar con ella, pero no se quejaba en absoluto.

—¿No te preocupa que no te haya llamado? —insistió Miranda.

—¿Por qué me haces esas preguntas?

Miranda se removió incómodamente en el sillón.

—Por nada en especial... Sólo sentía curiosidad.

—Disfruté más con los cinco minutos que hablé con Larry Knight que cenando con Will en el restaurante de lujo.

—Pero nunca habrías conocido a Larry de no ser por Will.
—Lo sé.
—Y por eso te sientes culpable, ¿verdad?
Shirley suspiró.
—Sí.
—A mí sí me ha llamado —murmuró Miranda, más incómoda por momentos.
—¿Quién?
—Will.
—¿Will Jefferson? ¿Te llamó por trabajo?
Miranda se encogió de hombros.
—Al principio pensé que me quería para la galería. Ya he trabajado allí un par de tardes. Pero en esta ocasión me llamó y... me invitó a cenar.
A Shirley le alegró saberlo.
—¿Y?
—Rotundamente no —respondió ella con vehemencia—. No saldría con el pretendiente de mi mejor amiga ni por un millón de dólares —sonrió—. Bueno, quizá por ese dinero sí me lo replantearía...
Shirley también sonrió.
—Te entiendo, pero no tienes que rechazarlo por mí.
Miranda desvió la mirada.
—No me molestaría lo más mínimo si salieras con Will —dijo Shirley.
—Pero a mí sí —replicó Miranda—. Eres tú quien le interesa. El único motivo por el que me ha pedido salir es para provocarte.
—¿Qué te hace pensar eso?
—Oh, vamos... —dijo Miranda con una mueca.
—Vale, tal vez tengas razón —admitió Shirley, riendo—. Llámalo y dile que te lo has pensado mejor.
—¿Por qué?
—¿Cómo que por qué? Porque tengo la impresión de que podría gustarte.
—¿Me tomas el pelo? Ese hombre está acostumbrado a que

las mujeres caigan rendidas a sus pies y se desvivan por complacerlo —un brillo de regocijo apareció en sus ojos—. Tú has sido la excepción. La única mujer a la que no ha podido conseguir.

—No soy la única que lo ha rechazado —dijo Shirley, pensando en Grace.

—Necesita que una mujer le ponga las cosas claras.

—La mujer a la que necesita, Miranda, eres tú.

—Lo siento, pero no me interesa.

Shirley no creía que estuviese siendo sincera.

—Decidas lo que decidas, para mí está bien. Yo no lo quiero, así que es todo tuyo.

—Yo tampoco lo quiero —dijo Miranda—. Haría falta mucho tiempo y esfuerzo para modelarlo, y yo no tengo el deseo ni la paciencia para un desafío semejante.

—Claro...

—Te estoy hablando en serio.

—Si tú lo dices... —repuso Shirley, a quien no se le había pasado por alto el brillo de los ojos de Miranda cada vez que se pronunciaba el nombre de Will. Era obvio que su amiga sentía interés por él, pero al mismo tiempo tenía miedo. Su matrimonio no había sido ni mucho menos tan dichoso como el de Shirley. Hugh Sullivan era un pintor extraordinario, pero su carácter dejaba mucho que desear.

Media hora después, Shirley estaba en la cocina preparando arroz con pollo cuando Tanni llegó a casa. La relación con su hija adolescente no pasaba por su mejor momento y Shirley prefería esperar a que fuese ella la primera en hablar.

—¿Qué es eso? —preguntó Tanni, arrugando la nariz.

—La cena —se limitó a responder Shirley.

—No le habrás echado champiñones, ¿verdad?

—No —había pensado añadir champiñones, pero ya no lo haría—. Es pollo con arroz y queso. ¿Te parece bien?

—Supongo.

Shirley se arriesgó a mirarla.

—¿Va todo bien? —le preguntó tentativamente.

Tanni se giró hacia ella y Shirley se quedó horrorizada al ver lágrimas en sus ojos. Tiempo atrás habría fingido no darse cuenta, pero ahora le resultaba imposible. Se acercó a ella y la abrazó.

Tanni dejó escapar un sollozo mientras se abrazaba a la cintura de su madre.

—Ya no responde a mis mensajes...

—¿Shaw?

Tanni asintió bruscamente.

Los dos habían estado juntos durante ocho meses, sin separarse un solo día. Shirley temía que mantuvieran relaciones sexuales, pero gracias a Will Jefferson, y a Larry, Shaw se marchó a estudiar a San Francisco.

Al principio, él y Tanni se comunicaban con frecuencia. Pero a medida que pasaban las semanas, Tanni recibía cada vez menos noticias de Shaw. «Está ocupado», solía decir para justificar sus largos silencios, mientras esperaba una llamada suya con el teléfono en la mano.

—Creía que me quería —dijo Tanni, intentando controlar sus emociones.

Shirley no tenía ningún consejo para darle. Pero no importaba. Lo que Tanni necesitaba era amor y consuelo, y de eso Shirley tenía de sobra.

—Me ofrecí como voluntaria en la biblioteca porque pensé que así podría sacarme a Shaw de la cabeza, pero no me ha servido de nada.

—Parecía gustarte trabajar con los niños —el programa de lectura infantil iba sobre ruedas, y por lo que Grace Harding le había dicho Tanni estaba haciendo un magnífico trabajo.

—Y me gusta, pero no soporto a Kristen —frunció los labios al pronunciar el nombre de la chica—. Va por ahí de mojigata y Grace quiere que sea amable con ella. Me van a volver loca...

—Seguro que lo acabas consiguiendo —no se le ocurría qué más decirle.

—Quiero dejarlo, pero a esos niños les encanta leer con perros. Y si me marcho, Grace tendrá que sacar a algún niño del programa por falta de ayuda. Además, volvería a pensar en Shaw a todas horas.

—No puedes abandonar sin un buen motivo.

Su hija la miró como si Shirley hubiera dicho lo más estúpido que podía decir una madre.

—Gracias, mamá, pero de eso ya me había dado cuenta yo sola.

—Ups, lo siento —nunca tenían una conversación sin que Shirley metiera la pata.

Tanni se apartó de ella.

—No voy a volver a llamar a Shaw ni a mandarle ningún mensaje.

Era sin duda lo mejor, pensó Shirley, aunque un poco difícil de conseguir, con los jóvenes actuales permanentemente pegados a sus móviles.

—Hoy no, al menos —añadió Tanni.

—¿Quieres que te guarde el móvil? —le ofreció Shirley, pensando que la ayudaría alejarse de la tentación.

—No —Tanni le lanzó una mirada de reproche y fue a encerrarse a su cuarto.

—Está bien, siento habértelo preguntado —murmuró Shirley.

El teléfono empezó a sonar y en la pantalla apareció *Número desconocido*. Como era normal, Tanni respondió en seguida. Unos segundos después se oyó su voz desde el pasillo.

—¡Es para ti!

—¿Quién es? —preguntó Shirley. Si no metía el guiso en el horno, la cena no estaría lista hasta las diez.

—No lo sé. Un hombre.

Will Jefferson, seguramente. Pero Tanni tendría que haber reconocido su voz, pues eran demasiadas las veces que había llamado por teléfono.

Suspiró y fue a responder.

—¿Diga?

—Shirley, soy Larry Knight. ¿Te llamo en mal momento?

Shirley se quedó de piedra.

—No, no, en absoluto —cualquier momento sería perfecto

para que él la llamara. No se había atrevido a esperar que lo hiciera alguna vez.

—Quería decirte que fue un placer conocerte la semana pasada.

—El placer fue mío —era una expresión muy tópica, pero no por ello menos sincera.

—Dentro de poco volveré a estar por Seattle.

—Eso es... fantástico —dijo ella con la voz entrecortada por la emoción.

—En otra exposición.

—¿Tuya?

—No, de un amigo. Te llamaba para preguntarte si querrías venir conmigo.

—Por supuesto —respondió ella al instante, sin molestarse en preguntarle los detalles.

—Será el domingo veintisiete.

—Perfecto —se mordió el labio, reprendiéndose a sí misma por quedarse sin palabras.

—Puedo conseguir otra invitación si quieres traer a Will.

—No, no será necesario.

—¿Estás segura?

—Sí.

—Llegaré el sábado, temprano, y me marcharé el lunes por la mañana.

—¿Te gustaría venir a Cedar Cove? —le sugirió ella, pero enseguida se arrepintió de haberlo hecho. Sería una situación muy embarazosa si se encontraban con Will Jefferson.

—Tal vez —respondió él—, pero tengo varios compromisos en Seattle.

Claro que tenía compromisos. Shirley se sentía ridícula por la sugerencia. Larry era un artista muy importante, una celebridad, y tenía cosas mejores que hacer que visitar Cedar Cove.

—¿Sería posible verte el domingo? ¿Cenar juntos después de la exposición?

—No... Quiero decir, sí, sería posible —cada vez que abría la boca era para decir una estupidez.

—Genial —dijo él. Su tono complacido aumentó aún más la emoción de Shirley.

—Me alegra que me hayas llamado —le dijo ella—. No esperaba volver a tener noticias tuyas, y... bueno, me siento halagada —seguramente fuera una equivocación ser tan efusiva, pero no podía evitarlo.

Siguieron hablando durante cinco minutos. Larry le dijo que enviaría un coche a recogerla y que intentaría ir él en persona, aunque no creía que le fuera posible. Shirley sacó un bloc del cajón de la cocina y lo anotó todo, convencida de que si no lo hacía se olvidaría de los detalles.

Nada más colgar, corrió a la habitación de su hija y abrió la puerta. Tanni estaba tendida en la cama, escribiendo un mensaje en el móvil.

—¿A que no adivinas quién era? —exclamó Shirley.

Tanni levantó la mirada con expresión aburrida.

—Hugh Jackman.

—No, tonta. ¡Larry Knight!

Tanni se quedó boquiabierta.

—¿Larry Knight? ¿El artista?

Shirley asintió.

—¿Ha dicho algo de Shaw?

—No, nada —respondió Shirley, sintiéndose un poco culpable. Ni siquiera se le había ocurrido preguntarle a Larry por Shaw.

La esperanza se apagó en los ojos de Tanni.

—Me ha invitado a salir —le dijo Shirley.

—¿A... salir? ¿Quieres decir una cita?

Shirley pensó que a su hija debía de resultarle tan increíble como a ella misma.

—¿Y has aceptado?

Shirley asintió. Intentó no abusar de su alegría delante de Tanni, que lo estaba pasando muy mal por Shaw. Pero cuando volvió a la cocina no pudo contenerse. Se moría por contárselo a Miranda.

CAPÍTULO 16

Sentada en su sillón preferido, Charlotte se dedicaba a su afición favorita. Normalmente la costura le servía para distraerse, pero en aquella ocasión cometía un fallo tras otro en el mismo jersey que había cosido tantas y tantas veces. La culpa la tenía el estrés provocado por su hijo David.

Ben había encendido la televisión y parecía absorto en la pantalla, aunque Charlotte dudaba que ninguno de los dos estuviera escuchando las noticias.

–Ben –lo llamó finalmente.

Su marido apartó la vista de la televisión para mirarla.

–¿Sí?

–Tenemos que hablar con Olivia. Ella conoce bien la ley en este tipo de situaciones –no había necesidad de dar más detalles. Ben sabía que se refería a Noelle, la hija de David.

Ben apretó los labios en una fina línea.

–Déjame que lo piense.

Charlotte no tenía intención de presionarlo. Ben quería mucho a su nieta y ya había tomado algunas medidas económicas para asegurar su futuro, pero el comportamiento de su hijo lo había afectado profundamente. Y no era la primera vez. David tenía un historial lamentable, incluyendo el dinero que Ben le «prestaba» y que rara vez devolvía. Incluso Will lo acusaba de «gorrón». Tal vez el comportamiento de Will no siempre hubiera sido ejemplar, pero comparado con David era un dechado de virtudes.

Charlotte sabía que Ben seguía teniendo esperanza en David y que por eso lo apoyaba. Pero David no tenía remedio. Se negaba a reconocer a Noelle como hija suya, a pesar de haberlo admitido previamente y de que la prueba del ADN lo hubiera confirmado sin lugar a dudas.

Habían hablado con David el sábado. Insistía en que la prueba del ADN no era infalible y que Mary Jo sólo pretendía estafarlo. O eso o que había estado acostándose con otros hombres.

Ni Ben ni Charlotte lo creyeron y Ben insistió en que Mary Jo presentara una demanda de paternidad. Reconocer y aceptar la responsabilidad sería un gesto noble y honesto por parte de David, pero Charlotte ya había aprendido que David Rhodes no era un hombre noble ni honesto.

—Tal vez sea buena idea hablarlo con Olivia —dijo Ben al cabo de unos minutos.

—Todos los días se ocupa de casos similares en el juzgado —señaló Charlotte—. O al menos eso hacía cuando trabajaba.

—El problema es... —Ben dejó la frase sin terminar.

Charlotte no lo apremió. Ben solía quedarse callado cuando se enfrentaba a algún dilema o meditaba alguna solución.

—El problema es —volvió a empezar— que no sé si Mary Jo está dispuesta a seguir nuestro consejo.

Charlotte estaba cosiendo a un ritmo frenético, ignorando los muchos errores que debía de estar cometiendo. El sábado por la tarde la pobre chica fue a verlos en un estado lamentable, tan nerviosa que apenas podía hablar. Por lo que pudieron entender, David había abordado a Mary Jo en la calle y la había amenazado si se atrevía a demandarlo.

A Charlotte se la llevaban los demonios cada vez que lo recordaba. No dijo nada para no preocupar más a Ben, que ya había soportado lo insufrible de su hijo menor.

—Estaba pensando hacer esa sopa que tanto te gusta. La que lleva albóndigas y espinacas —no conseguía recordar el nombre.

—Sopa Minestrone —dijo Ben.

—Sí, ésa. Seguro que a Olivia también le gustará. Haré bastante cantidad y la llevaré a la comida de mañana —se había pasado la mañana haciendo un pan de avena con melaza, que añadiría a la cesta.

Ben se acercó a ella y la tomó de la mano.

—Gracias.

—¿Por qué me das las gracias?

Él le respondió con su sonrisa más encantadora.

—Por tu amor y paciencia.

—Juré amarte y eso hago, y en cuanto a la paciencia... tampoco tienes que agradecérmela. Eres un buen hombre, y un buen padre también.

Ben negó con la cabeza.

—No creo que lo sea.

—Tonterías. No somos responsables de todo lo que hagan nuestros hijos. Como adultos, cada uno toma sus decisiones y vive su vida.

—Cierto —afirmó Ben—. Pero aun así es muy duro ver lo que hacen nuestros hijos.

Charlotte no podía rebatírselo.

Al día siguiente por la tarde, fueron en coche a Lighthouse Road. Mientras caminaban hacia la puerta trasera, Charlotte observó el pequeño huerto salpicado de fresas rojas y suculentas y decidió que recogería algunas para hacer la mermelada favorita de Olivia.

—¿Hay alguien en casa? —preguntó al entrar.

—¿Mamá? —se oyó la voz de Olivia desde otra habitación—. ¿Ya es la hora de comer? —entró rápidamente en la cocina con una cinta métrica alrededor del cuello y unas tijeras en la mano. Seguramente estaría haciendo alguna colcha. Desde que empezó a recuperarse del cáncer había estado diseñando y cosiendo bonitas colchas para sus nietos. La actividad le servía para llenar su tiempo y le ofrecía una válvula de escape a su potencial creativo.

Ben dejó en la encimera la olla de cocción lenta con la sopa y la enchufó.

—Tal y como te prometimos, hemos traído la comida —anunció Charlotte. Abrió el aparador y sacó tres cuencos y tres platos—. ¿Jack va a comer con nosotros?

Olivia asintió.

—¿Desde cuándo mi marido se pierde una de tus comidas? —sacó otro cuenco y otro plato mientras Ben colocaba los cubiertos—. Todos los días se toma un rato libre para venir a casa a ver cómo estoy. Intenta aparentar que sólo viene a comer, pero lo hace para vigilarme.

—Y hace bien —dijo Charlotte, totalmente de acuerdo con los cuidados que Jack le brindaba a Olivia. Gracias a él podía estar tranquila de que su hija estaba bien atendida. El cáncer casi se la había arrebatado, y el recuerdo de aquellas horribles semanas de otoño seguía provocándole un escalofrío.

Como si lo hubiera atraído el olor del pan, Jack apareció con su coche y aparcó detrás del de Ben. Entró en la cocina con un ejemplar del *Cedar Cove Chronicle*.

—Aquí está el chico de los recados —dijo alegremente mientras le entregaba el periódico a Olivia—. Hola a todos.

Los demás lo saludaron y Charlotte le sonrió con afecto.

—¿Lo que huelo es comida? —preguntó Jack, mirando a su alrededor. Besó a Olivia en la mejilla y se dirigió directamente a la olla. Levantó la tapa y cerró los ojos—. Mmm... ¿Sopa casera?

—Sopa Minestrone —dijo Ben.

—Llegas a tiempo, como siempre —dijo Charlotte—. Todo está listo.

Al cabo de unos minutos los cuatro estuvieron sentados a la mesa de la cocina. El pan seguía lo bastante caliente para derretir la mantequilla y la sopa estaba deliciosa.

—La verdad es que no hemos venido sólo a comer con vosotros —dijo Ben—. Tenemos algunas preguntas que hacerte, Olivia, si no te importa.

—Claro que no —respondió Olivia, aparentemente sorprendida.

—Es algo que tiene que ver con Noelle —intervino Charlotte, impaciente por ayudar.

—Más bien con mi hijo —aclaró Ben.

Charlotte vio que había dejado la cuchara y que no volvía a agarrarla. El tema de David parecía haberle quitado el apetito.

—Le he aconsejado a Mary Jo que le exija a David una pensión alimenticia.

—Yo estoy de acuerdo —declaró Jack.

—Mary Jo sabe que David no tiene trabajo. Cree que es inútil demandarlo si no tiene dinero —dijo Ben, girándose hacia Olivia con una mirada inquisidora.

—Que tenga o no trabajo es irrelevante —respondió Olivia.

—Bien —repuso Ben, visiblemente aliviado.

A Charlotte le pareció que deberían repasar los hechos.

—Mary Jo ha estado cuidando a Noelle ella sola, y eso no está bien. Ben quería ayudarla económicamente, pero Mary Jo se niega a aceptar el dinero —no podía menos que admirar el valor de la joven, aunque su situación era realmente difícil.

—He incluido a Noelle en mi testamento —explicó Ben—. Pero opino que David es responsable de su hija aunque no esté casado con su madre. Tampoco está ayudando a la hija que tuvo con su ex mujer.

—Ben le dijo a David todo lo que pensaba al respecto, y me temo que la discusión no acabó muy bien. Por desgracia, David se encontró con Mary Jo poco después... —miró a Ben, esperando su permiso para continuar. Él asintió con la cabeza.

Charlotte se detuvo un momento para untar de mantequilla un trozo de pan.

—David vio a Mary Jo y a Mack McAfee paseando con Noelle por los muelles el sábado por la tarde. ¿Os acordáis del día tan bonito que hacía? Bueno, el caso es que David volvió a amenazar a Mary Jo.

—¿Que la amenazó, dices? —preguntó Olivia con el ceño fruncido—. ¿Cómo, exactamente?

—Por lo que nos contó Mary Jo —volvió a intervenir Ben—, David le insinuó que intentaría hacerse con la custodia de Noelle si ella seguía adelante con la demanda. Por cierto, acabo de enterarme de que David se ha mudado a Seattle.

No dijo nada sobre la mujer con la que estaba viviendo David... y la que lo estaba manteniendo. Charlotte sabía que era otro motivo de vergüenza para Ben.

—Supongo que al estar en Seattle se convierte en una amenaza mayor —continuó Ben.

—En este tipo de situaciones, el estado siempre le concede la custodia a la madre —les aseguró Olivia.

—David no tiene la menor intención de cuidar a su hija. Ya tiene a otra hija a la que casi nunca ve. No quiere ser padre, por mucho que me duela admitirlo.

Charlotte le puso una mano sobre la suya para ofrecerle el poco consuelo posible.

—En mi opinión, Mary Jo debería pararle los pies —dijo Olivia—. A ningún juez le gustarían esa clase de amenazas.

—Según nos contó Mary Jo, David no miró ni una sola vez a la niña —dijo Ben—. Nunca la ha tenido en brazos ni la ha tocado. Que ahora diga que luchará por su custodia es sencillamente absurdo.

—Sobre todo cuando ha negado ser el padre de la niña —añadió Charlotte.

—El juez querrá saber cuál es su relación con Noelle —dijo Olivia—. Eso si el caso llega a los tribunales, lo que dudo mucho que suceda.

Jack no parecía tan convencido.

—Nunca se sabe... David puede contratar a algún abogado sin escrúpulos para defender sus derechos como padre.

—Cierto —admitió Olivia—. Creo que David intenta intimidar a Mary Jo para que no le pida dinero, especialmente ahora que está desempleado.

—Aunque encuentre trabajo, me temo que se negará a pagar —murmuró Ben.

—Si se demuestra su paternidad, el estado puede embargarle el subsidio por desempleo... en el caso de que lo esté recibiendo. No tendrá más remedio que pagar la pensión alimenticia.

Charlotte sabía que ni a David ni a su novia actual les haría ninguna gracia.

—¿Cuál es la situación entre Mary Jo y Mack? —preguntó Olivia.

—Están compartiendo un dúplex —respondió Ben—. Cada uno ocupa una parte del edificio.

—Mack adora a Noelle —dijo Charlotte—. Es mucho más padre para ella que David.

—Me lo imaginaba —dijo Olivia—. El sábado los vi a los tres en el mercado. Parecían una familia cualquiera.

—Estoy seguro de que Mack está prendado de Mary Jo —afirmó Ben.

«Prendado» le parecía una palabra preciosa a Charlotte. Y era evidente que Mack lo estaba de Mary Jo.

—Apuesto a que acaban casándose —dijo Jack, sirviéndose el tercer trozo de pan.

Charlotte le pasó la mantequilla. Él la aceptó agradecido, pero Olivia le puso una mano en el brazo y, sin decir palabra, Jack dejó la mantequilla a un lado y le dio una palmadita cariñosa. Un par de años atrás Jack había sufrido un ataque al corazón, y desde entonces Olivia le controlaba seriamente la dieta.

—¿Mary Jo os ha insinuado que se casará con Mack? —preguntó Olivia.

—No, pero como ha dicho Ben, es obvio que están muy unidos —respondió Charlotte.

—Y en el caso de que se casaran... ¿crees que Mack querría adoptar a Noelle?

—Creo que sí —respondió Charlotte sin dudarlo—. Está loco por ella. Sólo sabe hablar de Noelle y de Mary Jo —en realidad no había mantenido muchas conversaciones con él, pero cada vez que hablaban con Mack se le llenaba la boca con ellas.

Ben levantó una mano.

—Tengo la sospecha de que... —se calló y volvió a empezar—. Tengo la sospecha de que Mack y Mary Jo han tenido algunas diferencias después de encontrarse con David.

—Ben... —dijo Charlotte, pero él volvió a levantar la mano para hacerla callar.

—Ya sé que Mary Jo vino a vernos muy alterada y preocupada, pero creo que no sólo fue por lo que pasó con David.

Al pensar en ello Charlotte estuvo de acuerdo con su marido. Mary Jo se había presentado en casa muy nerviosa, diciendo que necesitaba hablar con alguien. ¿Por qué no había acudido a Mack, si vivía en la puerta de al lado? Mack no estaba en el cuartel de bomberos, porque Olivia los había visto juntos aquella misma tarde. Y sin embargo Mary Jo había ido a verlos a ella y a Ben.

Charlotte se giró hacia su hija.

—¿Por qué ese interés por Mack? —no formaba parte del tema que los ocupaba. Tan sólo implicaba a David, Mary Jo y Noelle.

—Me interesan saber cuáles son sus sentimientos hacia Mary por si decide adoptar a Noelle en el caso de que contraigan matrimonio. Quiero que todos seamos conscientes de las posibles complicaciones.

Ben se encogió de hombros.

—David hará todo lo posible para dificultar la adopción. No quiere a Noelle, pero no permitirá que otro se convierta en su padre. Así es como funciona la mente de mi hijo, por mucho que me duela admitirlo —agachó la cabeza, avergonzado.

—En ese caso, os sugiero que lo dejéis sin armas.

—¿Cómo? —preguntó Ben.

—Convenciendo a Mary Jo para que lo demande.

—Pero si lo hace... —empezó Charlotte.

—Si lo hace, David plantará batalla —corroboró Olivia—. Así que debéis advertirle que esté preparada. El próximo paso será exigirle a David que renuncie a sus derechos como padre.

—¿Así de sencillo? —preguntó Ben.

—Si David firma los papeles de la renuncia, Mack podría adoptar a Noelle sin problemas —explicó Olivia.

Charlotte batió las palmas.

—¡Eso sería maravilloso!

—Y si no es Mack, podrá hacerlo cualquier otro hombre cuando llegue el momento —añadió Olivia—. Es la única manera que tiene David de evadir el pago de la pensión. Y a Mary Jo le evitará muchos problemas en el futuro.

—Tenemos que hablarlo con ella —dijo Charlotte, entusiasmada ante aquella nueva posibilidad.

—Lo antes posible —añadió Ben.

Por primera vez desde la última visita de David, Charlotte advirtió que su marido había dejado de fruncir el ceño.

CAPÍTULO 17

—Sabes lo que va a decirnos Mack, ¿verdad? —dijo Corrie mientras acababa de poner la mesa para cenar. Mack había preguntado si podía llevar a Mary Jo y a Noelle el viernes por la noche. Era algo tan inusual que Corrie creía saber el propósito de aquella visita.

Su hijo iba a anunciar que le había pedido a Mary Jo el matrimonio. Al principio habían hablado de pasarse por casa para tomar café, pero Corrie los había invitado a cenar. Mack lo consultó con Mary Jo y confirmó su presencia.

Roy estaba viendo las noticias en el salón y no respondió.

—¡Roy! —lo llamó Corrie, tan excitada que apenas podía contenerse—. Mack va a decirnos que le ha pedido a Mary Jo que se case con él.

—¿Estás segura? —preguntó Roy, apartando brevemente la mirada del televisor.

—Llámalo intuición de madre. Conozco a mi hijo y está loco por Mary Jo y la pequeña.

Roy se encogió de hombros.

—El tiempo lo dirá... No vayas a empezar ya con los preparativos de boda.

Corrie dejó la cacerola en la mesa para que se enfriara. Había hecho una de las comidas favoritas de Mack: pastel de carne con puré de patatas.

Mack llevaba pidiendo aquel plato para su cumpleaños

desde que era un crío, y a Corrie le pareció muy oportuno para la noche en que iba a anunciar su compromiso. Se preguntó qué clase de anillo le habría comprado a Mary Jo...

—Ya están aquí —le avisó Roy, mirando por la ventana.

—Justo a tiempo —dijo Corrie, frotándose las manos con satisfacción. Linnette y Pete se habían casado, y ahora le tocaba el turno a su hijo para formar una familia.

Se quitó el delantal y lo dejó sobre una silla de la cocina. Esperaría a que todos se hubieran sentado para sacar la ensalada del frigorífico. Primero charlarían un poco, tomarían unos entremeses y brindarían con vino.

Roy abrió la puerta para que pasaran Mary Jo y Mack, que empujaba el cochecito de Noelle. Corrie corrió a abrazarlos y miró a la pequeña que muy pronto se convertiría en su nieta y a la que ya adoraba. Estaba deseando ser abuela, dos veces en el mismo año, y se imaginaba enseñándola a hacer pastel de carne a Noelle y coloreando juntas libros de ilustraciones.

—Huele que alimenta —dijo Mack—. Gracias por hacer mi plato favorito —besó a su madre en la mejilla mientras Mary Jo se hacía cargo de Noelle.

Corrie se fijó en que Mary Jo no llevaba anillo de compromiso. Tal vez Mack no se lo hubiera comprado aún. Pero mientras servía el vino y los aperitivos cuidadosamente elegidos para la ocasión... queso, galletitas saladas, champiñones rellenos y empanadillas de salchichas... esperó con impaciencia el anuncio de un compromiso que no se produjo.

—Todo está listo —anunció finalmente, y se levantó para llevar la ensalada a la mesa.

Se sentaron y Roy volvió a llenar los vasos. Corrie le cedió la cuchara de servir a su hijo.

—Es mi plato favorito —le dijo Mack a Mary Jo—. Mi madre lo prepara en todos mis cumpleaños.

—Te daré la receta, si quieres —le ofreció Corrie a Mary Jo.

—Vaya, gracias... Me encantaría.

—Mi madre es una gran cocinera.

Corrie se ruborizó por el halago. Tomó el primer bocado y comprobó satisfecha que el pastel le había salido tan bueno como el del año anterior. No lo hacía muy a menudo, ya que Roy tenía sus propios platos favoritos.

Iban por la mitad de la cena cuando Corrie ya no pudo aguantar más el suspense.

—Creo que sé por qué querías venir con Mary Jo a casa —dijo tímidamente, mirando a su marido.

—¿Ah, sí? —preguntó Mack, mirando a Mary Jo.

—¿Sabes que hemos venido por las cartas? —preguntó Mary Jo.

Corrie frunció el ceño.

—¿Cartas? ¿Qué cartas? —se giró hacia su marido, esperando una explicación.

—Mary Jo encontró una caja con cartas de la Segunda Guerra Mundial —dijo Mack—. ¿No te acuerdas?

—Oh, sí, claro... —respondió Corrie rápidamente. De hecho, había mantenido una larga conversación con Peggy sobre esas cartas.

—Mack encontró un diario en el mismo sitio donde estaban escondidas las cartas —añadió Mary Jo.

—¿Habéis venido para... hablar de las cartas? —Corrie también estaba fascinada con esas cartas, pero se resistía a creer que no estuvieran allí para anunciar su compromiso.

—Son increíbles, mamá —dijo Mack con entusiasmo—. ¿Te he dicho que Mary Jo y yo estuvimos investigando el Día D? El Desembarco de Normandía...

—6 de junio de 1944 —dijo Roy por si Corrie había olvidado la fecha.

—Joan Manry y Jacob Dennison estaban muy enamorados el uno del otro, pero después de la invasión se acabaron las cartas y las entradas en el diario —dijo Mary Jo, mirando a Corrie y a Roy.

—No sabemos qué fue de ellos —añadió Mack.

—Nos morimos por averiguarlo —le dijo Mary Jo a Corrie—. Las cartas...

—¿Nos habéis pedido que os invitáramos a cenar sólo por esas cartas? —exclamó Corrie, sin poder ocultar su decepción.

Mack la miró extrañado.

—En realidad fuiste tú la que nos invitó a cenar.

—Sí... no... Lo siento —juntó las manos en su regazo—. Pero yo creía que... tenía la esperanza de que vinierais por otro motivo.

—Corrie... —le advirtió Roy en voz baja.

—¿Qué? —la apremió Mary Jo.

—Bueno, yo... —esbozó una media sonrisa y miró a su hijo—. Como pasabais tanto tiempo juntos, supuse que habíais decidido... casaros —los miró a los dos y después a Noelle. La pequeña tampoco parecía muy contenta, dando patadas al aire como si quisiera levantarse del cochecito.

—¿Mack y yo...? —Mary Jo abrió los ojos como platos—. No, en absoluto.

—Entiendo.

—Contadme más sobre esas cartas —les pidió Roy, en un intento no muy sutil para cambiar de tema.

Mack parecía tan ansioso como su padre por hablar de otra cosa.

—Por la forma tan repentina con que acabaron las cartas después de la invasión, Mary Jo y yo pensamos que Jacob debió de morir en la guerra.

—Pero ahora ya no —dijo Mary Jo—. El nombre de Jacob no aparece en la lista de soldados que murieron en Francia, ni tampoco figura entre los desaparecidos en combate.

—Tal vez fue herido —sugirió Roy.

—Eso también lo pensamos, pero es mucho más difícil encontrar esa información.

—Entiendo —dijo Roy, lanzándole una mirada de reproche a Corrie—. ¿Lo que queréis es que os ayude con la investigación?

—Aún no —respondió Mack—. De momento nos gustaría saber tu opinión y que nos sugirieras algunas ideas.

Mary Jo sonrió.

—Estamos disfrutando mucho leyendo sobre la guerra y buscando información sobre Jacob. Hemos encontrado mapas de las playas de Normandía en Internet con los movimientos de las tropas marcados, y sabemos más o menos dónde aterrizó la división de Jacob.

Mack asintió

—Nunca me ha interesado mucho la historia, pero estas cartas me han enseñado lo emocionante que puede ser. Se trata de personas reales que arriesgaron sus vidas por una causa. Jacob no quería morir, como ningún otro soldado. En sus cartas decía que no se veía a sí mismo como un héroe.

—Pero lo fue. Todos lo fueron —aseveró Mary Jo—. Y seguro que Joan se lo dijo. Por desgracia, sólo tenemos las cartas de Jacob, no las que Joan le escribió.

—Pero sí tenemos el diario de Joan, que está lleno de pequeños detalles sobre la vida cotidiana durante la guerra —continuó Mack—. Cada día escribía unas pocas líneas y expresaba su angustia al no tener noticias de Jacob.

—Escribía que ahorraba sus cupones de azúcar para hacer un pastel, y que recorría a pie distancias larguísimas para ahorrar combustible.

—Casi todo fue racionado durante la guerra —confirmó Roy—. Recuerdo que mis padres hablaban de eso.

Mary Jo asintió.

—También escribe algunas abreviaturas, pero no sabemos a qué corresponden.

A pesar de sí misma, Corrie empezó a sentirse intrigada.

—Si en algún momento queréis que os ayude, hacédmelo saber y veré lo que puedo averiguar —les ofreció Roy.

—Gracias, papá —dijo Mack.

—Sí, muchas gracias, señor McAfee.

—Llámame Roy.

«O llámalo mejor papá», quiso decir Corrie, pero naturalmente mantuvo la boca cerrada. No quería enojar a Mack y a Roy, ni avergonzar a Mary Jo. Pero en el fondo sabía que Mack estaba enamorado de aquella chica.

Noelle empezó a gimotear y Mary Jo se apartó inmediatamente de la mesa.

—Le están saliendo los dientes.

—Ya me ocupo yo —se ofreció Mack, poniéndose en pie.

Mientras los dos discutían sobre quién debería atender a la niña, Corrie se inclinó hacia su marido.

—Míralos —le susurró—. Se comportan como si estuvieran casados.

—Déjalo ya, Corrie —le advirtió Roy.

—Creo que les hace falta un empujón. Ya sabes... para darse cuenta de lo que sienten el uno por el otro.

—Tal vez, pero no nos corresponde a nosotros.

Corrie no estaba de acuerdo, pero tampoco podía hacer nada. En opinión de Roy, ya se había entrometido demasiado.

Cuando Mack y Mary Jo volvieron a la mesa, él tenía a Noelle en brazos y Mary Jo le aplicaba una crema en las encías.

—Normalmente es una niña muy alegre —dijo Mary Jo a modo de disculpa.

—Claro que lo es —afirmó Corrie—. ¿Queréis que me quede con ella para que tengáis libre el resto de la noche? —tal vez si pudieran pasar algún tiempo a solas llegaran a la misma conclusión que ella. Roy podía pensar que la joven pareja no necesitaba su ayuda, pero Corrie opinaba todo lo contrario.

Mack miró a Mary Jo.

—¿Qué te parece?

Mary Jo le sonrió a Corrie.

—Agradezco la oferta, pero no quiero dejar a Noelle cuando está tan delicada.

A Corrie se le cayó el alma a los pies.

Mack se levantó y se puso a recoger la mesa.

—¿Hay algo de postre? —preguntó.

—Eh...

—Creía que habías hecho una tarta —dijo Roy—. ¿No me dijiste eso antes?

—Sí, pero... no me ha salido bien.

—¿No se puede comer? —preguntó Roy con la decepción reflejada en su rostro.

—Yo no he dicho eso.

—Entonces trae esa tarta —ordenó él, incapaz de captar la indirecta.

—¿A quién le importa el aspecto, mamá? Lo que cuenta es el sabor.

—Sabe de maravilla —les aseguró ella. Muy bien. Ellos lo habían querido. No iba a negarles el postre.

Abandonó la mesa y regresó con los platos y cubiertos para el postre. Luego fue a la cocina a por la tarta de coco de cuatro pisos, cuya receta se la había dado Charlotte, y la colocó en el centro de la mesa para que todos la admiraran.

Roy se quedó mirando el pastel con ojos muy abiertos y luego la miró a ella. En la tarta, escritas con azúcar glas, se leían las palabras: *Enhorabuena, Mack y Mary Jo*.

—¿Puedo cortar el primer trozo? —preguntó.

—Por favor —respondió Mack, asintiendo cortésmente con la cabeza.

—Cortaré la parte que dice «enhorabuena» —bromeó—. Supongo que lo tengo merecido, por pasarme de lista.

—Oh, no, Corrie. Ha sido un detalle precioso —le aseguró Mary Jo.

—Ojalá pudiera decirte que ya tenemos planes de bodas —dijo Mack. Miró a Mary Jo y ésta bajó la mirada a la mesa—. Pero tenemos que resolver algunas cosas.

—Yo... —empezó Mary Jo, pero no parecía saber qué decir.

—No nos debes ninguna explicación —dijo Roy—. Si decides formar parte de nuestra familia, has de saber que te recibiremos con los brazos abiertos.

—Y a Noelle también —añadió Corrie.

Mary Jo levantó la mirada, y Corrie se sorprendió al ver sus ojos llenos de lágrimas.

—Gracias —susurró—. No sabéis cuánto significa para mí.

—¿Podemos olvidarnos ya del tema? —sugirió Mack.

Corrie asintió. Había estado plenamente convencida de que aquella cena sería un motivo de celebración, pero sólo había servido para avergonzar a Mary Jo y a su hijo. Afortunadamente no se lo habían tomado muy mal, y aunque fuera una situación embarazosa, tal vez Corrie les había dado algo que pensar...

Se quedaron otra hora después de cenar. Mary Jo ayudó a Corrie a recoger la cocina y estuvieron charlando amigablemente sobre las cartas y el diario. Corrie insistió además en que se llevaran los restos de la cena.

Cuando volvieron al salón, Mack estaba sumido en una intensa conversación con su padre. Él y Mary Jo se marcharon poco después, y Corrie se quedó mirando desde la ventana cómo se alejaban por Harbor Street.

—¿Qué te ha dicho Mack? —le preguntó a su marido.

—¿Por qué piensas que me ha dicho algo?

—¡Roy McAfee! Tengo derecho a saber lo que pasa entre Mack y Mary Jo.

—¿Y crees que yo lo sé?

—Sí. He visto cómo hablabais Mack y tú. Dime qué te ha dicho.

Roy suspiró.

—Quiere a Mary Jo.

—¡Pues claro que la quiere! Creo que se enamoró de ella la noche que nació Noelle.

—Y también quiere a Noelle.

—Eso salta a la vista. Es como si fuera su padre.

Roy asintió.

—Pero Mary Jo tiene que resolver unos asuntos, y hasta entonces Mack no puede declararse.

—¿Qué clase de asuntos?

Roy agarró el mando de la televisión.

—Me temo que guardan relación con David Rhodes.

—Ese granuja tiene que pagar todo lo que ha hecho —murmuró Corrie. Cada vez que oía el nombre de David le hervía la sangre en las venas. No podía entender cómo alguien tan decente y honesto como Ben Rhodes pudiera tener un hijo así.

—Mary Jo tiene miedo de lo que pueda pasar si David se implica en la vida de su hija.

—Tiene razones de sobra para estar asustada.

—Y por eso no hace nada, con lo que sólo consigue perpetuar el problema.

—¿Qué sugiere Mack? —preguntó Corrie, y enseguida se respondió a sí misma—. Mary Jo tiene que encontrar el valor para enfrentarse a David.

—Sí —confirmó Roy—. Hasta que no lo haga, no podrán seguir adelante con sus vidas.

—Oh, cariño... —susurró Corrie—. Yo tenía razón, después de todo. Mack la quiere.

—Sí, la quiere —dijo Roy con una alentadora sonrisa—. No te preocupes. Todo se acabará resolviendo.

El temor de Corrie era que la situación tardara más tiempo de la cuenta en resolverse.

CAPÍTULO 18

–Papá... necesito que me ayudes –dijo Jolene, sentándose en el brazo del sofá con su libro de matemáticas.
–¿Álgebra? ¿Crees que yo entiendo de eso? –preguntó Bruce, riendo.
–Pues sí –replicó Jolene–. Para eso eres mayor.
–Sí, bueno, pero hace muchos años que acabé los estudios.
–Al menos échale un vistazo, ¿vale?
Rachel había acabado de limpiar los platos, ella sola pues así era más fácil, y se divertía viendo a Bruce y a su hija. Si Jolene confiaba en las habilidades matemáticas de su padre, podría buscarse un serio problema en el colegio.
–No entiendo por qué tengo que hacer esto –se quejó Jolene.
–Porque te hará falta en la vida –le dijo Bruce, aunque no parecía muy convencido.
–¿Por qué? A ti no te hace falta.
Bruce ignoró el comentario y se puso las gafas para ver la página que ella le señalaba. Durante un rato estuvo mirando el problema, como si esperase que la solución se le ocurriera milagrosamente.
–Dame un lápiz y un papel –ordenó, como un cirujano pidiendo el bisturí.
Jolene fue a buscarlos a su habitación y Bruce miró a Rachel, que seguía observándolo desde la puerta.

—Tú podrías serle de más ayuda que yo.
—Te lo ha pedido a ti...
—Voy a quedar como un borrico cuando no sepa resolverlo.

Rachel se echó a reír.

—El que se pica, ajos come...

Bruce frunció el ceño, pero no tuvo tiempo de replicar porque en ese momento volvió Jolene con un lápiz y un bloc amarillo.

—Sigo sin entender por qué las matemáticas son tan importantes —se quejó.

—Tienes que encontrar el valor de x —dijo Bruce.

—Eso ya lo sé, ¿y por qué?

—No, el de «y» no. El de x.

—Papá, me estás liando.

—Bien, porque yo también estoy hecho un lío —miró a Rachel con expresión suplicante.

Pero, por mucho que quisiera ayudarla, Rachel no se atrevía a intervenir. Era Jolene quien tenía que pedírselo, pues de otra manera no aceptaría su intromisión.

Al cabo de varios minutos, Bruce acabó arrojando la toalla.

—Lo siento, nena, pero no tengo ni idea.

—Tengo el examen final esta semana y voy a catear —se lamentó Jolene, como si fallar en un simple ejercicio fuera a arruinar toda su carrera académica—. No podré ir a la universidad si suspendo Algebra I.

—Aún te quedan unos cuantos años para ir a la universidad —intentó tranquilizarla Bruce, sin éxito.

—¿Cómo puedes decir eso? —chilló Jolene—. ¡Tengo que aprobar este examen!

—Pídele a Rachel que te ayude —le sugirió su padre.

Jolene miró a Rachel, que fingió no enterarse de nada y se puso a limpiar la encimera de la cocina, algo que ya había hecho antes.

—Rachel... —la llamó con voz insegura—, ¿crees que puedes resolver este problema?

—¿Quieres que lo intente?

—Por favor —Jolene casi nunca le pedía nada por favor.

Rachel apartó una silla e invitó a Jolene a sentarse junto a ella.

—Vamos a intentar resolverlo juntas —no tenía intención de hacerle los deberes a Jolene, sino ayudarla a comprender la teoría para que pudiera resolver los problemas de álgebra por sí misma.

—La profesora dijo que el año que viene daremos las ecuaciones de segundo grado. ¿Sabes para qué sirven?

—No, lo siento —Rachel recordaba haberlas estudiado, pero no su utilidad.

—Yo sí lo sé —se jactó Bruce.

—¿Ah, sí? —le preguntó Rachel, impresionada pero no muy convencida.

—Claro... Las ecuaciones de segundo grado se usan para averiguar el valor de x.

—¡Papá!

Rachel intentó ocultar una sonrisa, pero no lo consiguió.

—Deberías volver a tu partida *online* —le aconsejó.

Bruce miró el libro de texto y puso una mueca.

—Con mucho gusto.

Rachel leyó el problema y lo anotó en el bloc que había llevado Jolene.

—¿Lo entiendes? —le preguntó la chica.

—Sí. Siempre se me han dado bien los números.

—¿Y entonces por qué trabajas en un salón de belleza?

—Uso las matemáticas todos los días, Jolene. No todo el mundo con habilidades numéricas trabaja en un banco o en contabilidad. Yo, por ejemplo, tengo que calcular la cantidad de colorante que necesita cada tinte.

—Oh... —murmuró Jolene, como si hubiera tenido una revelación.

Estuvieron trabajando juntas durante casi una hora, hasta que a Rachel le pareció que Jolene había entendido la teoría para resolver los problemas sin ayuda.

Jolene se levantó y le ofreció una sonrisa dubitativa.
–Gracias.
–No hay de qué.
La chica regresó a su habitación y Rachel se fue al salón, a tiempo para ver su serie favorita. Bruce llevó unos minutos después.
–Ha ido bien, ¿verdad? –le dijo, muy entusiasmado.
Rachel asintió. Así había sido la relación entre ella y Jolene antes de la boda.
–Las clases acaban el próximo miércoles –comentó. Tenía miedo de los cambios que podrían suponer las vacaciones de verano. Jolene era demasiado mayor para tener una niñera y demasiado joven para quedarse todo el día sola en casa.
–La he apuntado a ese campamento de teatro para las dos primeras semanas de verano –le recordó Bruce.
Lo malo era que supondría un gasto enorme al presupuesto familiar. Y lo que Bruce no sabía era que al cabo de unos meses ella tendría que dejar de trabajar, lo que supondría más limitaciones económicas.
–Es muy caro. Y si tenemos que costearlo durante todo el verano...
–Lo sé, pero no tenemos otra opción –dijo Bruce, rodeándole los hombros con el brazo.
En los veranos anteriores Jolene pasaba uno o dos días por semana con Rachel y el resto del tiempo en los programas infantiles que organizaban el ayuntamiento y la iglesia. Pero, lógicamente, a la joven ya no le interesaba asistir a ningún campamento de verano al que fueran «niños pequeños».
–Puede que tenga una solución –dijo Rachel.
–¿Cuál?
–Yo podría trabajar sólo a media jornada –últimamente tenía que inventarse excusas para explicar su cansancio y falta de energía. Además, no creía que fuera bueno para el bebé todo el tiempo que se pasaba rodeaba de productos químicos en el salón de belleza.

Si se quedaba en casa la mitad de la jornada, al menos podría vigilar a Jolene.

Bruce lo pensó un momento.

—Pero dices que Jolene no quiere estar contigo.

—Y así es.

—Entonces quizá no sea buena idea quedarte en casa con ella.

—En otras circunstancias estaría de acuerdo contigo. Pero quiero hacerlo por mí tanto como por Jolene.

Bruce la miró fijamente, como si le costara seguir su razonamiento.

—¿No te has dado cuenta del cansancio que arrastro desde hace meses? —le preguntó ella.

—Sí, pero yo tengo la culpa de eso —dijo él, deslizándole la mano entre los muslos.

—No es ésa la razón por la que necesito reducir mi jornada —le aseguró Rachel.

—Estás cansada por las horas extras que has tenido que echar desde que se marchó Teri —supuso él.

—Sí, eso también, pero hay otras... otras razones.

—¿A qué te refieres?

—Bruce... —expulsó el aire suavemente—. Estoy intentando decirte algo importante.

—Te escucho.

—Ya sé que me escuchas —lo agarró de la mano—. Pero no oyes.

—Lo intento...

Rachel decidió que lo mejor era decírselo directamente, sin más rodeos.

—Estoy embarazada.

Bruce parpadeó unas cuantas veces. Cuando pareció darse cuenta de lo que ella le había dicho, se levantó del sofá y empezó a andar de un lado para otro mientras se pasaba las manos por el pelo.

—¿Has dicho que estás... embarazada?

—Sí.

—¿Estás segura? ¿No es una falsa alarma?
—Estoy segura.
—¿Has ido al médico?
—Sí.
—¿Cuándo?
—El mes pasado.
—¿El mes pasado? —exclamó él—. ¿Hace un mes que lo sabes?
—Lo supe la noche que Teri tuvo a sus trillizos.
Bruce la miró fijamente.
—Pero ¿cómo...?
—Puede que te sorprenda, pero no me he quedado embarazada yo sola, ¿sabes? El bebé también tiene un padre.
—Yo.
—Premio para el caballero.
—No... no sé qué decir.
—¿Qué tal, no sé, algo así como... «Guau», o «Es genial», o «Es la mejor noticia que podrías darme», o...?
Él se arrodilló delante de ella y la agarró de las manos.
—¿Qué tal... «Gracias»? —le preguntó con la sonrisa más bobalicona que Rachel le hubiera visto jamás.
—No está mal —murmuró ella, tragándose las lágrimas.
Bruce le tomó el rostro entre las manos y la besó, y ella le rodeó el cuello con los brazos.
—¿Por qué no me lo has dicho antes?
—Tenía miedo —admitió ella en voz baja.
—¿Miedo de qué? Los dos queríamos tener un bebé. Ya lo habíamos hablado. Y aunque habíamos decidido esperar... creo que es algo maravilloso.
Ella le entrelazó los dedos en el pelo.
—La sorpresa me dejó anonadada. Al principio no sabía cómo reaccionar, y temía que a ti te pasara lo mismo.
—Es la mejor sorpresa que podrías darme... Me cuesta creer que lo hayas mantenido en secreto tanto tiempo.
Rachel apartó la mirada.
—Tenía que hacerlo. Por Jolene —nada más decirlo vio una

sombra de duda en el rostro de Bruce–. Fue lo único que ella nos pidió. Que esperásemos para tener un bebé.

–No podemos vivir según sus normas –replicó Bruce, y volvió a besarla con una adoración que hizo estremecerse a Rachel.

–Lo sé, y estoy de acuerdo, pero Jolene ha tenido que enfrentarse este año a cambios muy importantes, y el embarazado puede complicarlo todo aún más.

Bruce frunció el ceño.

–Creo que deberíamos decírselo enseguida.

–No –le rogó Rachel–. Aún no. Vamos a esperar unas semanas. Cuando ella acabe el colegio yo empezaré a trabajar sólo media jornada. Espero que el tiempo que pasemos juntas sirva para volver a acercarnos –tal vez si estaban a solas, sin Bruce, Jolene dejara de competir por el afecto de su padre y ella y Rachel pudieran recuperar la confianza que habían compartido.

–Bueno... hoy te ha pedido que la ayudaras con sus deberes.

Rachel asintió.

–Tal vez salga bien.

–Claro que sí –dijo Bruce, aunque aún parecía un poco inseguro.

–Deja que sea yo quien se lo diga –le pidió Rachel–. Quiero que sepa el papel tan importante que jugará como hermana mayor y que se alegre tanto como nosotros por la llegada de la pequeña...

–O del pequeño.

–O del pequeño –añadió Rachel con una sonrisa.

Bruce respiró profundamente.

–Muy bien. Dejaré que seas tú quien se lo diga, cuando lo estimes oportuno.

–Gracias.

Bruce volvió a sentarse a su lado y los dos siguieron viendo la serie policíaca. En un par de ocasiones Rachel lo sorprendió mirándola.

—Bruce...
—¿Qué?
—¿Quieres borrar de tu cara esa sonrisa de idiota?
—No puedo.
—Inténtalo.
—No quiero.
Rachel gimió de frustración.
—¿Estás cansada? —le preguntó él al acabar la serie.
—Sólo son las nueve.
Él estiró los brazos y soltó un sonoro bostezo.
—¡Bruce! —lo reprendió ella. Si Jolene los viera se quedaría horrorizada.
—No puedo evitarlo... Estoy loco por ti —se rió y le puso una mano sobre el vientre—. Y aquí está la prueba.
—Shhh —le advirtió ella.
—Mis labios están sellados.

Rachel suspiró y se acurrucó junto a su marido. Él le había prometido que no se lo diría a Jolene y ella confiaba en que mantuviera su palabra. También confiaba en que no cometiera un desliz antes de que ella estuviese preparada para decírselo a Jolene. Y que Jolene estuviese preparada para oírlo.

CAPÍTULO 19

Gloria aparcó frente a la casa de los McAfee y permaneció unos minutos en el coche, hasta reunir el valor necesario para llamar a la puerta. Necesitaba desesperadamente el consejo de una madre, pero no estaba segura de poder hablar con Corrie.

Chad le había dejado una docena de mensajes en el teléfono, y ella no había respondido a ninguno. En el último le decía que era la última vez que intentaba contactar con ella, y al parecer lo decía en serio. En las dos semanas transcurridas desde entonces Gloria no había vuelto a saber nada de él.

Aquello era lo que quería, ¿no?

Sí, volvió a decirse a sí misma. ¡Por supuesto que sí!

Pero entonces, ¿por qué no dejaba de pensar en él? Se había pasado noches y noches en vela, dando vueltas en la cama y aporreando la almohada, sin poder sacárselo de la cabeza. A ese paso acabaría volviéndose loca.

Chad era muy atractivo, de acuerdo, pero también lo eran otros muchos hombres. Por desgracia, ninguno la había afectado tanto como el doctor Chad Timmons.

Gloria siempre había sido una persona muy reservada y celosa de su intimidad. Jamás compartía sus pensamientos ni emociones con nadie. Sin embargo, una hora después de conocer a Chad ya le había contado toda su vida. Le había confesado sus sentimientos, sus dudas, sus miedos... Le había contado por qué se fue a vivir a Cedar Cove, algo que nadie más sabía. Chad había superado sus defensas con una facilidad estremecedora, y Gloria se había quedado completamente expuesta y vulnerable ante él. Y eso la aterraba.

Ahora, tras dos semanas de silencio, seguía sin poder olvidarlo. Tenía que hacer algo, pero no sabía qué.

Llamó al timbre y esperó con la respiración contenida a que le abriera su madre biológica. Roy había salido; Gloria lo había visto alejarse en su coche cuando entró en Harbor Street. Sabía que Corrie se tomaba algunos martes y jueves libres, pero confiaba en que estuviera en casa.

—¡Gloria! Qué sorpresa... Vamos, pasa.

Gloria entró en la casa familiar y miró las fotos que se alineaban en la repisa de la chimenea. Había una foto suya, vestida con el uniforme de sheriff, junto a las fotos de graduación de Linnette y Mack. En la pared había colgada una foto de estudio de Roy y Corrie con dos niños y un perro, seguramente fallecido hacía tiempo ya que la foto debía de tener unos quince años. Gloria ni siquiera sabía el nombre del perro...

—Estaba escribiéndole un e-mail a Linnette —dijo Corrie.

—¿Cómo le va?

—Muy bien —entró en la cocina y se llenó una taza de café—. ¿Quieres un poco?

Gloria negó con la cabeza.

—¿Te importa si tomo un vaso de agua?

—Claro que no —Corrie sacó inmediatamente un vaso del armario y lo llenó con agua y hielo antes de ofrecérselo.

Gloria se sentó en el taburete y se lo bebió hasta la mitad. Tenía la garganta seca y la piel pegajosa.

—Necesito... consejo.

Corrie arrastró un taburete al otro lado de la encimera.

—Estaré encantada de ayudarte en lo que pueda.

—Hace algunos años conocí a una persona.

—¿Un hombre?

Gloria evitó el contacto visual y asintió.

—Apenas lo conocía, pero... —admitir lo que había hecho era más difícil de lo que se había imaginado.

—Te acostaste con él —adivinó Corrie.

Gloria volvió a asentir.

—Estaba tan avergonzada por mi comportamiento que decidí no volver a verlo —apretó la mano alrededor del vaso—. Él intentó repetidamente contactar conmigo, pero yo me mantuve firme en mi rechazo y finalmente desistió.

—¿Por qué te negaste a verlo, exactamente?

—Lo primero, como ya te he dicho, porque me avergonzaba de mí misma. Lo segundo, porque con él me sentía muy vulnerable —hizo una pausa—. Además, había otra mujer interesada en él... alguien muy importante para mí. Por eso pensé que lo mejor era apartarme.

Su madre pareció entenderla.

—¿Aún sientes algo por él?

Gloria se encogió de hombros.

—Supongo que sí, porque no puedo dejar de pensar en él... pero aún hay más.

—¿La otra mujer?

—No, ya no —murmuró, rezando para que su madre no intuyera que estaba hablando de Linnette.

—Muy bien, dime lo que pasó.

Gloria estaba apretando el vaso con tanta fuerza que le extraño que no se hiciera añicos. Intentó relajar la mano, pero no lo consiguió.

—Hace cosa de un mes, este hombre me dijo que iba a marcharse y... —cerró los ojos y tomó aire—. Yo le pedí que se quedara. Él aceptó, tuvimos una segunda cita y... —el nudo de la garganta casi le impedía hablar—. Volvió a ocurrir lo mismo —susurró.

—¿Te acostaste otra vez con él?

Gloria agachó la cabeza.

—Sí. Me desperté muy avergonzada y furiosa conmigo misma. Ninguno de los dos lo había planeado, pero sucedió sin más. Otra vez.

—¿Lo has vuelto a ver desde entonces?

Su madre parecía tener el don de hacer siempre las preguntas oportunas.

—No, y no quiero verlo.

Corrie sonrió comprensivamente.

—Porque tienes miedo.

—Sí, claro que lo tengo. Lo único que tenemos en común es la atracción sexual. Le he contado casi todo de mí, cosa que no hago con nadie...

—¿Estás enamorada de él?

Si Gloria supiera la respuesta no estaría allí sentada, pidiéndole consejo a su madre biológica.

—No... no lo sé. Creo que sí, pero no conozco ni mis propios sentimientos. Estoy muy confundida. Ya no me siento segura de mí misma ni de cómo reaccionar —sacudió la cabeza y el pelo le cayó hacia delante. Se lo colocó detrás de las orejas y se percató de que le temblaban las manos.

—¿Qué quieres oír de mí? —le preguntó Corrie.

—No lo sé.

Corrie alargó un brazo sobre la encimera y le agarró la mano.

—Creo que debes hablar con él.

—¿Y qué le digo?

—Eso no puedo decírtelo, pero me parece que estás huyendo de él y, lo que es más importante, de ti misma. Ya lo intentaste una vez y no funcionó. ¿verdad?

—No —admitió Gloria.

—Cuando creíste que ibas a perderlo le pediste que se quedara. Eso quiere decir que sientes algo por él.

—Me ha dejado diez mensajes. En el décimo decía que era el último y que no volvería a saber nada de él... Y así ha sido.

—Tienes que hablar con él —insistió Corrie por segunda vez—. Aunque acordéis no volveros a ver, has de cerrar esa puerta definitivamente para que ambos podáis seguir con vuestra vida.

Gloria pensaba de la misma manera, pero había ido a ver

a Corrie porque quería que se lo confirmara alguien de confianza. Corrie tal vez no fuera la mujer que la había criado; su madre adoptiva, la única a la que había conocido desde niña, había muerto en un accidente de avión. Pero Gloria estaba segura de que le habría dicho lo mismo que su madre biológica.

—Gracias.

Corrie le apretó la mano.

—¿Me contarás lo que suceda?

Gloria le prometió que la mantendría informada y se marchó poco después.

Aquella tarde esperó a Chad en la puerta de la clínica. Llevaba su uniforme de policía, pues su turno empezaba en treinta minutos. Había llamado por teléfono a la clínica y le habían confirmado que Chad estaba a punto de acabar su guardia. Apenas tendrían veinte minutos para hablar, pero a Gloria le parecía mejor así. Diría lo que tenía que decir y se marcharía con la conciencia tranquila.

Chad la vio en cuanto salió por la puerta. Dudó un momento y entonces se dirigió hacia ella. A Gloria la pilló por sorpresa su propia reacción al verlo. No había esperado sentir nada, pero el corazón le dio un vuelco y la garganta se le cerró. Aquello no iba a ser fácil, y seguramente Chad seguiría su camino para hacer la situación lo más embarazosa posible.

—Has tardado mucho —le dijo él a modo de saludo.

—Pensé que deberíamos... hablar de lo sucedido —dijo ella. Tenía las manos en las caderas y las piernas separadas, imitando la postura que adoptaba cuando detenía a alguien por exceso de velocidad.

—Sí, supongo que sí. ¿Quieres que vayamos a algún sitio tranquilo a hablar?

—Aquí está bien.

—¿En el aparcamiento?

—Sí.

—Así que va a ser una conversación breve.

—Sí.

Chad arqueó las cejas.

—Entonces ya sé todo lo que necesitaba saber.

En vez de preguntarle qué quería decir, Gloria empezó a soltar el discurso que tenía preparado.

—Es evidente que existe una atracción física entre nosotros...

—¿En serio?

A Gloria la irritó su sarcasmo, pero intentó ignorarlo.

—No sé explicar por qué me afectas de la manera que lo haces.

—Pero no te gusta.

—No creo que estemos hechos el uno para el otro.

—Claro.

—Puedes ahorrarte el sarcasmo, Chad —le dijo ella. Al menos había acertado en una cosa: Chad tenía intención de ponérselo lo más difícil posible.

—Tal vez a ti no te lo parezca, pero...

—¿Pero qué? —lo acució ella.

Chad empezó a alejarse.

—Me vuelves loco, Gloria. Nunca he conocido a nadie como tú. Pasas de ser una salvaje en la cama a no querer saber nada de mí.

Gloria no podía rebatir aquella acusación.

—La noche que cenamos juntos la situación se nos fue de las manos —siguió él—. Yo no tenía intención de llevarte a mi casa. Te advertí lo que pasaría si entrábamos, y si no recuerdo mal, tú no pusiste ninguna objeción.

Gloria tragó saliva y apartó la mirada. Lo que decía Chad era cierto.

—A la mañana siguiente me desperté más feliz de lo que me había sentido en mucho tiempo... sólo para descubrir que ya no estabas.

Ella era incapaz de mirarlo a los ojos.

—Entonces encontré tu nota. «No vuelvas a llamarme. Lo de anoche fue un error».

Gloria mantuvo la vista fija en sus zapatos.

—Puede que para ti fuera un error, Gloria, pero yo me niego a verlo de esa manera.

Permaneció callada, sin saber qué decir.

—Primero ardiente y al minuto siguiente fría como el hielo. He intentado razonar contigo. He perdido la cuenta de los mensajes que te he enviado...

—Diez —dijo ella, y enseguida se arrepintió de haber abierto la boca.

—Diez —repitió él—. Diez mensajes ¿y cuántas semanas de silencio?

—Dos —otra vez. De nuevo le hacía saber que había contado todos y cada uno de esos días.

—Y ahora me dirás que me pierda para siempre, ¿no? —le mantuvo desafiante la mirada.

—Creo que lo mejor será no volver a vernos.

—Me lo figuraba. Muy bien, Gloria, lárgate y finge que no hay nada entre nosotros si con eso te sientes mejor. La verdad es que nada de esto me sorprende...

Ella parpadeó con asombro ante la vehemencia de su voz y la dureza de sus rasgos.

—Me gustaría que nos despidiéramos como amigos —murmuró.

Él permaneció un momento callado y negó con la cabeza.

—Lo siento. Si quieres que quedemos como «amigos» para que te resulte más fácil, allá tú. Pero no me pidas que lo acepte.

—¿De qué estás hablando?

—¿Has dicho amigos? Soy yo quien no sé de qué estás hablando. En los amigos se puede confiar, y tú me has dejado tirado dos veces. No puedo ser tu amigo. Gloria. Si es así como tratas a tus amistades, no puedo menos que compadecerlas. Y a ti también.

A Gloria se le formó un nudo en el estómago.

—No quería decir eso...

—Entonces ¿qué querías decir?

—Creía que... que si nos encontrábamos por la calle podríamos ser educados, al menos. Y lo mismo si alguna vez vengo a la clínica.

Chad hizo una mueca con los ojos.

—Eso no va a pasar, así que no te preocupes. Muy bien, si quieres que seamos «amigos», seremos amigos.

Se apartó de ella y echó a andar por el aparcamiento. El instinto acuciaba a Gloria a seguirlo y aclarar las cosas entre ellos, pero permaneció donde estaba, con los pies pegados al suelo, mientras Chad se subía a su coche y se alejaba.

Durante varios minutos se quedó inmóvil, sin saber qué hacer. Corrie le había dicho que debía enfrentarse a lo sucedido y seguir adelante. Pero había fracasado miserablemente. En vez de acabar su relación de una manera amistosa, estaban más distanciados que nunca.

De alguna manera consiguió acabar su turno y a las once de la noche estaba en casa. A pesar del cansancio físico y mental, no conseguía dormirse. Muchas horas después se tomó dos pastillas y se cubrió la cabeza con la sábana. El sol empezaba a salir y la luz de la mañana se filtraba entre las cortinas.

Miró el reloj y se preguntó cuánto tardaría en conciliar el sueño. Cerró los ojos, pero sólo podía ver a Chad delante de ella, mirándola con expresión desafiante. No decía nada, pero ella podía sentir su dolor y decepción.

Era lo mismo que sentía ella.

De repente apartó las sábanas y se incorporó en la cama mientras las palabras de Chad resonaban en su cabeza. Ella había sugerido que fueran amigos para comportarse con cordialidad en el caso de que algún día se encontraran. Pero él le había dicho que eso no ocurriría. Y no porque quisiera evitar el saludo...

Lo que le estaba diciendo era que no estaría allí para saludarla. Iba a marcharse del pueblo.

El hospital de Tacoma le había dicho que lo contrataría cuando él quisiera.

Chad iba a abandonar Cedar Cove. Y a ella.

CAPÍTULO 20

Tras correr los diez kilómetros que se había propuesto, Mack recorrió andando la última manzana hasta su casa para relajar los músculos y también para relajarse por dentro.

Desde el enfrentamiento con David en el muelle, ocurrido dos semanas antes, Mary Jo se negaba a hablar de cualquier otra cosa que no fuera la investigación sobre Jacob y Joan. A Mack también le interesaba el tema, pero no se trataba de sus vidas. Era evidente que Mary Jo no se sentía cómoda hablando de David con él, y eso le dolía. Él también estaba metido en el asunto. Tal vez no al mismo nivel que ella, pero también se preocupaba por Noelle.

La cena en casa de sus padres tampoco había ayudado mucho. Su madre, incluso su padre, pensaba que habían ido a anunciar su compromiso.

Ojalá...

Mary Jo no estaba preparada, y Mack se sentía cada vez más frustrado. Desde el principio sabía que ella estaba asustada, pero durante los últimos seis meses se había esforzado para demostrarle que podía confiar en él. Tal vez hubiera metido la pata al ocultarle que era el dueño del dúplex, pero incluso entonces lo había hecho con la mejor de las intenciones.

Estaba cansado de los continuos rechazos que recibía últimamente de Mary Jo, y no sabía cómo manejar la situación. El ejercicio físico lo ayudaba a despejarse, de modo que había salido a correr mientras cavilaba sobre los sucesos de las últimas semanas.

Quería a Mary Jo y a Noelle, pero tenía la impresión de que cada vez que daba un paso hacia delante daba dos hacia detrás. Al cabo de seis meses empezaba a pensar que tal vez Mary Jo nunca sintiera por él lo mismo que él sentía por ella.

Al llegar a casa se duchó y se cambió de ropa. Volvió a salir para hacer unos recados y regresó a media tarde. Estaba abriendo la puerta cuando Mary Jo salió de su casa.

—Hola —lo saludó con voz vacilante.

Estupendo. A Mack le gustó que se sintiera insegura, porque así era como él se había estado sintiendo durante los últimos seis meses.

—Hola —le respondió mientras agarraba las bolsas de la compra.

—No te he visto esta mañana —le dijo ella. Normalmente Mack estaba disponible por si Mary Jo o Noelle necesitaban algo. Tal vez fuera ése su problema, que había sido demasiado servicial.

Metió las bolsas en casa y dejó la puerta abierta. Dos minutos después volvió a salir para recoger la ropa tendida.

Mary Jo seguía allí, observándolo.

—¿Estás enfadado?

Él se detuvo y la miró a los ojos.

—La verdad es que sí.

La sinceridad de su respuesta pareció pillarla por sorpresa.

—¿Quieres hablar de ello?

—Lo he intentado dos veces, y me has dejado claro que no quieres hablar conmigo sobre Noelle ni su futuro.

—Tú no eres su padre —arguyó Mary Jo.

No podría haber hecho otra observación más dolorosa. Mack se consideraba a sí mismo como el protector de Noelle. La quería como si fuera su hija, y en cierto modo lo era. Él había sido el primero que la tuvo en brazos, y desde ese momento se había establecido un vínculo muy especial entre ellos, aunque no fuera legal.

—Ya —murmuró. Pasó junto a ella y entró en casa, cerrando la puerta tras él. Colgó la ropa, guardó la comida y se tragó un gemido de frustración.

El timbre sonó a los cinco minutos. Mack pensó en no responder, suponiendo que era Mary Jo. Pero cambió de opinión y fue a abrir. Quería dejarle claro que le molestaba la violación de su intimidad.

Mary Jo estaba de pie en el umbral, con Noelle en brazos.

—No me gusta cuando te enfadas conmigo.

—¿Estás lista para hablar?

Ella asintió.

Mack la dejó pasar y le indicó que se sentara en el sofá. Fue a la cocina a hacer café y volvió al salón con dos tazas, pero ninguno de los dos bebió de la suya. Mary Jo dejó a Noelle en la alfombra y la pequeña empezó a gatear hacia la mesita.

A pesar de su malhumor, Mack no pudo evitar sonreír y se agachó para levantarla en brazos. La niña se rió, encantada de verlo. Pero Mack recordó entonces por qué estaba Mary Jo allí y volvió a dejar a Noelle en el suelo. Como Mary Jo había dejado muy claro recientemente, él no tenía ningún derecho paternal sobre la pequeña.

—No eres su padre —volvió a decirle.

Mack la miró furioso. No había razón para que le repitiera lo mismo.

—Pero me gustaría que lo fueras —añadió ella.

Aquellas palabras aliviaron el dolor provocado por el comentario anterior.

—A mí también me gustaría serlo —admitió él.

—La quieres mucho.

Así era. Quería a la pequeña y a su madre, aunque hasta el momento no le había servido de nada.

—He hablado con Ben y Charlotte —continuó ella—. Olivia les dijo que debo exigirle a David el pago de una pensión, tenga trabajo o no. Según ella, es muy importante que presente la demanda ante la justicia.

Mack se preguntó si Mary Jo aceptaría aquel consejo. La última vez que hablaron se había mostrado reacia a tomar medidas de cualquier tipo, convencida de que David llevaría a cabo su amenaza.

—Olivia tiene mucha experiencia en este tipo de casos y asegura que David no podrá eludir su responsabilidad.

—Pero ¿tú temes que él pida la custodia compartida de Noelle si se ve obligado a pagar la pensión?

—Eso es lo que me dice todo el mundo, incluido Linc. Todos parecen saber lo que es mejor para mí y para Noelle —se lamentó con voz temblorosa.

Mack se sentía impelido a actuar, pero ya había hecho bastante. Tenía que mantenerse firme en sus convicciones.

—Quieres lo mejor para Noelle, y sin embargo dejas que David te intimide.

—Tengo miedo de que encuentre la manera de quitarme a Noelle —confesó ella, estremeciéndose de pánico sólo por pensarlo.

—De esa manera le estás siguiendo el juego. David no quiere saber nada de Noelle. Ni su hija ni tú le importáis lo más mínimo.

—Lo sé —susurró ella. Se agachó y recogió a la pequeña. Noelle se retorció en sus brazos, queriendo que la dejara otra vez en el suelo, pero Mary Jo la sujetó con fuerza.

—¿De verdad crees que un juez se plantearía siquiera concederle la custodia a David? —preguntó Mack con incredulidad.

—No... no lo sé, pero no puedo arriesgarme. No necesito nada de David. Él sólo quiere que lo deje en paz, y yo estaré encantada de hacerlo.

—Pero entonces no estarás protegiendo a Noelle.

—Claro que sí —insistió ella.

Mack se alejó unos pasos.

—¿Figura como el padre de Noelle en la partida de nacimiento? —se giró hacia ella y la vio asentir con la cabeza—. ¿Y si algo te sucediera a ti? ¿Qué pasaría si, Dios no lo quiera, te quedaras incapacitada para cuidar de Noelle? ¿Quién se haría cargo de ella?

—Linc y Lori, supongo... No lo había pensado.

Mack quería decirle que ésos eran los pensamientos que lo mantenían despierto en mitad de la noche.

—Si algo te ocurriera, Noelle pasaría a ser responsabilidad de David.

Mary Jo se quedó paralizada al oírlo. Noelle se deslizó de sus brazos y cayó a los pies de su madre, pero el pañal amortiguó su caída.

—Ben me dijo que si alguna vez me casaba y mi marido quería adoptar a Noelle, David intentaría poner todos los obstáculos posibles.

Mack también lo había pensado. No confiaba en David, y sabía que intentaría usar a Noelle en su propio beneficio.

—Esto me pasa por ser tan ciega y estúpida —murmuró Mary Jo—. Me equivoqué con David y ahora me toca pagar las consecuencias.

—Seguro que Ben te ha sugerido otra cosa —dijo Mack.

Ella asintió.

—Me dijo que David seguramente renunciaría a su hija si le planteo esa posibilidad, lo que nos ahorraría muchos problemas en el futuro. También me dijo que Noelle siempre será su nieta y que ya la ha incluido en su testamento.

—No esperaría menos de un hombre como Ben Rhodes.

Mary Jo se mordió el labio.

—Aun así, me gustaría que alguien más hablara con David.

—Yo lo haré —conseguiría que David firmara los papeles de la renuncia. Todo sería rápido y sencillo.

—No... Estaba pensando en contratar al señor Harris. Puede descontarme sus honorarios de mi sueldo —parecía estar pensándolo mientras lo decía, y a Mack le costó un momento asimilar sus palabras.

—Entonces ¿estás dispuesta a enfrentarte a David? ¿O a que alguien lo haga por ti?

Mary Jo vaciló.

—Aún no lo sé.

Mack se irritó y estuvo a punto de decirle que cuando tomara una decisión se la hiciera saber, porque estaba harto de aquella actitud indecisa y cobarde.

Una vez más, Mary Jo percibió su disgusto

—¿Podemos cambiar de tema un segundo? —le preguntó.

Seguramente fuera otra de sus tácticas dilatorias, pero Mack suspiró con resignación y asintió.

—La semana pasada me lo pasé muy bien en casa de tus padres.

Apenas habían hablado desde aquel día. Mack había trabajado cuatro días seguidos y al volver a casa se había encontrado con la falta de respuesta de Mary Jo, por lo que más o menos la había ignorado desde entonces.

—Lamento que mi madre te avergonzara.

—No lo hizo —le aseguró ella—. La verdad es que me divirtió que pensara que íbamos a anunciar nuestro compromiso.

Mack se metió las manos en los bolsillos.

—¿Que te... divirtió, dices?

—¿Por qué me miras con esa cara? Llevas unos días muy susceptible, Mack...

—¿La idea de casarte te parece un chiste?

—¡Yo no he dicho eso!

—Lo siento, quizá necesite examinarme el oído, porque así es como ha sonado.

—¿Tú me quieres?

Mack no respondió. No quería que ella se burlara de él ni que menospreciara sus sentimientos.

—Bueno, supongo que eso es todo —dijo ella al cabo de un momento lleno de tensión.

Se agachó para recoger a Noelle y Mack pensó que aquélla podría ser su última oportunidad. Si no decía algo rápido la perdería para siempre, y no quería malgastar sus últimas palabras en un gesto de rencor ni reproche.

—No podría tener más claro lo que siento por ti y por

Noelle. Sí, Mary Jo, te quiero. Te quiero desde que llamaste al 911 las navidades pasadas.

Mary Jo volvió a morderse el labio.

—Ya me enamoré una vez y fue una equivocación. David...

—¡Yo no soy David! —exclamó él—. ¿Cuándo vas a darte cuenta de que yo no soy como él? ¡Jamás podría hacerte daño, ni a ti ni a Noelle!

Mary Jo dejó a Noelle en el suelo y se acercó a él. Le puso las manos en los hombros y lo obligó a mirarla a la cara.

—Yo también te quiero, Jerome McAfee.

Mack se quedó sin aire en los pulmones, y no sólo porque ella lo hubiera llamado por su nombre de pila, el cual conocían muy pocas personas.

—¿Has oído lo que te he dicho? —le preguntó ella.

Él no podía responder, ni siquiera asentir con la cabeza.

—¿Necesitas que te lo repita?

Esa vez consiguió asentir.

Mary Jo dejó caer las manos y le dedicó la sonrisa más radiante que Mack hubiera visto en su vida.

—Te quiero. Y Noelle también. Las dos te queremos.

Lo único que pudo hacer Mack fue devolverle la sonrisa.

—Puedes besarme, si quieres —le sugirió Mary Jo.

Claro que quería. Quería abrazarla y besarla con todas sus fuerzas. La estrechó en sus brazos y el corazón se le desbocó al tiempo que bajaba la boca hacia la suya. Una ola de emoción lo invadió entonces, con Noelle aferrada a su pernera y Mary Jo en sus brazos, como si todo su mundo se hubiera transformado.

Pero un beso no bastaba para saciar su sed, y pronto estuvieron devorándose mutuamente con una pasión voraz. Así habrían continuado de no ser por el repentino llanto de Noelle.

Mary Jo se apartó de mala gana y agarró a su hija.

—Me había olvidado de ella —susurró con la voz entrecortada.

«Yo también», pensó él, por mucho que le costara creerlo.

Le acarició los brazos con las manos, porque necesitaba seguir tocándola.

—Me alegra que hayamos podido hablar finalmente —dijo ella—. No soportaba que estuvieras enfadado conmigo.

La idea de enfadarse con ella más a menudo le resultó muy tentadora a Mack, viendo la reacción que provocaba...

—Hablaré con el señor Harris la semana que viene —dijo ella—. Esperaré hasta entonces para tomar una decisión, ¿de acuerdo?

—Me gustaría que lo hablaras conmigo antes de decidirte. ¿Lo harás?

Ella asintió.

—Creo que es lo justo.

—Quiero adoptar a Noelle... Cuando sea el momento —añadió.

Mary Jo sonrió.

—Ella también te quiere mucho.

Como si quisiera corroborar las palabras de su madre, Noelle se agitó y le tendió los brazos a Mack. Él la agarró y la niña apoyó la cabeza en su hombro.

—Y yo la quiero a ella —murmuró Mack, sintiendo la profunda conexión que las unía a ambas—. Mi pequeña...

CAPÍTULO 21

Linc Wyse aparcó su destartalada camioneta frente al edificio de apartamentos de Cedar Cove. Le habría gustado mudarse después del enfrentamiento con Leonard, pero el dinero no le daba para más. Lo irritaba sobremanera estar en deuda con un hombre que no le guardaba el menor respeto, ni a él ni a su propia hija, y no creía que su relación con Leonard fuera a mejorar en un futuro próximo.

A pesar de todo, no se arrepentía en absoluto de su matrimonio. Nunca había sido más feliz de lo que era estando casado, al menos en el aspecto personal. Su vida profesional, en cambio, era otro asunto.

Tras mudarse a Cedar Cove se había topado con un obstáculo tras otro para poner en marcha su negocio de reparación de coches. Había adquirido el local y se había gastado buena parte de sus ahorros en hacer las reformas necesarias. Mientras se realizaban las obras había solicitado una licencia comercial. No debería haber supuesto ningún problema, pero ya se la habían aplazado dos veces y era lógico suponer que Bellamy estaba detrás de ello. Su suegro tenía buenos contactos en las altas esferas.

Al final se vio obligado a contratar a un abogado para conseguir la licencia. En cualquier otra circunstancia se sentiría frustrado y furioso, pero cuando llegaba a casa al final de la jornada todas las emociones negativas se esfumaban en cuanto veía a Lori. Lo único que necesitaba era una sonrisa de su mujer para que todos sus problemas desaparecieran. Nunca le había hablado de sus problemas legales ni de las sospechas que tenía sobre su padre. No había necesidad de preocuparla.

Siempre se encontraba con una sonrisa de Lori al cruzar la puerta. En aquella ocasión, sin embargo, Lori corrió hacia él y lo abrazó con fuerza.

—¿A qué debo este recibimiento? —preguntó él.

Generalmente empezaban a besarse o a charlar sobre el día que habían tenido. Él solía ayudarla con la cena, no porque se le diera bien la cocina, sino porque valoraba cada minuto que pudiera pasar con su mujer.

—Mi madre ha llamado —dijo ella.

—¿Y eso es malo?

Lori asintió.

—¿Qué quería?

—Nos ha invitado a cenar el sábado.

Linc se quedó absolutamente perplejo. La relación entre Lori y su familia no pasaba por su mejor momento, por lo que una invitación de su madre debería haberla complacido. Pero en vez de eso parecía angustiada.

—¿Estará tu padre?

—¡Sí! —exclamó ella, a punto de echarse a llorar.

Aquello explicaba su angustia. Linc le dio unas palmaditas en la espalda, aunque no entendía por qué una simple invitación a cenar la alteraba tanto.

—¿Qué le has dicho a tu madre? —si daba con la pregunta adecuada tal vez descubriera qué tenía de malo aquella invitación. Tal y como él lo veía, los padres de Lori, o al menos su madre, intentaban tender un puente. Quizá fuera el comienzo de una reconciliación.

—Le he dicho que no.

—¿Así, sin más?

Ella asintió y se abrazó a él con más fuerza.

—¿No se te ocurrió preguntármelo primero?

Lori echó la cabeza hacia atrás y lo miró con sus grandes ojos marrones.

—No.

—¿Por qué no? —se sentía ofendido al verse excluido de aquella inesperada oferta de paz.

—Porque sé la razón por la que nos ha invitado mi madre.

—¿Y cuál es?

Ella bajó la mirada y no respondió.

—¿Lori?

—Mis padres quieren avergonzarte.

Linc arqueó las cejas. No se esperaba algo así.

—¿Y cómo piensan hacerlo?

—Te enseñé una foto de la casa de mis padres, ¿recuerdas?

—Sí, me pareció muy bonita.

—Tiene una casa de invitados, una piscina olímpica y una finca enorme.

—Diez acres, ¿no?

—En la costa.

Para poseer diez acres de terreno en la costa habría que tener más dinero de lo que Linc pudiera ganar en toda una vida. Recordaba que Lori le había hablado de un ama de llaves, una cocinera y un ejército de jardineros.

—Mi padre es muy rico y poderoso.

—Ya se encargó de dejármelo claro —murmuró Linc. También tenía muy buenos contactos, pero no podría impedir que Linc tuviera su negocio.

—Mi madre hará que pongan tres tenedores, dos cuchillos y cuatro cucharas en la mesa, sólo para confundirte.

Linc se echó a reír.

—Desde que Mary Jo se marchó de casa, mis hermanos y yo apenas teníamos cubertería.

—Esto no tiene gracia —dijo Lori—. No voy a darle a mi familia la oportunidad de avergonzar a mi marido, y eso es precisamente lo que esperan conseguir.

Linc no se sentía intimidado en absoluto.

—Puede que tenga grasa en las manos, Lori, pero no soy un paleto. No es necesario que me protejas.

—Sí, claro que sí —insistió ella.

Él la besó en la frente.

—No, de verdad que no. En serio.

—No tienes idea de lo que puede hacer mi padre. Intentará tenderte una trampa. Se comportará de un modo cordial y amistoso y entonces empezará a hacerte preguntas sobre la Bolsa y cosas así.

—Le responderé con toda la sinceridad posible. No estoy al corriente del mercado bursátil.

—Eso es precisamente lo que él esperará que digas, y entonces se burlará de ti. Pero lo hará de una forma ingeniosa para no parecer que lo está haciendo. No pienso permitirlo, Linc. Me niego.

Linc la besó en la punta de la nariz.

—Llama a tu madre y dile que has cambiado de opinión y que iremos a cenar con mucho gusto.

Ella lo miró como si se hubiera vuelto loco.

—¡No!

—Lori, cariño, a lo mejor te estás confundiendo.

—No me estoy confundiendo —declaró ella—. Conozco a mis padres, especialmente a mi padre. Cree que cometí un error imperdonable al casarme contigo y se muere por demostrar que fui una idiota.

—No eres una idiota, Lori —lo enfurecía que Leonard pensara eso de su hija—. Y yo tampoco lo soy. Tu padre tendrá que admitirlo muy pronto.

—Se ve que no has pasado mucho tiempo con él.

El encuentro de Linc con Leonard Bellamy había sido breve y desagradable, pero Linc estaba dispuesto a intentarlo de nuevo. Los padres de Lori serían los únicos abuelos que tuvieran sus hijos, y por ello debía construir una sólida relación con ellos. Tal vez le costara meses conseguirlo, o incluso años, pero albergaba la esperanza de que los Bellamy llegaran a conocerlo y vieran lo mucho que quería a Lori. Hasta entonces, aguantaría lo que hiciera falta y no permitiría que Leonard lo derrotara.

—No podemos desaprovechar esta oportunidad.
—No vamos a ir —insistió Lori.
—El viernes por la noche, ¿no?
Lori suspiró y sacudió la cabeza.
—El sábado por la noche, pero no importa cuándo sea porque no vamos a ir.
—Lori, tenemos que ir. Yo quiero ir.
—Linc... no sabes lo que estás diciendo.
Claro que lo sabía.
—Llama a tu madre, Lori. Por favor. Es hora de que la conozca.
Ella frunció el ceño.
—No puedo hacerlo. Lo siento, Linc, pero no puedo —se soltó de sus brazos y corrió hacia la cocina.
Linc esperó un par de minutos y la siguió.
—¿Vamos a tener nuestra primera discusión?
Lori estaba de espaldas a él. Se giró y le sonrió.
—Eso parece.
Él también sonrió.
—¿Qué te hace tanta gracia?
—Bueno... tenía entendido que el sexo es lo mejor para las peleas.
—¡Lincoln Wyse, no puedo creer lo que has dicho!
—¿Quieres comprobarlo?
Vio como Lori se esforzaba por no sonreír.
—Aún no hemos acabado de hablar.
—¿Podemos dejarlo para más tarde?
—Linc, eres imposible.
—No puedo evitarlo —apuntó con el brazo hacia el dormitorio—. La cena puede esperar, ¿no?
Lori dejó escapar una risita, y Linc la levantó en brazos para llevarla a la habitación.
Una hora después, los dos saciados y satisfechos, Linc miraba la parte inferior del dosel rosa.
—He de reconocer que tenías razón con lo del sexo —murmuró Lori, estirándose a su lado como una gata.

—En ese caso, quizá deberíamos discutir más a menudo —se giró de costado para besarla—. Llama a tu madre, ¿vale, cariño? Te prometo que no te avergonzaré.

—Oh, Linc... No me preocupa que me avergüences. Lo que no quiero es que te hagan sentir incómodo. Yo te amo por lo que eres, no por el dinero que ganes.

—Bien —dijo él, antes de volver a besarla en los labios.

El sábado por la tarde, Linc se vistió de manera informal con un pantalón sencillo y un polo blanco para asistir a la cena en casa de los Bellamy. Al llegar tuvieron que detenerse en la verja y esperar a que les permitieran la entrada, y Linc tuvo que hacer un esfuerzo para no quedarse embobado al ver la mansión. La foto que Lori le había enseñado no le hacía justicia al majestuoso edificio.

Estaba ayudando a bajar del coche a Lori cuando se abrió la puerta y apareció una elegante mujer rubia.

—Lori, querida. Me alegro de que hayas venido —la madre de Lori bajó los escalones de la entrada con los brazos extendidos.

Madre e hija se abrazaron antes de que Lori se volviera hacia Linc y le rodeara la cintura con un brazo.

—Mamá, éste es mi marido, Lincoln Wyse.

—Señora Bellamy —dijo Linc, extendiendo la mano.

Ella se la estrechó con una sonrisa, y Linc se fijó en los valiosos anillos que relucían en sus dedos. Su piel era suave y perfecta.

—Bienvenido a nuestra casa, Lincoln.

—Mis amigos me llaman Linc.

—Muy bien, Linc. Mis amigos me llamaban Kate.

—Kate —repitió él, confiando en que lo considerara un amigo.

La madre de Lori los hizo entrar y Linc volvió a quedarse impresionado al ver el inmenso vestíbulo. Una gran mesa redonda dominaba el centro con un arreglo floral propio de un hotel de cinco estrellas.

—¿Dónde está papá? —preguntó Lori, mirando a su alrededor.

Linc también se lo preguntaba. Tenía intención de llegar a un entendimiento con su suegro durante la cena, o al menos de hacer algunos progresos.

—Por desgracia, tu padre ha tenido que irse. Recibió una llamada en el último minuto —dijo Kate sin disimular su frustración.

Lori le apretó la mano a Linc, que miró a su esposa sin comprender qué quería decirle. «Es mentira», articuló ella con los labios. Linc frunció el ceño mientras Kate los hacía pasar al salón.

Los entremeses estaban dispuestos en una bandeja de plata. Linc sólo reconoció el caviar, que nunca había probado. No había galletitas saladas ni bocaditos de queso, ni aceitunas ni champiñones. En vez de admitir que no sabía lo que estaba comiendo, se inclinó sobre la mesa para servirse él mismo. Agarró un poco de caviar con una pequeña rebanada triangular y se lo llevó a la boca. No estaba mal. Entonces vio que Lori miraba disimuladamente hacia la derecha y se percató del plato y la servilleta.

—¿Te puedo ofrecer algo de beber? —le preguntó Kate.
—Una cerveza —respondió él sin pensar.
—Para mí también —dijo Lori, acercándose a él.

Su madre sonrió.
—En ese caso, yo también tomaré una.

Linc notó que Lori se relajaba un poco.
—No sabía que bebieras cerveza, mamá.
—La verdad es que nunca la he tomado, pero no veo ninguna razón para no probarla.
—Yo tomaré la mía en la botella —dijo Linc. No quería que la criada se viera obligada a servírsela en una copa de cristal.
—Yo también —dijo Kate.

La cena no fue tan horrible, después de todo. El Stroganoff de ternera estaba exquisito y Linc fue personalmente a la cocina para alabar a la cocinera. El postre consistía en pastel de ángel con fresas y auténtica nata montada. La última vez que Linc probó la nata montada fue el Día de Acción de Gracias antes de la muerte de sus padres.

Gracias a que se evitaron los temas delicados, la cena transcurrió amigablemente y acabó con la sugerencia de Kate para repetirlo otro día. De camino a casa Lori apoyó la cabeza en el hombro de Linc.

—Tenías razón al intuir que mi madre intentaba tender puentes —le dijo.

Linc lo había supuesto cuando Kate insistió en tomarse una cerveza con él. A pesar de no haberla probado nunca, le había gustado tanto que se tomó otra más en la cena.

—Me ha confesado que no le dijo a mi padre que íbamos a venir hasta esta tarde —añadió.

—¿Adónde fue tu padre?

—No lo sé, y tampoco lo sabe mi madre.

—¿Se negó a cenar en familia por mí? —casi podía sentir lástima por un hombre al que el orgullo le impedía disfrutar de una cena estupenda.

—Si no es por ti, entonces debe de ser por mí —dijo Lori—. Papá aún no me ha perdonado lo que pasó con Geoff.

Linc sintió cómo se estremecía al pronunciar aquel nombre.

—Está convencido de que no tengo ni pizca de sentido común. Y que me haya casado contigo tan precipitadamente ha sido el colmo.

Linc sabía que allí estaba el quid de la cuestión. Confiaba en haber tranquilizado a Kate al respecto y que ella se lo transmitiera a su marido.

—Al disculparte por haber excluido a la familia de nuestra boda has ganado muchos puntos con mi madre.

Linc había abordado el tema entre plato y plato. Explicó que él tampoco había invitado a su familia y aseguró estar arrepentido. Añadió además que si en algún momento la familia de Lori quisiera celebrar una boda formal por él no habría ningún problema. La sonrisa de Kate confirmó que Linc se la había ganado definitivamente.

CAPÍTULO 22

En los últimos seis meses Shirley Bliss apenas había tenido unas pocas citas. Al principio se sentía mal al estar con un hombre que no fuera su marido, pero poco a poco empezó a aceptar la ausencia de Jim y, en palabras de Miranda, a labrarse un nuevo futuro en la vida.

No se podía decir que Miranda fuese el mejor ejemplo a seguir...

Shirley no consideraba a Will Jefferson como una verdadera cita. El único motivo por el que había aceptado sus invitaciones era por gratitud, y en honor a la verdad esperaba que Miranda saliera con él. Su amiga, tan franca y directa, le parecía perfecta para un hombre que se veía a sí mismo como un regalo para las mujeres.

La cita con Larry Knight entraba en una categoría radicalmente opuesta. En primer lugar, aquello sí era una cita de verdad. Shirley se sentía como si volviera a estar en el instituto y su chico fuera a recogerla para el baile de graduación. Aquella tarde, antes de que llegara Larry, se había mirado al espejo una docena de veces, incapaz de sofocar sus nervios. Afortunadamente Tanni había salido con unas amigas.

En las últimas tres semanas había mantenido algunas conversaciones con Larry. Ella había sugerido ir a la ciudad por su cuenta, pero Larry lo había dispuesto todo para que un coche la recogiera en su casa a las dos de la tarde. Le había dicho que seguramente no se verían hasta que ella llegara a Seattle y que asistirían a la exposición de su amigo Manny Willingham, un artista cuyo nombre empezaba a ser muy conocido. Después irían a cenar y luego el coche la llevaría de vuelta a Cedar Cove.

El timbre de la puerta sonó mientras se retocaba el pelo por última vez. El coche llegaba con diez minutos de antelación. Muy nerviosa, agarró el bolso y corrió hacia la puerta.

Su sorpresa fue mayúscula al encontrarse a Larry en el porche. Al verlo tan apuesto y arrebatador, con aquella sonrisa suya tan cautivadora, Shirley se quedó sin aliento y por unos segundos fue incapaz de reaccionar.

—¿No me esperabas? —le preguntó él.

—No —respondió ella con voz ahogada—. No esperaba que fueras a venir tú.

—Al final he podido. ¿Estás lista o necesitas más tiempo?

—Ya estoy lista —o lo estaría si el corazón se le calmara y pudiera respirar con normalidad.

Él la llevó hacia el coche. El chófer abrió la puerta trasera para Shirley y Larry rodeó el vehículo para subirse por el otro lado.

Debido a la reacción inicial, Shirley pensó que no sería capaz de formular una sola palabra con sentido durante el trayecto de ochenta minutos a Seattle. Pero sorprendentemente mantuvieron una charla constante. Hablaron de todo, desde anécdotas personales a sus gustos literarios y preferencias artísticas. Cuando el coche se detuvo frente a una elegante galería de Bellevue, Shirley no podía creer que hubieran llegado tan pronto. Había aprendido mucho sobre Larry e igualmente le había confesado mucho sobre sí misma. Él también era viudo, lo cual ella ya sabía, y tenía dos hijos mayores y casados. Larry le preguntó por Jim y por sus hijos, de los que Shirley habló largo y tendido. Volvió a agradecerle la ayuda que le había prestado a Shaw y le expresó sus preocupaciones por Tanni.

Manny Willingham era escultor. Cuando Larry le presentó a Shirley, él le agarró la mano y la miró fijamente a los ojos.

—No te pases con mi amigo... Lleva mucho tiempo esperando esto.

Larry murmuró algo ininteligible, obviamente disgustado con el comentario de Manny. Poco después Manny fue acosado a preguntas por más visitantes y no tuvieron oportunidad de volver a hablar con él.

Admiraron la obra de Manny y Shirley comprobó por qué cotizaba tan alto en el mercado. Varias piezas ya habían sido vendidas y otras sólo estaban allí para ser expuestas. Una de ellas interesó especialmente a Shirley, que se pasó un buen rato examinándola. Era un ramo de rosas labrado en bronce.

—También es una de mis favoritas —le dijo Larry.

—No está en venta —observó ella. Con gusto la habría comprado si pudiera permitírsela, lo que no era muy probable.

—Es mía.

Sorprendida, se giró hacia él.

—¿En serio?

—Manny la hizo para mí poco después de morir Rosie.

—¿Rosie era el nombre de tu mujer?

—Rosemarie. Pero yo la llamaba Rosie.

Hasta ese momento Shirley no se había dado cuenta de que Larry no había mencionado el nombre de su difunta esposa.

A las cinco abandonaron la galería para ir a cenar. A diferencia de Will, que la había llevado a uno de los restaurantes más caros de la ciudad, Larry eligió un discreto y pintoresco local junto al muelle de Tacoma.

—Espero que te guste el marisco —le dijo Larry—. No soy muy aficionado a la carne.

Algo más que tenían en común.

—Me encanta el marisco —le aseguró ella.

Quería recordar hasta el último minuto que pasaran juntos y todo lo que hablaran. Descubrió que compartían otras muchas cosas, como canciones, películas, ideas y creencias. Al cabo de un rato, las similitudes entre ellos empezaban a resultar estremecedoras... pero también maravillosas.

Larry le agarró la mano mientras volvían en coche a Cedar Cove. Shirley se lo permitió, plenamente consciente de su proximidad y su tacto. Sus sentidos, largamente dormidos, habían vuelto de repente a la vida.

El resto del camino lo pasaron así, asidos de la mano e intercambiando comentarios, completamente absortos el uno en el otro.

Cuando se detuvieron frente a su casa, Shirley lamentó que la cita hubiera llegado a su fin. Tanni no había regresado aún y Shirley no sabía si temer o apreciar la intimidad que se le ofrecía.

—¿Te gustaría entrar a ver mi estudio? —le preguntó.

La invitación sólo era un intento de pasar más tiempo con él. Al fin y al cabo su estudio no era gran cosa y seguro que no podía compararse con el de Larry.

—Claro —respondió él. Le pidió al chófer que esperara y siguió a Shirley.

Ella lo llevó al sótano y de nuevo sintió que se le desbocaba el corazón. Larry iba a besarla y ella deseaba que lo hiciera. Lo deseaba más de lo que recordaba haber deseado en mucho tiempo.

Al pie de la escalera, Larry le puso la mano en el hombro. Sin pensar, Shirley se giró hacia él y le echó los brazos al cuello. Tal y como había esperado y deseado, Larry la besó. Era la primera vez que un hombre la tocaba desde que perdió a su marido. Había evitado todo contacto físico con los pocos hombres con los que había salido, por temor a sentirse culpable. Pero con Larry no sentía el menor remordimiento. Ni culpa, ni temor, ni vergüenza. Sólo paz y felicidad.

Después de varios besos, enterró la cara en su cuello.

—La noche que viniste a mi exposición... supe que tenía que volver a verte —le confesó él—. La exposición de Manny me pareció una excusa muy apropiada.

—¿Puedes inventarte más excusas?

Larry se rió.

—Supongo que tendré que hacerlo...

—¿Tú también lo sentiste? —le preguntó ella, aunque ya sabía la respuesta. La atracción había surgido entre ellos en cuanto Will Jefferson los presentó.

—Desde luego.

En ese momento se oyó un portazo, señal de que Tanni había llegado a casa.

Larry dejó caer los brazos y se apartó.

—¿Mamá?

Era raro que Tanni buscara a su madre al entrar en casa, pues normalmente se encerraba en su habitación.

—Aquí abajo —gritó Shirley—. Es mi hija —le susurró a Larry. Una explicación totalmente innecesaria.

Subieron la escalera y Tanni miró inquisidoramente a su madre al verla en compañía de Larry.

—Tanni, éste es mi amigo Larry Knight.

El rostro de su hija se iluminó al reconocer el nombre, y estrechó la mano del artista como si estuviera bombeando agua.

—Es un verdadero placer conocerlo —le dijo, adoptando una formalidad nada frecuente en ella—. No sé cómo agradecerle todo lo que ha hecho por Shaw... y por mí.

—Encantado de haber sido de ayuda —repuso él, y se volvió hacia Shirley cuando Tanni le soltó finalmente la mano—. Será mejor que vuelva a Seattle. Mi avión sale muy temprano.

Shirley lo acompañó a la puerta en silencio. Odiaba verlo marchar.

—Te llamaré —le prometió él.

—Por favor —estaría sentada junto al teléfono hasta que volvieran a hablar, y hasta entonces no se permitiría creer que nada de lo que había sucedido era real.

Se quedó en la puerta viendo como se alejaba en el coche, antes de reunir el valor para mirar a su hija.

—Es muy simpático, ¿verdad? —dijo Tanni.

—Es maravilloso —murmuró Shirley, aunque no era la palabra más adecuada para describir a Larry ni lo que ella sentía.

Tanni la miró con desconfianza.

—¿Te estás enamorando de él, mamá?

—Creo que sí —admitió ella. No podía mentir—. Ya sé que es muy pronto y... me da un poco de miedo.

—Te entiendo. Yo me sentía igual cuando me enamoré de Shaw. Tenía un nudo en el estómago todo el tiempo. No quería comer y sólo podía pensar en él —a medida que hablaba los ojos se le llenaron de lágrimas.

Instintivamente, Shirley le tendió los brazos. Tanni se arrojó en ellos y apoyó la cabeza en el hombro de su madre.

—¿Qué ocurre, nena? —le preguntó con voz suave mientras le acariciaba el pelo.

Tanni se apartó con brusquedad.

—Odio llorar —masculló, frotándose la cara con irritación.

—Se trata de Shaw, ¿verdad?

Tanni asintió.

Fueron a la cocina y se sentaron en los taburetes junto a la encimera. Shirley esperó a que Tanni se recuperara. Al cabo de tantos meses sufriendo los desaires de su hija, se alegraba de que al fin hubiera confiado en ella.

—Me odio —espetó Tanni.

Shirley estuvo a punto de reprenderla por decir algo así, pero se lo pensó mejor antes de hablar.

—¿Por qué?

—Odio mi forma de comportarme cuando no sé nada de él. Si no me responde inmediatamente cuando le escribo un mensaje, lo acuso de estar viendo a otras chicas y empezamos a discutir. Sabía que todo cambiaría cuando se fue a San Francisco. Él decía que no, pero así ha sido.

—Es Shaw el que está cambiando.

Tanni agachó la cabeza.

—Me está volviendo loca. Odio las cosas que digo y que hago. Quiero creer que aún siente algo por mí, pero en el fondo sé que ya ha dejado de quererme.

—¿Ha conocido a otra persona?

Tanni volvió a asentir y mantuvo la cabeza gacha.

Shirley le rodeó los hombros con el brazo.

—Es muy duro separarse de los seres queridos... incluso cuando no tenemos más remedio.

—¡No quiero perderlo!

—Claro que no quieres.

—Cuando veo a las chicas haciendo esto en el instituto me dan ganas de vomitar.

—¿Haciendo qué, exactamente? ¿Mandando mensajes por móvil?

—No sólo eso. Se pegan a sus novios como si les fuera la vida en ello, y yo me odio por ser como ellas... —ahogó otro sollozo.

—Oh, Tanni.

—Sé que no debería mandarle más mensajes, pero no puedo parar —miró a su madre con expresión suplicante—. Quítame el móvil.

—¿Lo dices en serio?

—¡No! —gritó al momento, seguido de una temblorosa sonrisa—. Gracias, mamá.

Se abrazaron y Tanni se marchó a su habitación.

El lunes por la noche Shirley entendía mucho mejor la angustia de su hija. No había vuelto a saber nada de Larry. El teléfono no sonaba y tampoco quería llamarlo ella.

El martes por la tarde llamaron a la puerta. Tanni fue a abrir y apareció en la cocina con un precioso ramo de flores.

—Son para ti —le dijo a su madre, que en esos momentos preparaba una ensalada de pollo.

Shirley se frotó las manos en los vaqueros, agarró la tarjeta y la leyó en silencio. *Gracias por un día maravilloso. Larry.*

—Son de Larry, ¿verdad? —intuyó su hija.

Shirley asintió y experimentó una inmensa tristeza.

Tanni la miró con el ceño fruncido.

—No pareces muy contenta con las flores.

Ella se encogió de hombros, aparentando indiferencia, y dejó la tarjeta en la encimera.

—No quiere volver a verme. Las flores son una manera típicamente masculina de decir adiós —todo lo que había sentido durante y después de la cita resultó ser una simple fantasía. Había creído que él también sentía algo por ella, sin darse cuenta de que sólo era una más de las muchas mujeres con las que salía.

—¿No quiere volver a verte? —repitió Tanni con incredulidad—. ¿Y te lo dice con flores? No lo entiendo.

Shirley intentó ocultar su decepción.

—Sí —respondió, sintiendo cómo una densa niebla descendía sobre ella.

—Pero eso es ridículo —protestó Tanni.

No, no lo era. Larry Knight era un artista muy conocido que vivía y trabajaba en California. Seguramente se había dado cuenta de lo difícil que sería mantener una relación con ella, siempre ocupado con sus exposiciones y viajes. Ella no podía culparlo. Una relación a distancia sería prácticamente imposible. Además, para él sólo había sido un entretenimiento pasajero, nada más.

Intentó ocultarle su depresión a Tanni y consiguió comer un poco. Por la noche se sentó frente al televisor y estuvo viendo distraídamente la reposición de un *reality show*. Era incapaz de hacer otra cosa que mirar a la pantalla.

La cabeza le daba vueltas y no se atrevía a enfrentarse a sus emociones. Si Tanni le hubiera preguntado por el programa, no habría podido darle ni un solo detalle.

El teléfono sonó y ni siquiera se molestó en mirar el identificador de llamada. No había razón para torturarse más de la cuenta, y además, Tanni respondió enseguida.

Diez minutos después, su hija entró en el salón agitando los brazos a sus costados.

—El hombre que quiere cortar contigo está al teléfono.

Shirley a punto estuvo de caerse del sofá.

—¿Larry?

—Es un encanto, mamá. Hemos estado hablando.

¿Larry se había pasado diez minutos hablando con su hija?

—Le he preguntado por Shaw y me ha dicho que le va muy bien en la escuela de arte —su sonrisa no conseguía ocultar su dolor interior—. Me alegro por él, de verdad.

Shirley se imaginaba lo mucho que a su hija debía de haberle costado decir algo así.

—Responde al teléfono, mamá —la apremió Tanni—. No lo hagas esperar.

Tanni tenía razón. Sintiéndose mejor de lo que se había sentido en muchos días, Shirley agarró el teléfono.

CAPÍTULO 23

Tanni Bliss aparcó con gran habilidad y maestría junto a la biblioteca, o al menos así le pareció a ella. El carné de conducir había supuesto un gran cambio en su vida, pues le ofrecía una amplia libertad de movimientos, y su madre había tenido el detalle de dejarle usar el coche para ir a trabajar.

El programa Leyendo con Rover había tenido muy buen comienzo. Las dos primeras semanas eran un experimento para determinar cómo funcionaría cuando el colegio empezara en septiembre.

Grace había convocado una reunión para los voluntarios el jueves por la tarde, y allí era adonde se dirigía Tanni. Le gustaba trabajar con los niños y los perros... no así con Kristen Jarney. No sabía muy bien por qué Kristen le desagradaba tanto, aparte de ser una idiota. Tal vez estuviera siendo demasiado dura, pero realmente no tenía otro modo de describirla. Kristen tenía el cerebro de un mosquito.

Pero su falta de luces no parecía importarle a nadie mientras fuera guapa. Los chicos del instituto se agolpaban en los pasillos para verla pasar. Era tremendamente popular y todos la adoraban... salvo Tanni. De hecho, ya se hablaba de que sería coronada como la reina del baile de graduación.

Grace creía que tenía celos de Kristen, pero no era así. De ninguna manera. Simplemente, no la tragaba ni podía respetarla. La directora de la biblioteca le había pedido que intentara llevarse bien con ella, pero a pesar de sus esfuerzos le resultaba imposible. Saber que Kristen estaría presente en la reunión de aquel día la ponía de los nervios.

La biblioteca estaba abarrotada, debido al Cuatro de Julio que se celebraba el siguiente fin de semana. Media docena de personas esperaban su turno para sacar libros, y todos los ordenadores estaban ocupados.

Una de las bibliotecarias reconoció a Tanni y la saludó con una sonrisa.

—Grace está en la sala de conferencias —le dijo.

—Gracias —respondió Tanni, y se dirigió hacia la parte trasera del edificio.

La puerta estaba abierta y vio a Grace sentada ante un montón de pañuelos. Tanni vaciló. O bien había pillado un resfriado... o bien había estado llorando.

Entró en la sala y entonces se dio cuenta de que Grace no estaba sola. Kristen Jarney estaba sentada frente a ella. Al verla, Tanni se puso instintivamente rígida.

Grace levantó la mirada.

—Oh, hola, Tanni. Disculpa mi estado. Mi perra, Buttercup... —no pudo acabar.

—Esta mañana se la encontró muerta —explicó Kristen—. Murió mientras dormía. Cliff, el marido de Grace, la ha enterrado en el lugar donde le gustaba echarse a la sombra.

—Oh, Grace. Lo siento mucho... —le dijo Tanni sinceramente. Ella también perdió a su perro, Bingo, cuando tenía diez años, y hasta la muerte de su padre fue la desgracia más horrible que sufrió en su vida.

—Hace días la llevé al veterinario y parecía estar bien. Se estaba haciendo vieja y cada vez pasaba más tiempo durmiendo, pero... nadie se esperaba esto.

—Quizá deberíamos cancelar la reunión —sugirió Kristen, mirando a Tanni.

—Claro. Puedo volver en cualquier otro momento.

—No —rechazó Grace, secándose los ojos—. Ya estáis aquí y los otros vienen de camino. Estaré bien. Sólo necesito unos minutos.

Kristen alargó el brazo sobre la mesa y le apretó la mano. Tanni quería decir algo, pero no sabía cómo consolar a Grace. Pensó en hablarle de Bingo y de lo triste que había estado al perderlo. Pero si compartía sus malas experiencias también ella se echaría a llorar.

—Mi perro se llamaba Bingo —susurró Kristen.

Tanni levantó bruscamente la cabeza.

—Era una mezcla de Cocker Spaniel y de otra raza que nadie reconocía. Quizá un caniche. Mi hermano lo encontró perdido en la calle. Parecía llevar mucho tiempo sin dueño, pero nadie lo reclamó cuando pusimos un anuncio en el periódico. El día que mi padre iba a llevarlo a la perrera me puse a llorar y a llorar, de modo que mis padres me permitieron quedármelo. Se convirtió en mi mejor amigo y dormía en mi cama.

Bingo también había dormido en la cama de Tanni.

—Buttercup me la regaló una amiga de Charlotte Rhodes —dijo Grace—. Fue poco después de que muriera mi primer marido. Yo me sentía muy sola y desgraciada, y Buttercup parecía saber lo mucho que necesitaba su compañía. Nos quería mucho a Cliff y a mí —agarró otro pañuelo y se sonó la nariz—. Bueno, ya está bien.

—Si te sirve de consuelo, el tiempo lo cura todo —le dijo Kristen—. Aunque a veces pienso en Bingo y... —miró dubitativamente a Tanni— me parece que sigue estando a los pies de mi cama.

Tanni apartó la mirada. Ella sentía lo mismo con su Bingo.

La reunión duró un par de horas. Asistieron los cuatro voluntarios más otros tres adultos que también querían participar en el programa. Tanni miraba de reojo continuamente a Kristen. La chica había sido muy atenta con Grace y le había dicho todo lo que a Tanni le hubiera gustado decir. Le había expresado su simpatía y comprensión y lo había hecho de una manera compasiva y considerada.

Tanni nunca se hubiera imaginado que aquella cabeza hueca fuera capaz de algo así. Pero mientras Kristen consolaba a Grace, Tanni había permanecido de brazos cruzados y con la lengua pegada al paladar.

Al acabar la reunión, Tanni siguió a Kristen a la salida. Quería hablarle de Bingo. De su Bingo.

Kristen notó que la estaba siguiendo, porque se giró hacia ella en cuanto salieron del edificio.

—¿Qué quieres?

—Eh...

—Ya has dejado claro que no te gusto, Tanni. No sé qué te habré hecho, pero debe de haber sido algo imperdonable.

—Quería decirte algo.

—Pues dímelo.

Odiaba cómo la hacía sentirse Kristen. Grace le había pedido que se esforzara con ella y hasta el momento había sido inútil. Aunque la verdad era que tampoco se había esforzado mucho...

—Yo también tenía un perro que se llamaba Bingo.

Kristen entornó la mirada, como si no la creyera.

—Puedes preguntárselo a mi madre. Es verdad. Murió hace seis años.

Kristen guardó silencio unos instantes.

—Echo de menos a mi Bingo.

—Yo al mío también —confesó Tanni, bajando la vista a la acera.

La otra chica titubeó un momento.

—¿Quieres que vayamos a Mocha Mama's?

Tanni se puso inmediatamente en guardia.

—¿Para qué?

Kristen se encogió de hombros.

—Para tomar algo. Pero si tienes otros planes no pasa nada.

Tanni miró su reloj.

—Tengo algunos minutos.

—Genial —dijo Kristen con una radiante sonrisa.

Caminaron juntas hasta Mocha Mama's, el local donde había trabajado Shaw. Su tío era el dueño y había reemplazado a Shaw con otro encargado, Adam, un estudiante universitario que se animó en cuanto vio entrar a Kristen y a Tanni.

Obviamente, el repentino interés del joven se centraba exclusivamente en Kristen.

—¿En qué puedo serviros, señoritas? —les preguntó alegremente.

En las dos veces anteriores que Tanni se había pasado por allí, había tenido que esperar un rato mientras Adam hablaba por el móvil. Su reacción al ver a Kristen confirmaba todo lo que Tanni sabía de ella. No era justo que una muchacha tan superficial provocara una adoración semejante. Si Shaw la viera seguramente querría pintar su retrato, pensó cínicamente.

Al pensar en Shaw volvió a ponerse tensa. Sacó discretamente el móvil para ver si había algún mensaje suyo. Tal vez le había respondido mientras ella estaba en la reunión...

No había ninguno.

Tampoco se sorprendía. La noche anterior le había suplicado que le contestara, y la respuesta de Shaw había sido tan escueta como cortante: estaba estudiando y le pedía que lo dejara tranquilo. Tanni se había pasado despierta casi toda la noche.

—¿Qué quieres tomar? —la pregunta de Kristen la sacó de sus divagaciones.

—Un Chai Tea.

—Para mí también.

Tanni buscó el dinero en su bolso.

—Invita la casa —dijo Adam.

Kristen le dio las gracias y se llevaron las bebidas a una mesa junto a la ventana. Era la misma donde Tanni solía sentarse con Shaw.

—Debe de ser algo normal para ti —dijo Tanni, incapaz de contener el sarcasmo.

—¿Te refieres a conseguir bebidas gratis?

—Sí.

Kristen se encogió de hombros.

—A veces.

El teléfono de Tanni emitió un pitido, indicando que había recibido un mensaje. Casi se cayó del asiento al sacar el móvil, pero cuando vio que era de su hermano Nick, estuvo a punto de echarse a llorar. Consciente de que Kristen la estaba observando volvió a meter el móvil en el bolso.

—Quería decirte algo —dijo Kristen—. Ya sé que no te gusto, y me imagino por qué.

Tanni dudaba de que Kristen comprendiera sus sentimientos, pero no quería discutir.

—¿Puedo preguntarte algo?

—Claro —respondió Kristen, manifiestamente ansiosa por aliviar la tensión.

—¿Por qué te ofreciste voluntaria? ¿Lo haces porque tus notas son tan malas que sólo así podrás matricularte en la universidad?

—No —negó Kristen con vehemencia.

—Entonces ¿por qué?

Los dedos de Kristen se apretaron en torno al vaso.

—Yo también tuve problemas para aprender a leer. Soy disléxica, pero no me la diagnosticaron al empezar el colegio y durante mucho tiempo lo pasé muy mal. Quiero ayudar a otros niños, porque de no haber sido por la ayuda que me prestó un voluntario me habría convertido en uno de esos analfabetos funcionales de los que Grace ha hablado en la reunión.

—¿Eres disléxica? —preguntó Tanni, incapaz de creerlo.

—Ya sé que piensas que soy tonta. Pero no lo soy. Simplemente tengo una forma de aprender distinta a la de los demás.

—Vaya... —Tanni se sintió inmediatamente culpable—. Creía que no le ponías interés.

—Se lo pongo —afirmó Kristen con tanta convicción que Tanni no volvería a dudar de ella—. ¿Y qué me dices de ti? —le preguntó antes de tomar un sorbo de su bebida.

Tanni titubeó. Lo menos que podía hacer era ser igualmente sincera con ella.

—Tengo que sacarme a Shaw de la cabeza.

—Shaw trabajaba aquí, ¿no?

—Sí, pero ahora estudia arte en San Francisco.

—Guau, eso es genial.

—Para él sí que lo es —ella, en cambio, estaba atrapada en Cedar Cove y allí seguiría un año más, por lo menos.

Antes de que Shaw se marchara, se habían prometido que nada ni nadie se interpondría entre ellos. Shaw no llevaba ni tres meses fuera y ya la estaba rechazando. Al principio se comunicaban constantemente, pero ahora Tanni tenía suerte si recibía un par de mensajes suyos a la semana.

—Pero para ti no tanto, ¿verdad? —dijo Kristen.

—Así es —admitió Tanni con voz dolida—. Antes nos mandábamos mensajes cada hora... Ahora apenas sé nada de él. Ojalá me dijera que quiere romper y ya está. Pero con su silencio me está matando.

—Los chicos no suelen hacerlo.

—¿El qué?

—Romper.

—¿Crees que Shaw quiere romper conmigo y no sabe cómo? —le preguntó Tanni. Tal vez Kristen pudiera ayudarla a entender lo que estaba pasando. Al fin y al cabo, ella era la que tenía más experiencia con los chicos.

Shaw, en cambio, había sido el primer novio de Tanni. No sólo eso, sino que también era su mejor amigo. Habían compartido su pasión por el arte y todo era perfecto entre ellos. O casi todo, porque Shaw se dedicaba a servir cafés en Mocha Mama's cuando su verdadera pasión era convertirse en artista.

—Cuéntame qué ha pasado desde que se marchó —le pidió Kristen.

Durante la siguiente media hora Tanni le estuvo contando todo el rechazo que había percibido en Shaw desde que se mudó a California.

—¿Dices que no habría podido ingresar en la academia de arte de no haber sido por algunos amigos de tu madre?

Tanni asintió.

—Está en deuda conmigo.

—Él lo sabe, y por eso está hecho un lío.

—Sólo tiene que decirlo y lo dejaré en paz para siempre —a pesar de su aparente decisión, sabía que sería una de las cosas más difíciles que pudiera hacer en su vida.

Claro que tampoco sería tan duro como perder a su padre.

La risa de Kristen fue como un puñado de sal en el corazón herido de Tanni.

—¡No tiene gracia!

—Disculpa —dijo Kristen tranquilamente—. Pero es que ese Shaw es el típico chico como tantos otros a los que he conocido.

—¿En serio?

—Y tanto que sí. Es un completo idiota que hace lo que quiere.

—¿Pero qué le he hecho yo? —Tanni quería gritar por lo injusto de la situación. Lo único que había hecho era animar, amar y apoyar a Shaw en todo. Y él no podía ni dedicarle dos minutos para escribir un mensaje.

—Seguramente nada.

—Entonces ¿por qué me hace esto? —nada más preguntarlo, ella misma se dio la respuesta—. Ha conocido a otra, ¿verdad?

Kristen ni siquiera intentó suavizar la verdad.

—Lo más probable es que sí.

—Pero ¿por qué no me lo dice? —le dolería mucho menos si fuese honesto con ella. La verdad sería terriblemente dolorosa, cierto, pero siempre sería mejor que estar a la expectativa.

—Así son los chicos —dijo Kristen—. Sobre todo los que llevan saliendo contigo un tiempo. Te ignoran y esperan que seas tú quien rompa con ellos.

—¿Eso es lo que quiere? —preguntó Tanni con un nudo en la garganta.

—Por lo que me has contado, sí, eso es lo que Shaw espera que hagas.

En el fondo sabía que Kristen tenía razón.

—Tienes que salir más y ver a otros chicos —le aconsejó Kristen—. ¿Conoces a Jeremy Reynolds?

El nombre le resultaba familiar, pero no conseguía ponerle rostro.

—No lo sé... Puede.

—Le gustas.

—¿A Jeremy Reynolds? —repitió el nombre en voz alta—. Pero si ni siquiera estoy segura de conocerlo.

—Se graduó este año. Es vecino mío, y cuando le dije que nos habíamos ofrecido voluntarias para el programa de lectura me hizo un montón de preguntas sobre ti.

Tanni decidió que lo buscaría en su anuario en cuanto llegara a casa.

—Jeremy es muy tímido —le explicó Kristen—. Además, todo el mundo sabe lo tuyo con Shaw. ¿Quieres que le diga que ya no estás saliendo con él?

Tanni se mordió el labio y se encogió de hombros.

—Date un poco de tiempo —le dijo Kristen en tono amable. Acabó su té y dejó el vaso de plástico—. Me alegro de que hayamos hablado, Tanni.

—Yo también —y lo decía en serio. Si no hubieran hablado, Tanni nunca habría sabido por qué Kristen trabajaba como voluntaria en la biblioteca—. Gracias por tus consejos sobre Shaw. ¿Puedo llamarte para contarte cómo van las cosas?

—Pues claro que sí —afirmó Kristen, e hizo una pequeña pausa antes de continuar—. Me gustaría que fuéramos amigas.

¿Kristen quería ser su amiga? Aquello sí que no se lo esperaba...

—A mí también —reconoció tímidamente.

Se levantaron y, tras despedirse de Adam, volvieron al aparcamiento de la biblioteca charlando tranquilamente.

Cuando Tanni llegó a casa se encontró a su madre de muy buen humor, señal de que acababa de hablar con Larry. Últimamente hablaban por teléfono todos los días, a veces hasta dos o tres veces.

–Pareces muy contenta –observó su madre en un tono que, en otras circunstancias, habría sacado a Tanni de sus casillas.

–Voy a estar bien, mamá –le dijo, y corrió a su cuarto para buscar una foto de Jeremy Reynolds en el anuario del instituto.

CAPÍTULO 24

El Cuatro de Julio, Mack y Mary Jo y otras docenas de familias se congregaron en el muelle de Cedar Cove para ver los fuegos artificiales. Estaba oscureciendo y la emoción se palpaba en el ambiente.

Linc y Lori estaban junto a ellos, sentados en sillas plegables. Noelle se había quedado dormida en brazos de Mack, ajena al ambiente festivo, pero seguramente se despertaría cuando empezaran los fuegos.

Mack había trabajado cuatro días seguidos, y aunque aquel día libraba, los bomberos llevaban toda la semana en estado de alerta debido al riesgo que implicaba el lanzamiento de cohetes.

Para Mary Jo, poder pasar el día entero con su hermano y con Mack convertía aquel Cuatro de Julio en una ocasión muy especial. Su relación con Linc había mejorado mucho desde que él se casó, y Mary Jo había descubierto que podía ser muy buen amigo. Igual que Lori. Cuanto más conocía a la mujer de Linc, más le gustaba. Lori era una costurera con mucho talento que le había hecho a Noelle un conjunto veraniego precioso.

Aquel día las dos parejas habían ido a comer al zoo de Point Defiance. Noelle aún era muy pequeña para apreciar la experiencia, pero le encantó ver a los animales. Incluso Linc parecía divertirse. Su hermano siempre había sido muy serio, y al verlo relajado y contento descubría una parte de él que apenas recordaba.

—¿Todavía no es la hora? —preguntó Lori con impaciencia—. El periódico decía que empezarían a las diez en punto.

En ese preciso instante se oyó el silbido del primer cohete elevándose en el aire.

—Ahí van —dijo Linc, justo cuando una explosión multicolor iluminó el cielo nocturno.

Noelle se despertó con un sobresalto y empezó a llorar. Mack la sostuvo contra su hombro y le frotó suavemente la espalda, y Noelle se calmó hasta la siguiente explosión.

—Está asustada —dijo Mary Jo—. Pobrecita mía...

—¿La llevamos a casa? —preguntó Mack con preocupación.

—No lo sé... —no quería irse tan pronto, pero lo primero era Noelle.

—Mira al cielo, Noelle —le dijo Mack, apuntando hacia arriba con el dedo.

Mary Jo quería decirle que no se podía razonar con una niña de seis meses, pero sorprendentemente Mack consiguió calmarla y la pequeña volvió a dormirse a pesar del ruido. Mary Jo miró entonces por encima de su hija dormida y vio que Linc y Lori estaban asidos de la mano y que Lori tenía la cabeza apoyada en el hombro de Linc.

Volvió a mirar a Mack y lo vio vigilando a Noelle con expresión atenta. Él debió de sentir su escrutinio, porque se giró hacia ella y le sonrió. Ella también le sonrió y le agarró la mano.

Mack se la mantuvo asida unos minutos, antes de soltarla para cambiar a Noelle de postura.

Cuando llegaron al dúplex ya era casi medianoche. Mary Jo acostó a Noelle en la cuna mientras Mack metía en casa el mantel, la bolsa de los pañales y los restos del picnic. Mary Jo había hecho ensalada de patatas, pero no quería decirle a Mack que había sido su madre la que le dio la receta.

Había hablado con Corrie McAfee dos veces aquella semana y cada vez le gustaba más. Roy también, aunque era más difícil de conocer. Tal vez porque al ser detective y ex policía estaba acostumbrado a guardarse sus emociones.

Entró en la cocina y vio a Mack con las manos en los bolsillos traseros del pantalón. Parecía estar pensando en la mejor manera de abordar un tema.

—¿Qué ocurre? —le preguntó ella finalmente.
—Hay algo que te preocupa —respondió él.

Mary Jo se quedó sorprendida por su intuición, pero sus sentimientos aún eran vagos y confusos y le costaba expresarlos con palabras. No quería decir nada inapropiado.

Mack esperó un minuto y soltó una profunda exhalación.
—Será mejor que me lo digas.
Mary Jo se encogió de vergüenza.
—Esta noche... con Noelle...
—¿Sí?
Estaban de pie, el uno frente al otro, y los dos parecían dudosos, como si temieran adónde pudiera llevarlos aquella conversación.
—Quieres ser padre.
Él asintió.
—Sí, así es.
Mary Jo bajó la mirada al suelo.
—Quieres a Noelle.
—¿Alguna vez lo has dudado?
—Jamás —el amor que Mack le profesaba a su hija era evidente en todo lo que había dicho y hecho desde que la ayudó a nacer en Nochebuena. Mary Jo levantó la vista y se encontró con su sonrisa—. ¿Y a mí?

—¿Qué? —parpadeó con desconcierto—. ¿Me estás preguntando si te quiero? ¡Estoy loco por ti, Mary Jo! Te lo he dicho en más de una ocasión.

—Estás loco por Noelle. Yo sólo soy un... complemento —no le gustaba sentirse tan insegura, pero quería enfrentarse a la verdad. Por mucho que quisiera creer que Mack la amaba, el desengaño sufrido con David le había enseñado que no podía confiar en su instinto. Era algo que más le valía no olvidar.

—Te quiero —le dijo él de la forma más directa, sincera y sencilla posible—. En cuanto se resuelva lo de David quiero que nos prometamos y que pasemos juntos el resto de nuestras vidas.

Las palabras de Mack le llegaron al corazón, pero se negaba a permitir que aquellos sentimientos tan traicioneros la apartaran de su camino.

—En cuanto se resuelva lo de David... —repitió.

—¿Sí?

Mary Jo tragó saliva y descubrió que no podía hablar. La proposición era la recompensa que Mack le ofrecía por resolver la paternidad de Noelle. Pero nadie salvo ella parecía tomarse en serio las amenazas de David. Estaba convencida de que si lo demandaba él haría que su vida fuese un infierno.

—¿Has hablado con Allan Harris, como dijiste? —le preguntó Mack. Se había pasado las dos últimas semanas trabajando sin parar y apenas se habían visto, por lo que era lógico que ahora le sacara el tema.

—¿Por qué no?

—No confío en David —dijo ella, lo que no respondía del todo a la pregunta.

—Es normal. No se puede confiar en él.

Mary Jo se acercó a la ventana y cruzó los brazos.

—¿Por qué quieres esperar a que se resuelva lo de David? Si de verdad nos quieres a Noelle y a mí, y nosotras a ti, ¿por qué no podemos comprometernos ahora?

Mack tardó tanto en responder que ella se giró para mirarlo.

—Tengo una buena razón para ello, Mary Jo.

—Estoy deseando saberla —todo el cuerpo se le puso en tensión.

—Si David se entera de que quiero adoptar a Noelle, tendrá la excusa perfecta para negarse a firmar la renuncia. No quiere mantener a su hija, pero hará todo lo posible para impedir que sea mía. Ben opina igual que yo.

—¿Has hablado con Ben de esto?

—Y con mi padre también. Los dos coinciden en lo mismo.

—¿Qué pasaría si David no renunciara a Noelle?

—Nos ocuparemos de ello cuando sea el momento. ¿Por qué asumes lo peor?

—Con David siempre hay que asumir lo peor.

No podía mirar a Mack, de modo que se puso a vaciar la cesta del picnic. Llevó la fuente de la ensalada vacía al fregadero y la llenó con agua y jabón.

—Mary Jo —la llamó él—. Estamos en mitad de una conversación muy importante. ¿No crees que los platos pueden esperar?

Ella se apoyó en la encimera.

—Si David se niega a firmar los papeles de la renuncia, ¿querrás casarte conmigo?

—Sí —respondió él sin dudarlo.

—¿Estás seguro?

—Sí —suspiró con exasperación—. Y ahora volvamos atrás un momento.

—¿A qué te refieres?

—No has hablado con el señor Harris.

Debería habérselo imaginado...

—Estaba en los juzgados.

—¿No ha ido ni un solo día a la oficina?

—De vez en cuando. Pero tenía otras cosas en la cabeza. El juicio empezó el viernes y no quería distraerlo —aunque era cierto, a Mary Jo le pareció una excusa patética.

—Está bien... —murmuró él—. ¿Y la semana que viene?

—Estará de vacaciones —respondió ella con alivio.

Mack fue al salón, recogió los juguetes desperdigados por el suelo y volvió a la cocina.

—No quieres enfrentarte a esto, ¿verdad?

Podría mentirle, pero Mack tenía razón.

—No.

—¿Por qué?

—Porque nada ha cambiado, Mack. David intentará destrozarme la vida. No nos quiere a Noelle ni a mí, pero no permitirá que nadie más nos tenga.

—Déjame hablar con él —murmuró Mack entre dientes.

—¡No! —por nada del mundo permitiría que Mack se enfrentara a David.

—¿Por qué no? Le diré que voy a casarme contigo y que quiero adoptar a Noelle.

—¿De verdad crees que eso serviría de algo? Hace un momento me has dicho que David no debe enterarse de nuestros planes.

Mack gimió de frustración y cansancio.

—Es muy tarde y los dos estamos muy alterados —dijo ella—. ¿Por qué no dejamos esta conversación para otro momento?

—No —replicó él—. Hablemos ahora. Todo ha empezado porque temías que mi intención fuera adoptar a Noelle más que casarme contigo, ¿verdad?

Mary Jo asintió a su pesar. Dicho así, en boca de Mack, le resultaba tremendamente frívolo. Lo miró a los ojos, llenos de ternura, y se preguntó cómo había podido dudar de sus sentimientos hacia ella.

—Tú... me quieres —le dijo. No era una pregunta.

Él le sonrió.

—Al fin te has dado cuenta.

—Vale, vamos a dejarlo por hoy. Olvida lo que he dicho.

—De acuerdo —aceptó él. Se dirigió hacia la puerta y la abrió, antes de girarse—. ¿Te importa esperar un momento?

—Oh... Vale, esperaré.

Mack salió y ella lo oyó entrar en su casa. Regresó al cabo de unos minutos, que Mary Jo aprovechó para terminar de limpiar.

—Has de saber que no lo había pensado así —le dijo él desde la puerta—, pero supongo que ya es el momento.

—¿El momento para qué?

—Quizá deberías sentarte.

Desconcertada, se dejó caer en una silla de la cocina.

Mack frunció el ceño y apuntó hacia el salón.

—En el sofá sería mejor.

—El sofá —repitió ella. Muy bien, se sentaría en el sofá.

Una vez sentada, Mack se puso a andar de un lado para otro delante de ella.

—Te quiero, Mary Jo.

—Eso ya lo habíamos dejado claro —dijo ella con una sonrisa.

—¿En serio? ¿Estás segura? No quiero que haya ni una sola duda al respecto. Ni ahora ni nunca.

—Me lo has demostrado, Mack. De verdad.

—Quería hablar con tu hermano.

—¿Con mi hermano?

—Para hacerle saber mis intenciones. Quiero que sepa que voy a casarme con su hermana.

Mary Jo parpadeó con fuerza para contener las lágrimas al comprender lo que Mack se proponía hacer. Se llevó la mano a la boca, aunque en el fondo no debería estar sorprendida.

—Mary Jo —ella se levantó y él la tomó de la mano libre—. ¿Quieres casarte conmigo?

Ella sólo pudo asentir, pues no confiaba en su voz.

Mack se metió la mano en el bolsillo y sacó un anillo de diamante.

—Ya sé que a las mujeres les gusta elegir sus alianzas... Ésta la he elegido yo, pero si no te gusta puedo descambiarla.

—Es preciosa —susurró ella con un hilo de voz. En realidad no sabía qué aspecto tenía el anillo, porque las lágrimas le empañaban la vista.

Mack le deslizó el anillo en el dedo anular.

—Ahora ya estamos comprometidos de verdad. Pase lo que pase con David y con la custodia de Noelle, lo afrontaremos juntos. Como marido y mujer.

Incapaz de contener las lágrimas, Mary Jo le echó los brazos al cuello y se abrazó a él con todas sus fuerzas.

—No imaginaba que fueras a llorar.
—No puedo evitarlo...
Mack se echó a reír, y el único modo que tuvo Mary Jo de hacerlo callar fue sujetarle el rostro entre las manos y besarlo.

CAPÍTULO 25

Leonard Bellamy se levantó cuando Roy McAfee entró en su despacho. Rodeó su enorme escritorio y se dirigió a Roy con la mano extendida.

Mientras se estrechaban la mano, Roy observó el despacho. Estaba impecablemente amueblado y decorado con objetos de arte moderno que, hasta donde Roy sabía, no parecían reproducciones.

—Agradezco que hayas venido —dijo Leonard, indicándole que tomara asiento. Hasta ese momento siempre se habían reunido en la oficina de Roy, pero esa vez Leonard quería contar con la ventaja de estar en su territorio.

—Forma parte del servicio —respondió Roy, sentándose en el sillón de cuero y adoptando una postura corporal que irradiara seguridad en sí mismo. La secretaria de Bellamy le llevó una taza de café y él se lo agradeció con una sonrisa.

Bellamy volvió a ocupar su asiento.

—Espero que hayas investigado a fondo a ese gorrón.

—Sí, lo he hecho —respondió Roy. Dejó la taza en la mesa de Leonard y agitó el maletín que tenía sobre las piernas.

—Bien. Quiero aplastarlo como el insecto que es. ¿Qué se cree, que puede venirse a vivir a Cedar Cove, montar un negocio y casarse con mi hija? Pues se va a llevar una sorpresa. No voy a permitir que se aproveche de mi nombre.

Roy no sabía a qué se refería Leonard. No había encontrado ninguna prueba de que Linc Wyse estuviese usando el nombre o la influencia de Bellamy en su propio beneficio. ¿Sería posible que Leonard tuviera una información de la que él carecía? A Roy no le parecía muy probable.

En cuanto al informe que Leonard esperaba de Wyse... mucho temía que iba a llevarse una amarga decepción. Sacó una carpeta del maletín y se la entregó.

Bellamy la agarró y empezó a hojear con impaciencia el contenido. Su expresión se hacía más y más ceñuda a medida que iba leyendo.

—Aquí no hay nada.

—Es un informe completo de seis páginas. Lo he investigado a fondo y no he encontrado nada sospechoso. Ni antecedentes ni problemas con Hacienda. Paga puntualmente todas sus facturas, va a la iglesia y...

—¡Eso no quiere decir nada! Yo también voy a la iglesia.

—Por lo que he podido averiguar —continuó Roy, sin inmutarse—, tu hija ha elegido bien.

—¡Esto es increíble! —espetó Bellamy, apartando la carpeta con brusquedad—. Primero es mi mujer quien lo apoya y ahora tú.

—¿Tu mujer ha conocido a Wyse?

Leonardo asintió.

—Invitó a cenar a mi hija y a ese cazafortunas sin decirme nada. No me enteré hasta el último momento, y como te podrás imaginar me negué a estar presente. Mi esposa me dijo después que le había encantado conocerlo. Creía que Kate tenía más cerebro que mi hija, pero al parecer estaba equivocado.

Roy sí que se había equivocado, pues siempre había creído que Leonard Bellamy era un hombre capaz de reconocer sus errores. En vez de eso, se aferraba a la idea de que Lincoln Wyse se había casado con Lori por puro interés, y nada, ni siquiera la verdad, podía hacerle ver que Linc era un hombre decente y que estaba enamorado de su hija.

—Sigue investigando —le ordenó Leonard al tiempo que

daba un puñetazo en la mesa–. Tiene que haber algo. ¡Encuéntralo!

Lejos de tranquilizarlo, como Roy había esperado, el informe sobre Linc sólo había servido para enfurecerlo aún más. Por alguna razón desconocida, Leonard estaba empeñado en demostrar que su hija se equivocaba y que él tenía razón.

En honor a la verdad, Roy comprendía la preocupación de Bellamy. Lori y Linc apenas se conocían cuando se casaron, y ni siquiera habían invitado a sus familias. La hija de Roy había hecho lo mismo, pero él sí había pasado algún tiempo con Pete Mason. Bellamy, en cambio, no quería ni ver a su yerno.

–Ahora vete y tráeme algo que pueda usar –dijo Bellamy, levantándose para dar por concluida la reunión.

Roy permaneció sentado con una mezcla de irritación y regocijo.

–¿Crees que no he investigado todo lo que hay que investigar?

–No me gusta ese hombre y no confío en él. Si he llegado tan lejos en la vida ha sido porque conozco bien a las personas, y el instinto me previno contra Wyse nada más conocerlo.

–Como ya te he dicho, he hecho una investigación exhaustiva. He hablado con sus amistades y socios, he investigado a sus ex novias, he buscado en todas las fuentes posibles y no he encontrado ni rastro de drogas, juego, alcoholismo ni ningún otro vicio. Es un hombre de sólidos principios y nobles ideales al que no dudaría en recibir con los brazos abiertos en mi familia.

–Yo no soy tú –le dijo Bellamy, todavía de pie–. Lincoln Wyse no me inspira confianza. Se ha aprovechado de mi hija, que además de ser tonta del bote es una rebelde sin remedio. Ha estado desafiándome desde que tenía cinco años. Pero con esto se ha pasado de la raya.

Roy tenía la sensación de que el verdadero problema de

Bellamy no era Linc Wyse, sino la difícil relación que mantenía con su hija. Era triste ver con qué desprecio trataba a su hija y cómo desdeñaba todas sus decisiones personales, laborales y sentimentales. No era una cuestión de confianza o preocupación paternal, sino de orgullo y dominación. Roy aún recordaba la reacción de Bellamy cuando Lori se comprometió con Geoff Duncan. Era terriblemente injusto criticar a Lori por haberse dejado embaucar, pues Geoff se las había arreglado para engañar a todo el mundo, incluido su jefe, el abogado Allan Harris. Había recurrido al robo para intentar impresionar al exigente padre de Lori, pero afortunadamente no era lo bastante listo para escapar impunemente de sus delitos.

—Cuando te encargué este trabajo me dijiste que había una relación entre Wyse y tú —recordó Bellamy—. Creí que podrías ser objetivo a la hora de investigarlo, pero ya veo que me equivoqué.

Una cosa era cuestionar la integridad moral de Wyse, pero otra muy distinta poner en tela de juicio la profesionalidad de Roy. Se levantó de un salto y le clavó la mirada a Bellamy. Durante unos instantes ninguno de los dos habló.

—He hecho el trabajo que me encargaste —dijo Roy finalmente—. Lo quieras creer o no, Wyse es un hombre decente —se enfrentaría a cualquiera que opinase lo contrario, aunque fuera el mismísimo Leonard Bellamy.

—Eso ya lo veremos.

Roy abrió el maletín y sacó el sobre con la factura. Bellamy alargó la mano, pero en vez de dárselo Roy lo partió en dos.

—En el futuro, prefiero que te busques a otro detective.

Sin esperar a la respuesta de Bellamy, agarró el maletín y salió por la puerta.

En tan sólo diez minutos de conversación, Leonard Bellamy lo había insultado y enfurecido hasta tal punto que Roy no sólo había renunciado a sus honorarios sino también a su mejor cliente. Y se sentía exultante por haberlo hecho.

En vez de volver a la oficina se marchó directamente a casa. Corrie se había tomado el martes libre para hacer recados, como era su costumbre, pero ya debería haber vuelto. Su mujer siempre conseguía calmarlo, pero en aquella ocasión decidió que no le hablaría de la reunión con Bellamy. No solucionaría nada y sólo conseguiría volver a enfadarse. La verdad era que admiraba a Lori por desafiar al tirano que tenía como padre.

Corrie estaba sentada en la cocina. Había dejado las bolsas de la compra en la encimera y parecía tan absorta en sus pensamientos que ni siquiera se percató de la llegada de Roy.

Él le agitó una mano delante de la nariz y ella se giró hacia él con una sonrisa para que pudiera besarla. La sonrisa de su mujer casi le hizo olvidar el enfrentamiento con Bellamy.

—Has vuelto muy pronto —comentó ella mientras se levantaba del taburete—. ¿Cómo te ha ido con Bellamy?

Corrie se había acordado de la reunión, así que no había necesidad de ocultarle lo sucedido.

—No te aburriré con los detalles, pero no volveré a trabajar para él.

Ella arqueó las cejas, como si estuviera tentada de lanzarle un reproche. Afortunadamente, no lo hizo.

—¿Por qué? —se limitó a preguntar.

—Por disparidad de opiniones —señaló las bolsas de la compra—. ¿Por qué no has guardado la leche?

—Estaba esperando que llegaras a casa y lo hicieras tú por mí —bromeó ella.

Roy sonrió y metió la botella de leche en la nevera.

—¿Hay que meter algo más?

—¡El helado! —exclamó Corrie. Rebuscó en las bolsas hasta encontrarlo y lo metió rápidamente en el congelador.

Extrañado por aquel comportamiento tan poco habitual en su esposa, Roy se acercó al fregadero y llenó un vaso de agua para cada uno.

—Muy bien, ¿qué ocurre?

—Me he encontrado con Gloria en el supermercado —empezó ella, pero se detuvo como si tuviera que ordenar sus pensamientos.

Roy no la presionó y esperó pacientemente a que estuviese preparada.

—Conozco bien a Linnette —continuó ella, desconcertando a Roy con la mención de su otra hija—. Tendría que haber sabido que estaba embarazada nada más verla.

—Por teléfono es más difícil darse cuenta —le dijo Roy, sin saber qué relación podían tener Linnette y su embarazo con el encuentro fortuito de Corrie con Gloria en el supermercado.

—Hay algo que la preocupa y...

—¿A Linnette?

—No, a Gloria.

Roy empezó a hacerse una idea. Corrie había hablado con Gloria y no podía entenderla igual que a su hija. Claro que Gloria también era su hija... Su primera hija.

—La he invitado a cenar el domingo.

—Muy bien —la clave estaba en pasar tiempo juntos. Había heridas que sanar y una relación que construir. Roy quería que Gloria se sintiera parte de aquella familia, porque ella también era de la familia.

—No puede venir.

—¿Por trabajo? —al ser la última que había entrado en la oficina del sheriff, a Gloria le tocaba ocuparse de los turnos más engorrosos. Había tenido que trabajar el Cuatro de Julio y seguramente estaba obligada a hacerlo los fines de semana.

—No me ha dicho por qué —dijo Corrie mientras sacaba el contenido de las bolsas—. Le sugerí un día entre semana y dijo que ya me lo confirmaría, pero me temo que no lo hará —sacudió la cabeza—. Nos está evitando.

Era una posibilidad, pero también podía ser que Corrie se estuviera precipitando con sus conclusiones. En cualquier caso, Gloria aún era un tema delicado para hablar entre ellos.

—¿Sabes si está viendo a alguien? —le preguntó Corrie.
—¿Te refieres a si sale con alguien?
—Sí, eso mismo.
—No, no lo sé. Al menos ella no me ha dicho nada. ¿Te ha comentado a ti algo?
Corrie asintió.
—Pero no me ha dicho su nombre.
—¿Crees que puede tener problemas emocionales?
—¿No es siempre lo mismo? —preguntó ella en tono desafiante.

Aquello pareció ser el final de la conversación. Roy abrió el *Cedar Cove Chronicle* sobre la mesa de la cocina y se puso a hacer el crucigrama.

—¡Es ese médico! —exclamó Corrie de repente.
—¿Qué médico?
—Ese médico del hospital que le gustaba tanto a Linnette. Recuerdo que parecía más interesado en Gloria, y que Linnette se lo tomó muy mal.

Roy tenía un vago recuerdo. Linnette se había sentido atraída por un médico del pueblo, pero lo olvidó y acabó enamorándose de aquel jinete... ¿Cómo se llamaba? Cal Washburn.

Volvió al crucigrama mientras su mujer lavaba las verduras y las envolvía con papel de cocina para guardarlas en el frigorífico. Había completado una esquina del crucigrama cuando Corrie volvió a interrumpirlo.

—¡Todd! —anunció en tono triunfal—. No, Todd no. ¡Tim!
—¿Qué Tim?
—Timmons —dijo al tiempo que chasqueaba con los dedos—. Chad Timmons. El doctor Chad Timmons.

Roy levantó la mirada y vio a su mujer observándolo intensamente, como si esperara algo más de él.

—¿Crees que Gloria está saliendo con ese médico y que tienen algún problema?

Corrie asintió.

—Un problema grave, me temo.

—Pero Gloria no quiere hablar de ello.

Corrie se dio la vuelta y sacó un pañuelo de un paquete que tenía a mano para llevárselo a los ojos. ¿Estaba llorando? Roy se levantó inmediatamente y le puso las manos en los hombros.

—Es muy triste que nuestra hija no quiera hablar con nosotros, ¿verdad? —le dijo tranquilamente.

Corrie sorbió por la nariz, se giró y lo abrazó por la cintura a la vez que enterraba la cara en su pecho.

—Todo saldrá bien —le aseguró él. Quería consolar a su esposa, pero entendía que Gloria no quisiera compartir sus emociones con ellos. Si había tenido un problema con su novio, los dos lo resolverían como personas adultas que eran o seguirían cada uno por su lado.

Pero no pudo transmitirle su confianza a Corrie, porque ella se estremeció con un violento sollozo, se apartó de él y echó a correr por el pasillo.

Roy tardó unos segundos en reaccionar, aturdido como se había quedado. Encontró a Corrie de puntillas delante del armario del vestíbulo, sacando otro paquete de pañuelos.

—¿Qué ocurre?

—Ella no me lo dijo, pero yo estaba allí y lo vi, Roy. Lo vi y ella ni siquiera me miró a los ojos. Intenté hablarle, pero... —el resto de la frase se perdió en un sollozo. Corrie abrió el paquete y sacó un montón de pañuelos que se llevó a la cara.

—¿Qué fue lo que viste? —le preguntó Roy amablemente, aunque su inquietud crecía por momentos. Nunca, en treinta años de matrimonio, había visto aquel comportamiento en su mujer.

Corrie bajó la mano y trituró los pañuelos en su puño.

—No te lo he dicho antes, pero vi lo que llevaba Gloria en su carrito...

Roy no se imaginaba qué podía ser. ¿Qué clase de comida tan rara debía de llevar su hija en el carrito de la compra para que Corrie estuviera tan preocupada?

—Roy —le dijo Corrie, agarrándolo de la manga—, Gloria llevaba un test de embarazo.
—¿Está embarazada?
Ella empezó a llorar de nuevo.
—Creo que sí.

CAPÍTULO 26

Christie intentaba arrancarle un eructo al pequeño Christopher dándole palmaditas en la espalda. Teri estaba sentada frente a ella con Robbie en brazos. Bobby estaba por ahí, haciendo de las suyas. Por suerte, Jimmy dormía plácidamente en el cuarto de los niños.

Christie seguía yendo los miércoles a ayudar a su hermana con los trillizos, pero aún no había visto a James y aquel desencuentro empezaba a durar más de lo que se hubiera imaginado. Ninguno de los dos parecía dispuesto a dar el primer paso, por lo que había que considerar la posibilidad, odiosa pero real, de que la relación se hubiera acabado.

–Últimamente no veo a James por aquí –le dijo a su hermana. No se atrevía a preguntarle directamente a Teri, pero la curiosidad era demasiado fuerte. James siempre la había buscado, pero su prolongado silencio le hacía pensar a Christie que tal vez estuviera de viaje... o que se hubiera marchado para siempre.

Cabía otra posibilidad. Tal vez estaba esperando a que fuera ella la que se disculpara. Y quizá ella debería hacerlo. O quizá no. Ya no estaba segura de nada. Su carácter orgulloso y obstinado la había llevado demasiado lejos.

–James ha estado viajando mucho estos días –respondió Teri.

–Oh... –murmuró Christie. El único viaje que recordaba

fue el que Bobby y James hicieron en mayo, por negocios. Aparte de eso, Bobby apenas se había movido de casa.

James lo acompañaba en todos sus desplazamientos. No sólo era su chófer; era también su mejor amigo y confidente y, aunque nadie lo dijera, su guardaespaldas.

—¿Oh? —repitió Teri—. ¿Eso es todo lo que se te ocurre?

Christie reflexionó la pregunta.

—Está bien, si quieres saberlo, te diré que James y yo hemos tenido una pelea.

Su hermana la sorprendió con una carcajada.

—¿Crees que no lo sabía? Llevas semanas con un humor de perros.

—No exageres —protestó Christie. Se había esforzado por estar animada cada vez que visitaba a Teri y fingía que todo iba bien.

James podría haberla buscado, ya que ella estaba allí todos los miércoles. Pero al no dar señales de vida había que plantearse que tal vez quisiera acabar con la relación.

—He intentado ser lo más simpática posible.

—Sí, claro —dijo su hermana con una mueca de escepticismo.

—Lo digo en serio —insistió Christie.

Teri dejó escapar un suspiro más dramático de la cuenta.

—Te ha costado, pero al fin has entrado en razón.

—¿Qué quieres decir? —preguntó Christie a la defensiva.

—Al fin has tenido el valor de preguntar por James —le dijo Teri mientras le sonreía al bebé.

—¿Ha preguntado James por mí?

Teri asintió.

—¡Cuéntame! —la apremió Christie, echándose ligeramente hacia delante.

—Puede que te sorprenda, pero James también es muy cabezota.

Aquello no era nada nuevo.

Las preguntas se le agolpaban en la cabeza. ¿La había echado de menos tanto como ella a él? ¿La quería? Christie quería creer que sí, pero si así fuera, ¿por qué James no había hecho nada para superar sus diferencias? ¿Por qué tampoco ella lo había hecho? ¿Por qué siempre se perjudicaba a sí misma de esa manera?

En vez de intentar reconciliarse con James se había volcado por entero en sus estudios, en el trabajo y en cualquier actividad que la mantuviera ocupada. Incluso había limpiado su horno.

—¿Qué te preguntó sobre mí? —no quería ni podía seguir fingiendo desinterés.

—No mucho, la verdad. Quería saber dónde estabas... ese tipo de cosas.

—Entiendo —los hombros se le hundieron bajo el peso de la decepción.

—Ha estado de viaje —volvió a decir Teri.

—¿Con Bobby? —su hermana intentaba decirle algo importante, pero a Christie nunca se le había dado bien leer entre líneas.

—Con y sin Bobby.

Christie frunció el ceño.

—Dímelo de una vez.

—Te lo habría dicho mucho antes si me lo hubieras preguntado.

—Muy bien, pues te lo pregunto ahora.

El rostro de Teri se iluminó.

—James ha creado un juego *on-line* en el que lleva trabajando con Bobby desde hace semanas.

—¿Un juego *on-line*? ¿De ajedrez?

—Más o menos... Empieza con un tablero de ajedrez y dos jugadores.

—¿Y eso es para tanto? Ya hay cientos de juegos similares.

—Éste es diferente. Cuando el jugador hace un movimiento en el tablero, entra en un mundo medieval donde se enfrenta a caballeros y dragones. Se parece al World of Warcraft. Consta de sesenta niveles y le han pedido a James que lo siga desarrollando.

—¿Y Bobby también participa?

—Sí, pero la idea fue de James y es quien ha hecho casi todo el trabajo. ¡Y ya lo han vendido, Christie!

—¿Vendido?

—¡Por una fortuna!

—Entiendo —volvió a decir Christie. No era extraño que James no diera señales de vida. Tenía muchas cosas en la cabeza... y ella no figuraba entre ellas.

—¿Eso es todo lo que se te ocurre? —le reprochó Teri.

—Me... me alegro por él.

—No lo parece.

Christie intentó sonreír, y entonces vio que Teri miraba hacia la puerta. Siguió la dirección de su mirada y se encontró con James. Tan guapo e interesante como siempre.

Teri se levantó inmediatamente.

—Voy a acostar a Robbie —susurró. Obviamente era una excusa para dejarlos a solas.

Christie esperó a que su hermana se marchara.

—Parece que... tengo que darte la enhorabuena.

—Gracias —entró en el salón, muy despacio y con las manos en los bolsillos—. Me alegro de verte.

—Yo también —respondió ella en el tono más animado que pudo.

—Te he echado de menos.

Era el primero en admitirlo... Christie miró al bebé que seguía teniendo en brazos y le respondió de igual manera.

—Yo a ti también.

—Supongo que Teri te ha hablado de Polgar World.

—¿Así se llama el juego?

James se sentó en la silla que Teri había dejado vacía.

—Bobby me ofreció su apellido para promocionarlo. Lo vendimos ayer.

—¿Ayer?

—Mi agente estuvo negociando con dos empresas.

—¿Tienes un agente? —aquello le hacía preguntarse cuántos otros secretos le había ocultado.

Él no respondió.

—He estado esperando, Christie.

—¿Esperando? —preguntó, intentando ocultar lo dolida que estaba.

—Me dijiste que vendrías a mí cuando estuvieras lista para perdonar y olvidar.

—¡Lo mismo te dije yo a ti! ¿De qué me sirve perdonar y olvidar si tú no puedes hacerlo?

—De nada, supongo.

Un largo silencio siguió a sus palabras. Christie deseó que el pequeño Christopher se despertara y se pusiera a llorar para distraerla de su angustia.

—¿Dónde estamos ahora? —preguntó él finalmente.

—No... no lo sé. Me gustaría ser la mujer que te mereces —tenía la garganta tan seca que apenas podía hablar—. No puedo cambiar lo que he hecho ni lo que soy, pero tampoco puedo vivir con la amenaza constante de que me lo eches en cara cada vez que discutimos.

—Ni yo puedo vivir con el reproche constante de haberte defraudado.

Christie abrió la boca, pero se quedó dudando.

—¿Sí? —la apremió James.

—¿Por qué no me hablaste de ese juego? —soltó de golpe.

La pregunta pareció quedarse suspendida en el aire. James tomó aire y lo soltó lentamente antes de responder.

—Siento que he fracasado en casi todo lo que me he propuesto hacer en la vida. La idea de este juego se me ocurrió hace dos años, pero hasta hace seis meses ni siquiera se lo había contado a Bobby. Podía vivir con el fracaso, pero no soportaba la idea de decepcionarte.

—Oh... —no era una respuesta muy apropiada, pero fue la única que consiguió articular Christie.

—Quería esperar a que fuera un éxito para contártelo.

—Pero ni siquiera entonces me lo contaste.

—Ahora estoy aquí, ¿no? Vi tu coche aparcado fuera y tuve que entrar a verte enseguida.

Christie lo miró con ojos muy abiertos.

—Creía que sería el hombre más feliz de la tierra si conseguía vender mi juego.

—¿Y no lo eres?

—No si no puedo compartirlo contigo —confesó él con un atisbo de sonrisa.

Ella también sonrió.

—Te quiero, Christie. Estoy cansado de estar solo, estoy cansado de mi orgullo...

—El orgullo no sirve para hacerte compañía por la noche, ¿verdad? —no sólo lo decía por él, sino también por sí misma.

James se levantó y fue a sentarse junto a ella.

—Quiero que nos casemos.

—Vale —tal vez no fuera la respuesta más elegante, pero al menos estaba clara.

—Bobby y Teri se casaron en Las Vegas...

—Podríamos convertirlo en una tradición familiar —sugirió ella.

James sonrió.

—Me gusta la idea. Oye, ¿vas a hacer algo este fin de semana?

—Sí —respondió ella con una amplia sonrisa—. Voy a casarme.

—Estupendo, porque yo también.

Le tendió los brazos y ella se arrojó en ellos, casi olvidándose de Christopher.

—Se acabaron las discusiones —susurró él entre beso y beso.

—Eso será difícil, pero al menos ya sabemos que podemos superarlas... Oh, James, estoy muy contenta por ti.

Él volvió a besarla con amor.

—Voy a casarme contigo, y eso me hace más feliz que ninguna otra cosa en el mundo.

—¿Deberíamos decírselo a Teri y a Bobby?

—Ya lo hemos oído —dijo Bobby desde la cocina.

James se incorporó y se giró hacia ellos.

—Voy a necesitar un padrino.
—Él será el padrino —dijo Teri, pegada a su marido—. Y yo seré la dama de honor.

Christie no lo habría querido de otra manera.

CAPÍTULO 27

Gloria tenía que hablar con Chad sobre las consecuencias que había tenido la noche que pasaron juntos. Estaba embarazada. Y él tenía derecho a saberlo. Había pasado más de un mes desde que Chad se marchara. Cuando Gloria lo llamó a su antiguo número le respondió un mensaje automático con un código de Tacoma. Sus sospechas, por tanto, demostraron ser ciertas: Chad había aceptado el puesto en el hospital de Tacoma.

Lo que más la sorprendía era lo mucho que lo echaba de menos desde entonces. No tenía sentido. Ellos no eran una pareja y ella se había negado a volver a verlo. La única explicación que se le ocurría era el consuelo que le proporcionaba saber que lo tenía a mano. Si hubiera querido, lo habría encontrado sin problemas. En vez de eso había intentado sacárselo de la cabeza, pero a pesar de sus esfuerzos seguía pensando en él a todas horas.

Y ahora, para complicar aún más la situación, se había quedado embarazada. Tal vez fuera el resultado de un comportamiento irresponsable, nada propio de ella, pero la verdad era que nunca se había sentido más feliz. Una nueva vida se gestaba en su interior, colmándola de amor e ilusión. Quería tener al bebé de Chad, y estaba segura de que él también querría cuando se lo dijera.

El embarazo la obligaba a enfrentarse a los miedos que le

provocaba su relación con Chad. Él había derribado todas las barreras que la protegían, y su nueva situación le impedía volver a levantarlas. Su hijo, el hijo de ambos, la dejaba indefensa y vulnerable ante la fuerza de los sentimientos. Tenía que admitir que amaba a Chad. Y que lo necesitaba.

La muerte de sus padres había cambiado drásticamente su vida, aunque no de la forma que había imaginado. Al encontrar a su familia biológica pensó que aquellos desconocidos llenarían el vacío que había quedado en su corazón, pero ahora veía que estaba equivocada.

Mientras intentaba recomponer su vida y encontrar una nueva familia, conoció a Chad. Unas semanas antes, al sospechar que podía estar embarazada, la había invadido el pánico. Aquello no podía estar pasándole a ella. No estaba preparada para enfrentarse a algo así.

Pero a pesar de sus miedos, poco a poco fue aceptando que aquél hijo era su nueva familia. Y fue entonces cuando empezó a sentir la paz que tanto anhelaba.

Primero se hizo la prueba del embarazo en casa y después fue al médico para confirmarlo. El siguiente paso era decírselo a Chad, aun sabiendo que la reacción inicial sería similar a la que ella había tenido. No le importaba; le daría tiempo para asimilarlo y luego podrían hacer planes de futuro.

Sería un futuro en común. Estaba segura de ello. Chad la quería. Él mismo se lo había dicho. Y a pesar de sus reticencias para admitirlo, ella también lo quería.

El trayecto en coche hasta Tacoma duró media hora, que Gloria empleó para ensayar su discurso. Tenía la nueva dirección de Chad, que vivía muy cerca del hospital, y en la guía telefónica aparecía hasta el número de la puerta.

No vio su coche en el aparcamiento, pero de todos modos llamó al timbre y esperó. Tal y como se temía, no estaba en casa. Debería haberlo llamado antes, pero no se había atrevido a hacerlo por miedo a soltárselo todo por teléfono, lo cual no sería justo. Las circunstancias exigían un encuentro en persona.

La otra opción era ir al hospital. Allí podría verlo brevemente y quedar para otro momento. Llegó justo cuando se producía el cambio de turno, por lo que decidió esperar. La noticia de que iba a ser padre ya era lo bastante impactante como para encima soltársela cuando estaba trabajando.

Vio su coche en el aparcamiento del personal del hospital y aparcó el suyo a dos filas de distancia, desde donde podía controlarlo. Diez minutos más tarde apareció Chad.

Pero no estaba solo. Una bonita mujer rubia iba con él. Chad inclinaba la cabeza hacia ella y se reía mientras hablaban. Parecían disfrutar mucho de la compañía mutua.

Gloria lo vio acompañar a la rubia al coche, y el corazón casi se le salió del pecho cuando Chad se inclinó para besarla apasionadamente. Después se retiró, esperó a que la rubia se alejara en su coche y entonces se dirigió hacia el suyo. Gloria permaneció sentada al volante, completamente rígida, incapaz de moverse. Chad abrió la puerta, pero entonces levanto la mirada y se detuvo. La había visto.

A Gloria no le quedó más opción que salir del coche. Chad caminó hacia ella, y a juzgar por su ceño fruncido no parecía muy contento de verla.

—¿Qué haces aquí? —le preguntó, sin saludarla siquiera.

—He venido a verte.

—¿Por qué?

Aquélla era su oportunidad para contarle las razones de su visita, pero no podía hacerlo. Sencillamente, no podía.

—Creía haberlo dejado muy claro la última vez que hablamos —dijo él—. Me harté de esperar, Gloria. Pensaba que lo nuestro podría funcionar, pero tú me demostraste que no tenías el menor interés.

Gloria no podía rebatírselo, porque aquello era exactamente lo que había hecho.

—Antes de marcharme te dije que habíamos acabado, y hablaba en serio. No eres la mujer que quiero tener a mi lado.

—No, supongo que no lo soy —corroboró ella tristemente.

—Estoy empezando una nueva vida en Tacoma, ¿y sabes qué? Me gusta.

—He visto que tienes una amiga.

—Así es —se limitó él a confirmarlo.

—No puedo negar lo que has dicho... Te deseo lo mejor, Chad. En serio. Y te pido disculpas por...

—No es necesario —la cortó él. Me has enseñado algunas lecciones muy importantes.

Ella asintió, incapaz de hablar. Por culpa del embarazo tenía las emociones a flor de piel y no quería arriesgarse a quedar en ridículo, de manera que sólo le ofreció una sonrisa. Quería hablarle del bebé, pero no podía hacerlo. Chad había comenzado una nueva vida y una nueva relación. Tal vez no fuera ético ocultarle el secreto de su hijo, pero eso era lo que iba a hacer. Además, era lo más justo. No podía tolerar que el desliz de una sola noche arruinara los sueños y esperanzas de Chad... aunque ella no pudiera formar parte de esa nueva vida.

La decisión estaba tomada. Gloria volvió a su coche y salió a toda velocidad del aparcamiento. No dejó de llorar en todo el camino de regreso a Cedar Cove. Cuando salió de la autopista tenia los ojos rojos e hinchados, y el asiento del pasajero estaba cubierto de pañuelos arrugados.

Sin darse cuenta de lo que hacía, se sorprendió al verse frente al hogar de los McAfee en Harbor Street.

Necesitaba a su madre. Corrie había pasado por la misma situación que ella y sabría cómo aconsejarla.

Se secó la cara y subió los escalones de la entrada, aunque no sabía qué podría decir si era Roy quien abría la puerta.

Fue él quien abrió, pero en cuanto vio a Gloria se giró y llamó con urgencia a su mujer. Corrie apareció al instante. Roy se hizo a un lado y ella agarró a Gloria de la mano para llevarla a la cocina. Retiró una silla de la mesa y la hizo sentarse. Ella se sentó a su lado sin soltarle la mano.

Gloria descubrió que no podía hablar. Cada vez que abría la boca sólo le salían gemidos ahogados, por lo que dejó de intentarlo y se llevó un puñado de pañuelos a los ojos para llorar desconsoladamente.

Corrie se levantó para preparar dos tazas de té descafeinado. Roy entró en la cocina, pero volvió a salir enseguida.

—Estaré en el salón si me necesitáis —dijo, aunque parecía aliviarlo que no reclamaran su ayuda.

—Toma —la acució Corrie, poniéndole una taza en la mano—. Bébete esto.

Gloria obedeció. El líquido le alivió el escozor de la garganta y el calor de la taza se propagó por su cuerpo. Cuando su visión se aclaró vio que los ojos de Corrie también estaban llenos de lágrimas.

—Estoy embarazada —confesó en voz baja.

—Lo suponía —le dijo Corrie, dándole unas palmaditas en la mano—. Vi el test de embarazo cuando me tropecé contigo en el supermercado.

—No estaba segura. No... no dijiste nada.

—No, no quise decir nada —le confirmó Corrie—. Quería que confiaras en mí para contármelo. Me alegro de que lo hayas hecho —se inclinó hacia ella y la envolvió en un abrazo maternal.

No era la primera vez que Corrie la abrazaba y que Gloria respondía, aunque siempre le había parecido un gesto forzado. En aquella ocasión, sin embargo, madre e hija se fundieron en un abrazo de amor y aceptación mutua.

—Cuando descubrí que estaba embarazada de ti, sentí que el mundo se me venía encima —le confesó Corrie cuando se separaron.

Gloria emitió un sonido a medias entre un sollozo y una risita.

—Yo sentí lo mismo.

—Roy y yo ya no éramos pareja y él estaba saliendo con una animadora.

—¿Se lo dijiste? —le preguntó Gloria, manteniendo la cabeza gacha.

—No. ¿Qué sentido tenía decírselo? Los dos éramos muy

jóvenes, él había salido de mi vida y mi orgullo y despecho me impedían ir en su busca. Era mi problema y tenía que enfrentarme a ello yo sola.

—¿Te fuiste a casa?

—Sí. Dejé los estudios y volví a Oregón a vivir con mis padres. Se portaron maravillosamente conmigo y me ayudaron a decidir lo que era mejor para ti... y para mí —las lágrimas volvieron a afluir a sus ojos—. Yo te quería muchísimo... No te imaginas lo duro que fue darte en adopción.

Fue el turno de Gloria para confortar a su madre; volvió a abrazarla y le susurró palabras de cariño y consuelo. Así estuvieron varios minutos, y cuando las dos agarraron los pañuelos al mismo tiempo se echaron a reír.

Gloria se tomó el té y se dio un momento para reordenar sus pensamientos.

—¿Cuándo se lo dijiste a papá? —nunca se había atrevido a formular aquella pregunta, pero al afrontar el embarazo sin el padre del bebé podía ver la situación de su madre desde una perspectiva completamente distinta. Todo el rechazo que había sentido, todo el resentimiento que había albergado por verse privada de una infancia con sus hermanos se evaporaron sin dejar rastro. Su madre no la había abandonado porque no la quisiera, sino porque había sido lo mejor en aquellas circunstancias.

—Roy no supo nada de ti hasta que tuviste un año.

Su padre no había conocido su existencia hasta que ya daba sus primeros pasos...

—¿Por qué decidiste contárselo?

Corrie agachó la cabeza.

—Volví a la universidad y nos encontramos en la biblioteca del campus. Fue una situación muy incómoda, como te podrás imaginar. Yo no quería verlo y al mismo tiempo sí quería, por disparatado que parezca.

—En absoluto —le aseguró Gloria.

—Empezamos a salir de nuevo. Yo no había dejado de quererlo, pero no iba a permitir que me rompiera el corazón por segunda vez. Cuando me pidió que me casara con él, sentí que merecía saber que existías –respiró temblorosamente y agarró la taza de té con una mano también temblorosa–. Se enfadó mucho conmigo, Gloria, muchísimo... Nunca lo había visto así.

Gloria echó un vistazo al salón, donde Roy estaba sentado ante el ordenador, de espaldas a ella.

–Acordamos que no volveríamos a hablar del tema nunca más y que nunca conoceríamos a nuestra hija, a la que siempre... querríamos –se detuvo para controlar sus emociones antes de continuar–. Entonces apareciste de nuevo en nuestras vidas, y no te imaginas el motivo de felicidad tan enorme que fue para nosotros.

–Gracias, mamá –susurró Gloria. Era la primera vez que se dirigía a Corrie como «mamá». Siempre los había llamado a ella y a Roy por sus nombres, pero desde ahora en adelante serían «mamá» y «papá».

–Bueno –dijo Corrie, soltando lentamente el aire– Ahora dime cómo puedo ayudarte.

–Todavía no lo sé...

–¿Lo sabe el padre?

–No, y no voy a decírselo –ya había tomado esa decisión e iba a mantenerla.

Corrie la miró en silencio unos segundos.

–Acabo de decirte lo enfadado que se puso tu padre cuando descubrió lo que le había ocultado.

–Lo sé. Pero en mi caso es mejor no decir nada.

–Yo también creí que era lo mejor...

–Mamá, por favor, tienes que apoyarme en esto.

Corrie dudó un momento y asintió.

–Si estás segura de que es eso lo que quieres, yo también lo estaré.

–Quiero tener a mi hijo, al menos eso es lo que deseo ahora. Puede que cambie de idea más adelante, pero de momento es mi intención.

—Tu padre y yo te apoyaremos decidas lo que decidas —le prometió Corrie.

—Gracias —sabía que podía contar con el apoyo de su madre, pero de todos modos le gustaba oírlo.

—Linnette también está embarazada —le dijo Corrie con una sonrisa de emoción—. Roy y yo vamos a ser abuelos por partida doble.

—Debería decírselo a... papá —se bebió el resto del té y fue al salón.

Roy estaba consultando los valores de sus acciones en el ordenador. Al sentir su presencia, se volvió hacia ella.

—¿Habéis hablado tu madre y tú?

Gloria asintió y tragó saliva. Hablarle del bebé a su padre era mucho más difícil de lo que había imaginado.

—Voy a hacerte abuelo.

—Entiendo —dijo Roy—. ¿Y hay algo que... —carraspeó— quieras que yo haga?

Al principio no entendió lo que quería decir, pero entonces lo comprendió: le estaba preguntando si quería que se enfrentara al padre.

—Todo está bien.

Él frunció el ceño.

—¿Estás segura?

—Lo estoy.

Su padre se volvió de nuevo hacia el ordenador.

—Hace mucho tiempo que no tenemos bebés en la familia... Ya es hora de que volvamos a tenerlos.

CAPÍTULO 28

—Creo que llevar a tus padres a cenar es una idea estupenda —dijo Mary Jo al sentarse frente a Mack. Habían sido los primeros en llegar al restaurante D.D.'s. Linc y Lori se habían quedado con Noelle, quien no parecía poner problemas para quedarse con sus tíos.

—¿No fuiste tú la que sugirió que les diéramos la noticia mientras cenábamos? —le recordó Mack con una sonrisa. Agarró la carta de vinos y se puso a examinarla mientras Mary Jo hacía lo mismo con el menú.

—Al sugerir lo de la cena, pensé que cocinaría yo.

—Esto es un motivo de celebración —repuso Mack. Le agarró la mano izquierda y ella dobló los dedos para mostrar el anillo—. No quería que tuvieras que ocuparte tú sola de todo.

Su futuro marido era maravillosamente atento y cariñoso, pero Mary Jo seguía insegura respecto a David, cuya amenaza seguía cerniéndose sobre sus vidas como una tormenta inminente. Tal vez los nubarrones pasaran de largo o tal vez descargaran la tempestad sobre ellos. De una cosa sí estaba segura, y era que ni ella ni Mack iban a permitir que David le arrebatara a Noelle. Los dos permanecerían unidos y se enfrentarían juntos a lo que el futuro les deparara.

—Ya esta aquí mi madre —anunció Mack, y se levantó para saludarla mientras el camarero la llevaba hacia la mesa.

Corrie besó a su hijo en la mejilla y le sonrió a Mary, que mantuvo su mano izquierda oculta bajo la mesa.

—Roy está aparcando el coche —explicó—. Siento el retraso, pero había mucho tráfico.

—¿Pero cómo se os ocurre venir en coche? —preguntó Mack, riendo, ya que sus padres sólo vivían a unas pocas manzanas del restaurante.

—Tienes razón —admitió Corrie—. El caso es que nos ha pillado el semáforo en rojo.

Mack sacudió la cabeza.

—Llevas demasiado tiempo fuera de Seattle.

Su madre sonrió y abrió la carta. Mary Jo ya había elegido su plato. Fletán de Alaska al vapor con crema de gambas. Sus hermanos sólo comían carne y patatas y muy rara vez había preparado pescado en casa, pero desde que vivía por su cuenta aprovechaba cualquier oportunidad para saborear las delicias de la costa.

Roy llegó poco después y se sentó junto a Mack.

—Siento el retraso —se disculpó al igual que había hecho su esposa.

Tan sólo habían llegado un par de minutos tarde, pero Mary Jo observó que la familia McAfee se tomaba muy en serio la puntualidad. Otra de las muchas virtudes que Mack había heredado de sus padres.

—Roy —le dijo su mujer, levantando la vista de la carta—, ¿te has fijado que el plato del día son ostras?

—Recién llegadas de Hood Canal —añadió Mack—. Es lo que pienso tomar yo.

—Yo también —dijo Roy, sin molestarse en ver el menú.

Corrie siguió estudiando la carta.

—Todo tiene tan buena pinta que es difícil decidirse.

—Mientras te decides, me gustaría expresaros la grata sorpresa que ha supuesto esta invitación —dijo Roy—. No es frecuente que nuestros hijos nos inviten a comer fuera.

—Hay una buena razón para ello —explicó Mack, sonriéndole con afecto a Mary Jo.

—Lo suponía —Roy se echó hacia atrás en la silla y se cruzó de brazos—. Queréis que os ayude, ¿verdad?

—¿Cómo? —preguntó Mary Jo, confundida.

—Con las cartas de Jacob Dennison. Hablé con Mack el otro día y me dijo que habíais llegado a un callejón sin salida.

—Sí, bueno, pero... —empezó Mary Jo, pero Mack la interrumpió.

—La verdad, papá, es que nos vendría muy bien un poco de ayuda... si tienes tiempo.

—No hay nada que me guste más que un buen enigma —afirmó Roy, mirando a su mujer con una sonrisa.

Corrie suspiró y se volvió hacia Mack.

—¿Para eso nos has invitado a cenar?

—No —estaba a punto de contarles el verdadero motivo cuando el camarero se acercó para tomar nota de las bebidas.

—Sugiero un vino blanco, si todos vamos a tomar pescado —dijo Roy.

—Traiga una botella de su mejor champán —le pidió Mack al camarero, ignorando la sugerencia de su padre—. Una pareja no se compromete todos los días.

Corrie casi saltó del asiento al oírlo.

—¡Lo sabía! Lo sabía, lo sabía... —repetía una y otra vez. Mary Jo sonrió y le mostró la mano izquierda, y Corrie chilló de emoción—. Oh, Mack, es un anillo precioso —agarró a Mary Jo por los hombros y la abrazó con fuerza—. Esto es perfecto, ¡perfecto! Estábamos deseando ser abuelos y de repente descubrimos que vamos a serlo por partida triple.

—¿Cómo que por partida triple? —le preguntó su hijo, extrañado—. ¿Linnette va a tener gemelos?

—Gloria está embarazada —explicó Roy, como siempre, directo al grano.

—Gloria —repitió Mack con el ceño fruncido—. No sabía que estaba con alguien.

—Nosotros tampoco —dijo Corrie—. Acabamos de enterarnos... Y quizá debería haber dejado que te lo dijese ella.

—Me alegra que me lo hayas dicho —murmuró Mack en tono preocupado.

—Pero volvamos a vosotros —dijo Corrie con impaciencia—. ¿Habéis fijado la fecha?

—Aún no —respondió Mary Jo.

—Pero será pronto —aseguró Mack—. Estaba pensando en agosto.

—¿En agosto? —exclamaron Mary Jo y Corrie a la vez.

—Mack... —dijo Corrie, llevándose la mano al pecho—. ¡Eso es el mes que viene!

—¿Y? —preguntó él, mirando a su madre y a Mary Jo.

Mary Jo no sabía qué responder.

—Ni siquiera hemos decidido qué clase de boda va a ser —entre el trabajo de Mack y el suyo no habían tenido tiempo para discutir los detalles de la ceremonia, ni la luna de miel ni nada.

—¿Queréis casaros por la iglesia? —preguntó Roy.

—Yo sí —respondió Mary Jo.

—Supongo que yo también —fue la respuesta de Mack.

—¿Cómo que supones? —murmuró Mary Jo.

—Está bien, está bien —rectificó rápidamente Mack—. Quiero casarme por la iglesia.

—¿Con banquete? —preguntó Corrie.

Mary Jo no lo había pensado, pero no creía que pudieran permitirse un banquete de bodas.

—¿Podría bastar con una tarta, frutos secos y caramelos?

—Claro —afirmó Corrie.

—Si Mary Jo quiere un banquete, por mí de acuerdo —declaró Mack.

Corrie le sonrió a su hijo.

—Entonces habrá que aplazar la boda uno o dos meses. Se necesita tiempo para organizar una celebración en condiciones.

Mack negó con la cabeza.

—En ese caso, prescindiremos del banquete.

Mary Jo no pudo contener una carcajada. La impaciencia de Mack por casarse con ella le resultaba adorable, y también tremendamente excitante, al pensar en los días y noches que los aguardaban...

Les sirvieron el champán y Roy, normalmente tan escueto y parco en palabras, se explayó en el brindis y pronunció un discurso tan conmovedor que hizo llorar de emoción a Mary Jo.

Durante toda la cena estuvieron discutiendo sobre los planes de boda, hasta el punto de que a Mary Jo empezó a darle vueltas la cabeza. De no haber tomado tan sólo media copa de champán habría pensado que el alcohol la estaba afectando.

Viendo a Mack con sus padres, y observando lo unido que estaba a su hermana Linnette, volvió a comprobar que podía confiar en él. A Mack le habían inculcado los mismos valores que a ella. Lo mismo había intentado hacer Ben con David, pero desgraciadamente David había optado por un camino equivocado.

El fletán estaba tan delicioso como se había imaginado, o quizá le sabía tan bien porque la ocasión lo merecía. La familia de Mack la había aceptado con los brazos abiertos, a ella y a Noelle, sin recelos ni dudas... Podía considerarse muy afortunada al entrar en aquella familia.

Después de pedir los cafés, Mack volvió a sacar el tema de las cartas.

—Papá, antes mencionaste a Jacob Dennison.

—Así es. Tu madre y yo habíamos hecho una apuesta.

—Y he ganado yo —dijo Corrie, muy satisfecha consigo misma—. Tu padre creía que esta invitación sólo era por las cartas.

—Y tu madre estaba convencida de que teníais algo importante que decirnos.

—Como así ha sido —corroboró Corrie.

—Ya pensaste lo mismo otra vez y te equivocaste por completo —le recordó su marido.

—Eso fue antes —admitió Corrie—. Esta vez estaba en lo cierto.

Mack levantó una mano para llamarles la atención.

—Mary Jo y yo nos topamos con un problema en la investigación y la dejamos aparcada por un tiempo.

—Es fascinante estudiar la Segunda Guerra Mundial —dijo Mary Jo—. Mack y yo alquilamos la película *El día más largo* y descubrimos muchas más cosas sobre el Desembarco de Normandía.

—Jacob formaba parte de la 101ª División Aerotransportada, que se lanzó en paracaídas tras las líneas enemigas —dijo Mack.

—Un grupo aterrizó por error en Sainte-Mére-Eglise y fue aniquilado por los alemanes —dijo Mary Jo—. Fue horrible —apenas había podido ver las escenas de la película, pensando que el hombre que había escrito aquellas cartas tan emotivas podría haber sido uno de los jóvenes soldados que murieron en aquella matanza.

—Creo que te refieres a la 82ª División —añadió Mack.

—Yo también vi esa película, hace muchos años —dijo Roy, frotándose la mejilla—. ¿Los paracaidistas tenían unos dispositivos para comunicarse entre ellos?

—Sí —afirmó Mack—. Así podían encontrarse unos a otros. Se apretaba una vez y se respondía con dos pulsaciones.

—También lanzaron señuelos en paracaídas —dijo Roy—. Explotaban al tocar tierra y confundían al enemigo.

—Volviendo a las cartas... Lo que nos tiene confundidos es que se acabaran bruscamente después de la invasión —dijo Mary Jo. Lo único que sabían era que el nombre de Jacob no figuraba entre los caídos en combate y los soldados enterrados en Francia.

—¿Estáis seguros de que Jacob era su verdadero nombre? —les preguntó Roy.

—Es el que aparece en todas sus cartas —dijo Mack.

—¿Y...?

—Mack —interrumpió Mary Jo en voz baja.

Él la miró con curiosidad.

—Si tú me escribieras, firmarías tus cartas como «Mack», ¿no?

—Claro.

—Pero tu nombre de pila es Jerome.

Los ojos de Mack se abrieron como platos.

—¡No se me había ocurrido! Había otros Dennison en la lista.

—Tenemos que comprobarlo enseguida —exclamó Mary Jo, invadida por la emoción.

—Hay otra posibilidad —murmuró Roy.

—¿Cuál? —Mary Jo se lamentó de no haber hablado antes con Roy. Gracias a él aún había esperanza de encontrar a Jacob. Si no había muerto o si tenía familia, tal vez pudieran averiguar también qué había sido de Joan.

—Dijiste que no figuraba en la lista de soldados muertos.

—Que nosotros sepamos —dijo Mack.

—Pero no hemos encontrado ninguna lista de los heridos —añadió Mary Jo—. Por lo que es posible que lo mandaran de vuelta a casa.

—Esa posibilidad también está descartada —dijo Mack—. Si únicamente hubiera resultado herido, habría seguido en contacto con Joan.

—Sí —corroboró Mary Jo—. Podría haberle escrito al recuperarse, o pedirle a alguien que escribiera por él —estaba convencida de que si Jacob hubiera sobrevivido al ataque, habría encontrado la manera de comunicarse con Joan.

—Tal vez lo capturaron —sugirió Roy.

—¿Te refieres a que fue hecho prisionero por los alemanes? —preguntó Mack, pensativo—. No habíamos tenido en cuenta esa posibilidad...

Mary Jo se quedó mirando perpleja a Roy. ¿Cómo era posible que no se les hubiera ocurrido?

—Tendremos que investigar un poco más —dijo Mack—. Gracias, papá.

—No, gracias a vosotros —dijo Corrie—. Pasará mucho tiempo hasta que tu padre olvide que ha perdido la apuesta —se frotó las manos con regocijo—. Nos encantará teneros a ti y a Noelle en la familia, Mary Jo.

Y a Mary Jo le encantaría ser una McAfee.

CAPÍTULO 29

Linc observaba con un nudo en la garganta el imponente edificio de Bremerton. Había encontrado la dirección de la oficina de su suegro en la guía telefónica, pero solamente el nombre de la calle y el número. Aunque sabía que la familia de Lori era rica y poderosa, no se imaginaba que Bellamy fuera el dueño de todo el complejo.

Tenía que hablar con su suegro, pero mientras daba vueltas por el aparcamiento reconoció que no podía hacerlo en aquel estado. Estaba demasiado furioso para pensar con calma, y conociendo su temperamento sabía que bastaría una pequeña provocación para decir algo de lo que pudiera arrepentirse. Aquella conversación era demasiado importante como para dejarse controlar por las emociones. Necesitaba tener la cabeza despejada y mantener la compostura.

Cuando finalmente se sintió listo para entrar en el edificio, Leonard Bellamy salió del mismo. Al ver a Linc frunció el ceño.

—¿Qué haces aquí?

Linc se sintió tentado de decirle que estaba haciendo recados por la zona y que había pensado que podían tomarse una cerveza juntos, pero se tragó el sarcasmo y adoptó el tono más cortes que pudo.

—Me gustaría hablar con usted un momento.

—Estoy ocupado —intentó sortearlo, pero Linc le cortó el paso.

—Por desgracia, yo sí tengo mucho tiempo y me pregunto si usted sabe por qué —Leonard Bellamy se había propuesto arruinar el negocio de Linc y le faltaba muy poco para conseguirlo. La situación era tan precaria que Linc no podría resistir mucho más. Bellamy había conseguido que retrasaran su licencia para abrir el taller, y posteriormente empezó a difundir el rumor de que Linc era un farsante que se había casado con su hija por dinero.

Linc había hablado con su abogado, quien le dijo que no se podía hacer nada. Podría presentar una demanda por calumnias o por obstaculizar su negocio, pero prefería resolver aquello por las buenas antes que denunciar a su suegro... especialmente cuando no contaba con pruebas lo suficientemente sólidas para condenarlo.

Mucho antes de haber comprado el taller, había investigado la zona a fondo para saber si merecía la pena abrir un negocio en Cedar Cove o si era preferible ir a trabajar al taller de Seattle cada día. Basándose en sus conclusiones, había pedido un préstamo al banco para poner en marcha el negocio y había gastado todos sus ahorros en reformar el garaje.

Como parte de su investigación preliminar había consultado a varios liquidadores de seguros, que eran quienes le suministraban la mayor parte de su clientela. Todos le habían asegurado que hacía falta un taller de reparación de vehículos en Cedar Cove.

Al no llegarle el trabajo prometido, Linc fue a verlos otra vez y se encontró con un recibimiento mucho más frío. Ninguno tenía vehículos que enviarle y tampoco estaban interesados en sus ofertas. Linc no tardó en descubrir que Bellamy tenía buenos contactos en la comisión estatal de seguros, aunque no podía demostrar que se hubiera valido de su influencia para presionar a las compañías aseguradoras.

Linc había adquirido un taller que llevaba varios años abandonado; lo había reformado a fondo y había contratado a dos empleados que se pasaban el día de brazos cruzados y a los que Linc tenía que pagar de su bolsillo. Un mes más como el anterior y no tendría más remedio que cerrar el negocio.

–No tengo tiempo para hablar contigo –dijo Bellamy en tono amenazador–. Si eres tan amable de apartarte, tengo prisa.

–Está difundiendo falsos rumores sobre mí.

La actitud de Bellamy le hizo reconsiderar la posibilidad de llevarlo a juicio, pero enseguida desechó la idea. Por mucha antipatía que le despertara aquel hombre, era el padre de Lori y Linc no quería poner aún más trabas a la relación.

–Podemos solucionarlo todo enseguida –dijo Bellamy, de repente mucho más afable–. Basta con que haga chasquear los dedos para que tus problemas se resuelvan.

Linc vaciló. Bellamy acababa de confirmarle todas sus sospechas.

–¿A qué se refiere?

–Aléjate de mi hija.

–¿Quiere que deje a Lori?

–Si lo haces, tu negocio marchará viento en popa y no tendrás que preocuparte por nada. Lo único que te pido es que nunca más vuelvas a acercarte a mi hija.

Lori no podía creer lo que estaba oyendo. Bellamy le ponía en bandeja la solución a sus problemas económicos a cambio de que abandonara a su esposa.

–He oído que el mes pasado te retrasaste en tus pagos al banco.

La única forma que Bellamy tenía de enterarse era que alguien del banco le hubiera filtrado la información.

–Cometiste un error al casarte con mi hija –la voz de Bellamy volvió a adquirir un tono amenazador–. Te pareció una presa fácil y...

–Me pareció la mujer más increíble que haya conocido nunca –lo interrumpió Linc, y lo decía completamente en serio.

Bellamy se rió entre dientes.

—¿Y por eso te casaste con ella a las... dos semanas de conoceros?

—Así es —después de conocer a la madre de Lori, Linc pensaba que tendrían que haber esperado un poco. Al precipitar la boda habían sembrado la duda en la familia Bellamy, y a Linc le habría gustado conocer primero a sus padres y darles la oportunidad de que también lo conocieran a él. Leonard habría seguido oponiéndose, pero al menos Linc se habría esforzado por comenzar con buen pie.

—Aún estamos a tiempo de arreglarlo —dijo Bellamy.

—¿Quiere que deje a Lori? —volvió a preguntarle Linc, sacudiendo la cabeza con incredulidad.

—Quiero que te divorcies de ella.

Las palabras lo golpearon con tanta fuerza que Linc retrocedió un par de pasos.

—Admito que cometí una equivocación al casarme con ella sin antes hablar con usted. Tendría que...

Bellamy se acercó a él, con el rostro rojo por la ira y los dientes apretados.

—Tu equivocación, jovencito, fue creer que podrías aprovecharte de mí a través de mi hija.

—¿Cómo? —aquel hombre estaba convencido de que todo el mundo conspiraba contra él para hacerse con su fortuna—. Yo ni siquiera sabía quién era usted —Bellamy empezó a burlarse, pero Linc siguió hablando—. Me casé con Lori porque estaba y estoy enamorado de ella. Y antes que abandonarla prefiero morir.

Bellamy se echó a reír en su cara.

—Los dos sabemos que mi hija es incapaz de pensar por sí misma. Esa chica padece una estupidez crónica y...

Linc ya había oído suficiente. Agarró a Bellamy por las solapas de su carísimo traje y tiró de él con fuerza.

—No vuelva a hablar así de mi mujer nunca más —le advirtió—. Lori es una mujer inteligente y honesta, y si es usted incapaz de apreciarlo, no puedo menos que compadecerlo —lo soltó bruscamente y se echó hacia atrás.

Bellamy se estiró las mangas y miró amenazadoramente a Linc.

—Podría hacer que te detuvieran por agresión.

—Adelante —si su suegro quería acabar con él, tendría que llegar hasta el final.

—Si no te divorcias de mi hija la excluiré de mi testamento, y te juro por Dios que no verás ni un centavo.

—Puede que no me crea, pero no me interesa su dinero.

—Tienes razón. No te creo.

—Ése es su problema —dijo Linc, y decidió marcharse mientras aún conservara la dignidad.

De regreso al taller vio que sus dos empleados se dedicaban a matar el tiempo como podían. Uno de ellos estaba resolviendo un sudoku y el otro arrojaba cartas a una lata de café vacía. Linc los envió a casa.

Una hora más tarde, después de haber repasado las facturas que se amontonaban en su mesa, asumió con frustración que tampoco aquel mes podría hacer frente a los pagos del banco.

A menos que algo cambiara en los siguientes días, todo el esfuerzo por levantar aquel negocio habría sido en vano. Aún le quedaba la opción de declararse en bancarrota, pero se negaba incluso a considerarla. Pasara lo que pasara, no intentaría eludir sus deudas. Había asumido el riesgo al pedir el préstamo y asumiría igualmente las consecuencias.

Apoyó los codos en la mesa y se apartó el pelo de la frente. Eran las cinco y media, hora de irse a casa con Lori. Colgó el cartel de cerrado en la puerta, y al llegar a su destino permaneció unos minutos sentado en la camioneta antes de entrar. Por muy grave que fuera la situación, no quería transmitirle sus preocupaciones a Lori.

Al entrar en el humilde apartamento de la planta baja lo recibió un delicioso aroma a salsa barbacoa.

—¿Lori?

—Hola, cariño. Estoy en el patio.

Linc siguió la dirección de su voz y del olor y encontró a su mujer en el pequeño patio trasero, vestida con pantalones cortos y camiseta, frente a la parrilla. La besó como siempre hacía y al momento sintió que todas sus preocupaciones se esfumaban. La apretó con fuerza y se deleitó con la sensación de su cuerpo. ¿Cómo podía pensar siquiera en abandonar a Lori? ¿Cómo iba a renunciar al regalo más precioso que se había encontrado en la vida? Bellamy había perdido el juicio, y Linc se lo diría en cuanto tuviera la ocasión.

CAPÍTULO 30

El viernes por la tarde, los nervios de su madre le confirmaron a Tanni que Larry Knight llegaría de un momento a otro. Tenían una cita y Shirley se había pasado la última hora arreglándose.

Le resultaba interesante observar los cambios que se habían producido en su madre desde que conoció a Larry. Tanni siempre se había preguntado cómo se sentiría ella si su madre empezara a salir con otro hombre, pues le costaba imaginársela enamorada de alguien que no fuera su padre. Pero, sorprendentemente, le gustaba verla tan emocionada con Larry. Era un hombre muy especial y entendía por qué su madre se había enamorado de él. Además de ser un artista extraordinario, era atento, generoso y encantador. No sólo había ayudado a Shaw a ingresar en la academia de arte, sino que había devuelto la ilusión a su madre.

En las últimas semanas Shirley y Larry hablaban por teléfono casi todos los días. Una noche estuvieron hablando durante tres horas seguidas. Tanni lo sabía porque había estado comprobándolo todo el rato. Le encantaba provocar a su madre, pero aún le gustaba más ver cómo se ponía colorada. Estaba enamorada de Larry hasta los huesos, igual que Tanni lo había estado por Shaw.

—¿Cómo estoy? —le preguntó su madre. Se había puesto unos pantalones de lino blancos, un top también blanco y una chaqueta. Para rematar su atuendo, llevaba un pañuelo verde alrededor del cuello.

—Estás genial —le dijo Tanni, y no sólo se refería a la ropa. Su madre cuidaba mucho su peinado y su maquillaje desde que empezó a salir con Larry. Incluso cuando hablaban por teléfono estaba impecablemente peinada, maquillada y vestida, y había abandonado definitivamente los vaqueros viejos y las sudaderas holgadas. Era como si esperase que Larry fuera a aparecer en cualquier momento. A Tanni le hacía gracia, pero ella había sentido lo mismo cuando conoció a Shaw.

Shaw... No quería pensar en él. Hacía más de dos semanas que no tenía noticias suyas, pero en aquella ocasión fue ella la que decidió romper todo contacto y acabar con la relación. Le había costado muchísimo, pero era lo que debía hacer. Así se lo había asegurado Kristen; era preferible cortar radicalmente en vez de seguirle el juego a quien no hacía más que ignorarla.

—Miranda insistió en que me pusiera esta chaqueta —dijo Shirley, tirándose de las mangas.

—Es muy bonita, mamá.

—Tiene muy buen ojo para los colores.

—Tú también —le aseguró Tanni, sorprendida por la falta de confianza que tenía su madre, una artista especializada en la textura y el color, a la hora de elegir la ropa.

Shirley le agradeció el cumplido con una sonrisa y se miró el reloj.

—¿A qué hora llega Larry? —le preguntó Tanni.

—A la una —dejó su bolso preparado junto a la puerta.

—¿Adónde va a llevarte a comer?

—No se lo he preguntado —se puso colorada—. Tonta de mí...

Tanni puso una mueca divertida.

—¿Era yo igual de tonta cuando conocí a Shaw?

—Más todavía.

—Me cuesta creerlo.

Las dos se sonrieron mutuamente. Para Tanni era un alivio volver a llevarse bien con su madre. El cambio se había producido gradualmente en los últimos meses, desde que Shaw se marchó a San Francisco.

—¿Tienes planes para esta tarde? —le preguntó Shirley.

—A lo mejor vienen Jeremy y Kristen —si alguien le hubiera dicho que acabaría siendo amiga de la chica a la que más despreciaba se lo habría tomado a guasa.

Tan sólo un mes antes, Tanni no soportaba estar en la misma habitación que ella. Ahora, en cambio, iban juntas a muchos sitios y hablaban casi todos los días. Kristen la había ayudado muchísimo a superar lo de Shaw. Ella había roto muchas relaciones y sabía por experiencia que lo mejor era acabar cuanto antes. Si Shaw le estaba dejando claro que no quería seguir, como era el caso, Kristen opinaba que debía ponérselo fácil. Y eso fue lo que hizo Tanni.

Claro que no había sido nada fácil. Cuando lo llamó para decírselo, Shaw pareció quedarse atontado. Era una reacción previsible, en opinión de Kristen. Los chicos tal vez quisieran acabar una relación, pero cambiaban de opinión en cuanto las chicas tomaban la iniciativa. Tanni pensó al principio que su amiga estaba exagerando, pero Kristen demostró tener razón en todo lo que le decía.

Casi inmediatamente después de romper con él, Shaw empezó a mandarle cinco o seis mensajes al día. Tras haberse pasado varias semanas ignorando a Tanni, de repente estaba loco por saber de ella. Tanni experimentó un perverso placer al pagarle con la misma moneda, pero su desprecio sólo sirvió para que Shaw intensificara sus esfuerzos y llegara incluso a llamarla por teléfono. Le costó un enorme esfuerzo no responder a sus llamadas, pero consiguió mantenerse firme y Kristen alabó su fuerza de voluntad. Ahora se sentía bien, muy bien, y nunca más volvería a permitir que nadie pisoteara sus sentimientos de aquella manera.

Además, Kristen le había presentado a su vecino, Jeremy Reynolds, con quien se veía cada vez más a menudo. Jeremy era muy distinto a Shaw, y el hecho de que estuviera interesado en ella la ayudó a superar más rápidamente su ruptura.

Llamaron al timbre de la puerta y su madre fue corriendo a abrir. Tanni la siguió; quería saludar a Larry y enterarse de qué planes tenían para saber cuándo volvería su madre a casa. Los papeles de madre e hija parecían haberse cambiado.

Pero a medio camino de la puerta se quedó petrificada. Larry Knight estaba en la puerta... y Shaw estaba con él.

—Hola, Tanni —la saludó Shaw mientras entraba en casa.

—¿Qué haces aquí? —le preguntó de malos modos, queriendo dejarle claro que no apreciaba su inesperada visita. De haber sabido que Shaw iba a ir, podría haberse preparado mentalmente para el encuentro y haberle pedido consejo a Kristen.

—Tanni —la reprendió su madre en voz baja, recordándole los buenos modales.

—Hola, Shaw —lo saludó ella, pero sin suavizar su tono lo más mínimo.

Larry abrazó a Shirley por la cintura.

—He traído a Shaw para darte una sorpresa, Tanni —le lanzó a Shaw una mirada escéptica—. Creía que te haría ilusión.

—Ha sido todo un detalle por tu parte —le dijo Shirley con una sonrisa.

Por la expresión de su cara, Larry no parecía tan seguro.

—¿Quieres que deje a Shaw en su casa? —le preguntó directamente a Tanni.

—Vamos, Tanni —dijo Shaw en tono suplicante—. Sólo quiero hablar.

Larry los miró a ambos.

—¿Y tú, Tanni? —no parecía muy contento con Shaw.

—De acuerdo, hablaré con él —aceptó ella, pero Larry no pareció quedarse muy convencido.

—Tu madre y yo vamos a salir a comer y luego habíamos pensado en pasarnos por la galería. Dentro de un par de horas habremos vuelto... ¿Te parece bien?

Tanni se encogió de hombros como única respuesta. Quería demostrarle a Shaw que lo único que sentía por él era una total y absoluta indiferencia.

Larry y su madre se marcharon y Tanni se quedó a solas con Shaw. Tiempo atrás le habría encantado disfrutar de aquella intimidad, pero todo había cambiado entre ellos.

—¿Cómo te va? —le preguntó él. Se sentó en el sofá como si estuviera en su casa y cruzó las piernas mientras estiraba los brazos sobre el respaldo.

Tanni se sentó al otro lado del salón, lo más lejos posible de Shaw. Tenía un aspecto distinto, pero también ella había cambiado. Siguiendo los consejos de Kristen, había remodelado su vestuario y había añadido toques de color a su invariable atuendo negro. Aquel día llevaba unos vaqueros y una camiseta rosa. También había cambiado de peinado y ahora llevaba el pelo más corto y con la raya al lado. Kristen tenía muy buen ojo para la moda y juntas habían encontrado un nuevo y más favorecedor *look* para Tanni.

A su madre también le gustaba su nuevo estilo, aunque no se lo decía. Era comprensible. Después de la muerte de su padre, Tanni se negó a escuchar los comentarios de su madre sobre la ropa que usaba o el aspecto que ofrecía. Pero también eso había cambiado y ahora volvían a estar unidas. Tanni no sabía muy bien qué había cambiado, pero sospechaba que tenía que ver más con ella que con su madre.

—Tirando —respondió escuetamente a la pregunta.

Shaw cambió de postura y se inclinó hacia delante.

—Se te ve muy bien.

—Y a ti —era verdad. Cuando empezaron a salir, Shaw siempre vestía de negro, igual que ella. Ahora llevaba unos vaqueros azules y una camiseta con estampados artísticos.

—La escuela me va muy bien —dijo él, y se quedó esperando un comentario que no llegó—. Vamos, Tanni. Comprendo que estés furiosa, pero déjalo ya.

—No estoy furiosa —tal vez no fuera del todo cierto, pero Kristen la había ayudado a superar las emociones negativas.

Habían hablado mucho sobre cómo acabar adecuadamente una relación y Tanni había asimilado cada palabra.

—Si no estás furiosa, ¿por qué no me hablas?

—No tengo nada que decir.

—Claro que sí... Te he echado de menos.

No era la impresión que le había dado desde San Francisco. Todo lo contrario. Siempre parecía estar demasiado ocupado para perder el tiempo con ella. Tanni podría recordarle el dolor y la frustración que le había causado con su indiferencia, pero eso era precisamente lo que no debería hacer.

—¿Hasta cuándo estarás en el pueblo? —le preguntó.

—Me quedaré el fin de semana.

—Entonces tendrás tiempo para ver a tus amigos.

—La única persona a la que quiero ver eres tú.

Sí, claro...

—Y a Will Jefferson —añadió Shaw—. Quiero darle las gracias. Le debo un favor enorme.

—¿Y qué pasa con mi madre? —le preguntó Tanni, incapaz de contener por más tiempo su irritación. Shirley había sido tan importante como Will Jefferson y Larry Knight a la hora de que admitieran a Shaw en la escuela de arte. Al fin y al cabo, fue ella la que empezó a moverlo todo.

—También —se apresuró a corregir Shaw—. Nunca habría entrado en la escuela de arte de no haber sido por tu madre.

Tanni hizo una incómoda pausa antes de volver a hablar.

—¿Cómo te va con tu familia? —el padre de Shaw se había opuesto desde el principio a que estudiara arte. En su lugar quería que se matriculara en la carrera de Derecho, pero Shaw se había mantenido firme en su decisión.

—Mucho mejor —parecía complacido al poder decirlo—. Mi madre está orgullosa de que me hayan concedido una beca, y mi padre ya parece aceptarlo. Mantenemos el contacto y les he enviado fotos de mis trabajos por e-mail. Esta noche cenaré con ellos.

A Tanni le pareció una buena idea.

—¿Quieres acompañarme a ver a Will Jefferson? —le sugirió Shaw. Al parecer se había dado cuenta de que no iban a mantener una charla íntima en aquel momento.

—No tengo ningún otro plan, de momento —dijo ella en tono despreocupado—. Yo conduzco.

Shaw la miró con ojos muy abiertos.

—¿Cuándo te has sacado el carné?

Ella se lo había dicho en un mensaje el mismo día que aprobó el examen, pero obviamente Shaw no se había tomado la molestia de leerlo. En vez de echárselo en cara, sin embargo, se encogió de hombros.

—Hace tiempo.

—Eh, es genial que puedas usar el coche —dijo él con exagerado entusiasmo.

Tanni volvió a fingir que no era para tanto, pero en realidad sí que había supuesto un cambio fundamental en su vida. Ahora que tenía carné se sentía mucho más libre e independiente. Como una mujer adulta.

Salieron de casa y Shaw fue quien dominó la conversación de camino a la galería, comportándose como si nada hubiera cambiado entre ellos. No paraba de contarle anécdotas sobre los amigos que había hecho en la escuela y ni siquiera pareció percatarse del prolongado silencio de Tanni. Lógicamente, evitó mencionar a las chicas que había conocido, aunque Tanni sabía que había estado con más de una. Recordaba un nombre en particular... Mallory, o Marcie, o algo así. Por un momento pensó en hablarle de Jeremy, pero decidió que era mejor seguir callada.

Aparcó en la misma calle de la galería. Will Jefferson había invertido un montón de dinero en reformar el edificio y el resultado saltaba a la vista. Aparte de rediseñar el interior y de cambiar las vitrinas, había pintado la fachada de blanco y había plantado geranios rojos a ambos lados de la entrada.

Al entrar, Shaw se fijó inmediatamente en el dragón de Shirley. No se podía negar que «Muerte» era una obra maestra, pero Tanni no había apreciado la técnica y habilidad empleadas en su creación hasta que Will Jefferson la colgó en la pared de la galería. Aquel dragón de tela parecía estar vivo e irradiaba una fuerza especial que cautivaba a todo el que lo contemplaba. Tanni sabía que había recibido muchas ofertas, pero no estaba en venta.

Will salió de su despacho y sonrió al verlos.

—Shaw —lo saludó, avanzando hacia ellos con la mano extendida—. Me alegro de verte.

—Hola, señor Jefferson.

Se estrecharon la mano y Will se volvió hacia Tanni.

—Me alegro de verte a ti también —le dijo, y miró a su alrededor como si esperase ver también a Shirley.

Tanni sonrió y entonces vio que había alguien más en la galería.

—Hola, Tanni —la saludó Miranda Sullivan—. ¿Y tu madre?

—Está con Larry.

Will Jefferson se puso visiblemente rígido.

—¿Larry Knight está en el pueblo? —preguntó. No parecía hacerle mucha gracia.

—He venido en avión con él —dijo Shaw—. Era una ocasión para volver a ver a los amigos —miró a Tanni—. También quería verlo a usted, señor Jefferson, para que supiera que no se equivocó al creer en mí. Si le pregunta a Larry, le dirá lo bien que voy en las clases.

Will no pareció oír nada de lo que Shaw decía.

—¿Tu madre ve mucho a Larry? —le preguntó a Tanni.

—Bueno... —no sabía cómo responder y miró a Miranda en busca de ayuda. Siendo la mejor amiga de su madre, Miranda la había animado a que iniciara una relación con Larry... aunque Shirley no necesitaba que nadie la animara para eso.

—Larry y Shirley te están muy agradecidos por haberlos presentado, Will —dijo Miranda—. Tienen mucho en común.

Will frunció el ceño.

—No me digas... —murmuró con sarcasmo.

—A lo mejor se pasan después por la galería —añadió Miranda.

Tanni recordó que Larry lo había comentado antes de salir.

—¿Van a venir? —preguntó Will.
—Sí. Larry quiere ver el dragón.

Tanni no sabía que Larry tuviera interés en el dragón de su madre, pero era lógico. La pieza había aparecido en muchos periódicos y revistas especializadas.

—No hay ningún problema, ¿verdad? —le preguntó a Will.
—No, por mí no hay ninguno —dijo él, y se giró hacia Miranda como si esperase recibir más información.

Shaw también debió de notar la tensión que reinaba en la sala, porque se acercó a Will para hablar con él.

—Quiero agradecerle lo mucho que ha hecho por mí.

Will asintió distraídamente.

—Will —lo llamó Miranda—. Shaw te está dando las gracias.

Aquello pareció sacarlo de su estupor.

—Sí, claro... Ha sido un placer —dijo sin la menor emoción—. Pásate por aquí cuando quieras.

—Lo haré —respondió Shaw, desconcertado ante la fría reacción.

Will Jefferson los llevó hacia la puerta como si quisiera echarlos. Tanni miró a Miranda, pero ella tampoco parecía entender nada.

Una cosa sí estaba clara: a Will Jefferson no le gustaba que su madre estuviera saliendo con Larry Knight.

Tanni sonrió para sí misma mientras volvía al coche, seguida por Shaw. Si el señor Jefferson necesitaba ayuda para superar lo de su madre, Tanni le recomendaría con mucho gusto que hablara con Kristen.

—Encantada de haberte visto —le dijo a Shaw cuando llegaron al coche.

—¿No vamos a volver a tu casa?
—No, lo siento. He quedado con un amigo.
—Oh —murmuró Shaw.

—Jeremy y yo tenemos planes.
—¿Jeremy? —repitió él con voz ahogada.
Tanni sonrió.
—No pensarías que eras el único hombre de mi vida, ¿verdad, Shaw?

CAPÍTULO 31

—¿Puedes hablar? —le preguntó Mack en tono urgente.
Mary Jo puso una mano sobre el auricular y miró hacia el despacho de su jefe. Allan estaba con un cliente y seguramente estaría ocupado un buen rato.
—Sí, pero sólo unos minutos —respondió. Casi nunca recibía llamadas personales en el trabajo, por lo que Mack debía de tener un motivo muy importante para hacerlo—. ¿Hay algún problema?
—No, no, en absoluto. Acabo de hablar con mi padre y quiere vernos a los dos después del trabajo.
Mary Jo esperó un momento.
—¿Ha descubierto algo sobre Jacob?
—Es posible.
La emoción casi hizo saltar a Mary Jo de la silla.
—¡Sabía que era una decisión acertada pedirle ayuda! —habían intentado seguir la pista de Jacob Dennison por su cuenta, pero eran simples aficionados mientras que Roy era un profesional.
—Te recojo en casa después del trabajo, ¿de acuerdo?
—Tengo que ir a por Noelle antes de que vayamos a ver a tu padre.
—¿Quieres que vaya yo? Así ahorraremos tiempo.
—Muy bien, llamaré a Kelly para decírselo.
—Gracias.

El resto de la tarde transcurrió a un ritmo insufriblemente lento. Mary Jo nunca había estado más impaciente por que acabara la jornada laboral. A las cinco en punto, se levantó de la silla como un atleta al oír el pistoletazo de salida y agarró el bolso.

—Hasta mañana, señor Harris —se despidió.

Su jefe se acercó a la puerta que comunicaba los dos despachos.

—Pareces tener mucha prisa hoy.

—Así es. Creo que el padre de Mack ha encontrado información muy valiosa sobre ese soldado de la Segunda Guerra Mundial del que le hablé hace tiempo. Roy se ofreció a ayudarnos en la investigación.

—Interesante. Mantenme informado.

—Por supuesto —tal vez fuera otro callejón sin salida, pero tenía el presentimiento de que era algo más.

Mack la estaba esperando en la camioneta cuando Mary Jo llegó a casa.

—¿Dónde está Noelle? —fue lo primero que le preguntó.

—La tiene mi madre. Dice que necesita practicar para ser abuela. No te importa, ¿verdad?

—En absoluto —todo lo contrario. Le parecía un detalle precioso que Corrie quisiera pasar tiempo con Noelle.

Los dos guardaron silencio un rato.

—¿No estás nervioso? —le preguntó ella.

—Sí, ¿y tú?

—Oh, Mack, apenas puedo contener los nervios. ¿Tu padre no te ha dicho nada de nada?

—No. Tan sólo me dijo que había descubierto algo que deberíamos saber.

—¿Cómo estaba? ¿Parecía contento, triste...? ¿Su voz no delataba nada?

—La verdad es que no. Pero conozco a mi padre y sé que siempre se guarda sus cartas —aparcó frente a la oficina de Roy y Mary Jo se bajó del coche sin esperar a que Mack le abriera la puerta—. ¿Lista?

—¡Sí! ¿Y tú?

—Listo —respondió él, y abrió la puerta del vestíbulo para que pasara ella primero.

Mary entró en la oficina y miró a su alrededor, pues era la primera vez que pisaba aquel lugar. La sala de espera tenía un sofá, una silla y unas cuantas revistas en las mesitas auxiliares. La puerta del despacho de Roy estaba entreabierta y él les indicó con la mano que pasaran.

—¿Qué has descubierto, papá? —le preguntó Mack mientras tomaba asiento frente a la mesa y Mary Jo hacía lo mismo a su lado.

Roy también volvió a sentarse.

—La otra noche Mary Jo sugirió que tal vez no fuera Jacob el nombre de pila de Dennison.

—¿Su nombre era otro? —preguntó Mary Jo sin poder contener la emoción.

—No. Se llamaba Jacob. Era una buena teoría, pero infundada.

—¡Papá! —exclamó Mack—. ¿Quieres decirnos de una vez lo que has descubierto?

Roy sonrió modestamente.

—Yo tenía razón. Fue hecho prisionero por los alemanes.

—¿Prisionero de guerra?

—Así es. Al parecer, lo capturaron poco después de la invasión y lo enviaron en tren al corazón de Alemania.

—¿Sobrevivió a la guerra? —preguntó Mack. Tanto él como Mary Jo se inclinaban hacia la mesa de su padre, ávidos por saberlo todo.

Roy asintió.

—Sorprendentemente, sí.

Mack y Mary Jo intercambiaron sendas miradas entre ellos. La siguiente pregunta los quemaba a ambos por dentro, pero fue Mary Jo quien la formuló, en voz baja y temblorosa.

—¿Es posible que... aún esté vivo?

La amplia sonrisa de Roy fue respuesta suficiente.

—Lo está —afirmó—. Está vivito y coleando.

Mack lanzó una exclamación de asombro y agarró la mano de Mary Jo para apretarla con fuerza.

—¿Dónde vive? ¿Es posible verlo? Tengo que preguntarle por Joan. ¿Podemos hablar con él? —Mary Jo soltó las preguntas una detrás de otra, sin pararse a tomar aliento.

Parecía imposible que Roy pudiera ensanchar más su sonrisa, pero así fue.

—Eso es lo mejor. No sé si será la suerte, la casualidad o la intervención divina...

—¿Qué quieres decir? —le preguntó Mack.

—Jacob Dennison vive aquí. En Cedar Cove.

Mack profirió otra exclamación de júbilo, y Mary Jo ahogó un grito. No se podía creer que tuvieran tanta suerte.

—Debe de ser muy mayor... ¿Cuántos años tiene?

—Ochenta y muchos, supongo, o más —dijo Mack.

—¿Dónde vive?

—En Reveille.

—¿El hogar del veterano que está en la colina? —¡todo ese tiempo Jacob Dennison había estado delante de sus narices!

—Le gustaría conoceros —dijo Roy.

Mary Jo a punto estuvo de caerse de la silla.

—¿Ya has hablado con él?

—No —respondió Roy—. Llamé a la residencia para asegurarme que era el verdadero Jacob Dennison. La directora me lo confirmó y me dio alguna información de utilidad. Jacob sólo lleva en Reveille desde marzo. Antes vivía en Seattle, donde aún siguen sus tres hijos —sacudió tristemente la cabeza—. También me dijo que es viudo.

—Oh, no —a Mary Jo la apenó oír eso. Era como si le comunicaran la muerte de un amigo íntimo.

—¿Sabe algo de las cartas? —preguntó Mack.

—No, tranquilo. La directora me prometió que no le diría nada. Sois vosotros los que descubristeis las cartas y el diario, así que os corresponde a vosotros decírselo.

—¿Crees que deberíamos enseñárselas?

—Claro que sí —dijo Mack, adelantándose a la respuesta de su padre—. Es lo que hemos querido hacer desde que las leímos.

Mary Jo no podía estar más de acuerdo.

—Vamos a buscarlas ahora mismo y luego iremos a Reveille —propuso Mack.

—Roy... —dijo Mary Jo mientras se levantaba—. Gracias. Muchas, muchas gracias —rodeó la mesa y abrazó a su suegro, que había conseguido lo que parecía imposible... y con una facilidad pasmosa.

Tras pasarse por el dúplex para recoger las cartas se dirigieron hacia Reveille House, la residencia para veteranos de guerra situada en lo alto de una colina que dominaba la ensenada. La vista de Bremerton y de los astilleros con las imponentes Montañas Olímpicas de fondo era espectacular, pero por una vez Mary Jo apenas se fijó.

La recepcionista los recibió y Mack explicó que habían ido a ver a Jacob Dennison. Tuvieron que esperar diez largos minutos hasta que la mujer volvió a aparecer.

—El señor Dennison estará con ustedes dentro de un momento —los condujo a una acogedora sala con librerías y una chimenea. Había un piano en un rincón, y el centro estaba ocupado por un sofá y sillones tapizados, pero afortunadamente estaba vacía en esos momentos.

Se sentaron y Mary Jo apoyó en el regazo la caja de puros con el diario y las cartas. Pocos minutos después, un joven auxiliar entró en la sala empujando una silla de ruedas ocupada por un anciano de pelo blanco.

—Ya hemos llegado, señor Dennison —dijo alegremente. Colocó la silla entre Mack y Mary Jo y volvió a salir. El anciano los miró con sus ojos azules y sonrió.

—¿Nos conocemos? —preguntó con una voz avejentada y temblorosa.

—Usted a nosotros no —respondió Mack—. Pero nosotros a usted sí.

—¿Cómo es eso, joven?

—Hemos leído sus cartas.

—Las cartas que le escribió a Joan Manry —añadió Mary Jo—. Durante la guerra.

Jacob frunció el ceño.

—¿Dónde las encontraron?

Mack se arrimó al borde del sofá.

—No nos hemos presentado. Me llamo Mack McAfee y ésta es mi novia, Mary Jo Wyse. Es un placer conocerlo por fin en persona.

—Gracias —dijo Jacob—. No todos los días se recibe la visita de una mujer hermosa —agarró la mano de Mary Jo entre las suyas—. Aparte de mis nietas, claro —añadió con una débil risita—. Y ahora habladme de esas cartas. Tengo que admitir que me habéis despertado la curiosidad. Decís que se escribieron durante la guerra... ¿y que las escribí yo?

Mary Jo asintió.

—Mack y yo vivimos en un dúplex de Evergreen Place, en Cedar Cove.

—Evergreen Place... —repitió el anciano.

—Creo que es la casa donde Joan vivía con su hermana —dijo Mary Jo.

—Usted le enviaba las cartas a Joan a esa dirección —explicó Mack—. Pero el edificio se reformó y ahora consta de dos viviendas en vez de una sola.

—Evergreen Place —volvió a decir Jacob. Parecía que aquel nombre se hubiera borrado de su memoria.

Había tanto que contar que Mary Jo no sabía por dónde empezar.

—Un día noté que había una tabla suelta en el suelo del armario. Al levantarla descubrí una caja de puros llena de cartas.

—¿Mis cartas? —preguntó Jacob—. ¿Las cartas de la guerra?

—Sí —desbordada por la emoción, Mary Jo le entregó la caja a Jacob. Pero cuando se disponía a retirar la mano el anciano se la agarró y la besó. Tenía los ojos llenos de lágrimas. Rápidamente se las secó, pero la imagen era tan conmovedora que también hizo llorar a Mary Jo.

—Siempre me he preguntado dónde estarían... Joan nunca me lo dijo. Su hermana y ella compartían la casa, pero no se llevaban bien. Creo que Elaine tenía celos de Joan. En cualquier caso, no se reconciliaron hasta poco antes de morir Elaine.

A Mary Jo le gustó saber que las dos hermanas habían superado finalmente sus diferencias.

—El diario de Joan también estaba escondido bajo el armario —dijo Mack.

—¿Qué le pasó a Joan? —preguntó Mary Jo, impaciente por saber los detalles—. Sabemos que murió, pero...

Jacob abrió la caja y extrajo el diario con cuidado.

—Joan y yo nos casamos al acabar la guerra —levantó la mirada del tesoro que sostenían sus manos y sacudió amargamente la cabeza—. Murió muy joven, con sólo setenta y un años. Teníamos tres hijos, Mark, Margaret y Marianne... —hizo una pausa y sacó un pañuelo del bolsillo de la camisa para volver a secarse los ojos, abrumado por el dolor del recuerdo.

—¿Podría contarnos su experiencia en el Día D? —le pidió Mack.

—No hay mucho que contar. Fui uno de los afortunados a los que no mataron. Me metieron en un tren junto a otros americanos y nos llevaron a un campo de prisioneros en Alemania, donde estuve confinado hasta el final de la guerra.

—No debió de ser fácil.

Jacob suspiró.

—La guerra nunca es fácil, jovencito.

—¿Cuándo lo liberaron? —preguntó Mary Jo. Era evidente que no quería hablar de su cautiverio.

—En mayo de 1945. Las tropas estadounidenses se lanzaron en paracaídas junto al campo de prisioneros —perdió la mirada en el vacío—. Los supervivientes teníamos miedo de que los alemanes nos mataran para no revelar las condiciones a las que estábamos sometidos.

—Pero gracias a Dios no lo hicieron —susurró Mary Jo.

—No. Lo que hicieron fue abandonar las armas y huir. Muchos de ellos eran jóvenes que no entendían aquella guerra y que sólo querían volver a casa con sus familias.

La actitud comprensiva y piadosa que mostraba Jacob impresionó y conmovió profundamente a Mary Jo.

—¿Supo Joan que fue hecho prisionero?

Él asintió.

—Pero durante varias semanas pensó que había muerto. Tuvo que volver a casa de su familia, en Spokane, porque su madre se había puesto enferma y la necesitaba.

—¿Cuánto tiempo pasó hasta que volvió a verla?

Jacob se incorporó en la silla.

—Mucho más del que hubiera querido. Cuando me rescataron del campo de prisioneros pesaba menos de cincuenta kilos. El ejército me embarcó en un barco hospital rumbo a casa —se rió amargamente—. Me habría recuperado mucho antes si me hubieran llevado en avión con mi familia. Mi madre era la mejor cocinera del mundo.

Mack y Mary Jo se sonrieron entre ellos.

—En el campo de prisioneros me dormía pensando en la tarta de manzana de mi madre. Cuando finalmente volví a casa, la primera comida que me hizo fue pollo frito. Y me comí una olla de puré de patatas yo solo —las lágrimas volvieron a afluir a sus ojos—. Fue uno de los días más felices de mi vida.

Mary Jo se lo podía imaginar.

—¿Sabe por qué Joan ocultó las cartas? —era la pregunta que la había acosado durante todas esas semanas, y quizá pudiera saber finalmente la respuesta.

—La verdad es que no, aparte de que Joan y su hermana no se llevaban bien.

A Mary Jo la decepcionó saber que aquella parte del misterio seguiría sin resolverse. Por alguna razón desconocida, Joan y su hermana no mantenían una buena relación y ésa sería la única explicación que tuvieran.

—Elaine tampoco se llevaba bien conmigo —añadió Jacob.

—¿Por qué?

—No lo sé. Simplemente, no me aceptaba. Como si tuviera que ser ella la que decidiera lo que Joan podía hacer y a quién podía ver.

—Cuéntenos más sobre Joan —le pidió Mary Jo.

Jacob se recostó en la silla de ruedas.

—Era una mujer muy hermosa... Nos conocimos en una cafetería de Cedar Cove donde ella trabajaba de camarera. Yo acababa de llegar de Fort Lewis para un baile de la USO y me fijé en ella nada más verla. Le pedí un refresco y le pregunté si asistiría al baile. Por aquel tiempo su hermana también trabajaba en la cafetería, antes de que ambas empezaran a trabajar en los astilleros, y me dijo que no me acercara a Joan.

—Pero usted no hizo caso de sus advertencias —dijo Mack.

—Nada ni nadie podría habérmelo impedido. Me enamoré de Joan en cuanto la vi.

Mack miró a Mary Jo, como si quisiera decirle que él también entendía aquella sensación.

—Nos vimos en el baile y también al día siguiente. Joan tenía que hacerlo a escondidas de su hermana y sin poder faltar al trabajo. Es un lástima que Elaine y yo comenzáramos con mal pie, pero con ella no se podía hacer nada. Elaine era una mujer muy desgraciada que intentaba controlar a Joan en todo lo que hacía y que trató de separarnos.

A Mary Jo se le ocurrió que tal vez Joan no había escondido todas las cartas a la vez, sino que las había ido guardado en el armario, junto a su diario, para impedir que su hermana las encontrase.

—¿Cómo murió Joan? —preguntó Mack.

—De cáncer. No creo que nunca pueda superar su pérdida —se calló un momento—. Estuvimos casi cincuenta años juntos. Mis hijos me visitan cuando pueden, y también mis nietos.

Mary Jo advirtió que el anciano se estaba cansando.

—Deberíamos irnos —dijo—. Avisaré a alguien para que lo lleve a su habitación.

—¿Le importaría que viniéramos a verlo de vez en cuando? —le preguntó Mack.

—Me encantaría —dijo Jacob, aferrando con fuerza la caja y el diario—. No sé cómo agradeceros el esfuerzo que habéis hecho para encontrarme y devolverme las cartas —respiró suavemente—. Significan mucho para mí, y también para mis hijos.

Mack y Mary Jo se levantaron y, actuando por impulso, Mary Jo se inclinó para besarlo en la arrugada mejilla.

—Gracias —le susurró.

—¿Por qué me das las gracias? —preguntó él—. Sois vosotros los que me habéis encontrado y devuelto las cartas.

—Gracias por haberlas escrito y por enseñarnos a Mack y a mí lo mucho que les debemos a los héroes de su generación.

Jacob hizo un gesto de rechazo con la mano.

—Tonterías. Yo no soy ningún héroe.

—Claro que lo es —replicó Mack—. Por algo los llamaron la Gran Generación.

El anciano levantó la vista, sonrió y se llevó la mano a la frente para hacer el saludo militar.

CAPÍTULO 32

Olivia se deslizó en la fila de asientos detrás de Grace Harding. La boda de Faith Beckwith y Troy Davis estaba a punto de comenzar, y la enorme carpa instalada en los jardines del Justine's Victorian estaba a rebosar con la cantidad de invitados que habían acudido a compartir aquel día tan especial.

Apenas se hubo sentado cuando la música empezó a sonar y apareció el reverendo Flemming. Faith y Troy estaban ante el altar, rodeados por sus amigos y familiares. Tras unas breves palabras del reverendo, la pareja intercambió sus votos y se unieron en matrimonio. A pesar de su brevedad, la ceremonia le llegó a Olivia al corazón.

Jack también estaba emocionado, porque le apretó la mano con fuerza y ella le devolvió el apretón. En los últimos ocho meses, mientras Olivia luchaba contra el cáncer, se había fortalecido aún más el vínculo que los unía. Igual que ocurrió varios años antes, cuando Jack sufrió un ataque al corazón. Sus respectivas enfermedades les habían enseñado a valorar cada instante que pasaban juntos.

Jack Griffin, editor del periódico del pueblo, había irrumpido en la vida de Olivia veinte años después de que ella se divorciara. Ahora se preguntaba cómo había podido vivir tanto tiempo sin él. Al igual que Faith y Troy, habían tenido que superar muchos obstáculos en su relación. Pero había merecido la pena. Y lo mismo le sucedería a la pareja recién casada.

Faith y Troy habían empezado a salir en el instituto, pero después de graduarse habían tomado caminos separados. No volvieron a reencontrarse hasta cuarenta años más tarde, los dos viudos por entonces. En un abrir y cerrar de ojos retomaron su antigua relación y parecían estar más enamorados que nunca. Olivia no tenía ninguna duda de que su matrimonio sería tan feliz como el suyo con Jack.

El banquete se celebró en el interior del restaurante, inaugurado recientemente. Troy y Faith permanecieron junto a la entrada para saludar a todos y cada uno de los invitados. Faith estaba preciosa con su traje rosa y el ramo de rosas blancas, y Troy nunca había estado más elegante que con el traje negro, la corbata rosa y una flor blanca en la solapa.

—Me alegro mucho de que hayas podido venir —le dijo Faith a Olivia mientras la abrazaba. Justine y su personal iban de un lado para otro, llevando las bandejas de comida a la mesa del bufé.

—No me lo habría perdido por nada —respondió Olivia.

Grace y Cliff siguieron a Olivia y Jack al interior del restaurante. Las mesas estaban artísticamente repartidas por el salón, todas con manteles blancos y con un arreglo floral en el centro. Junto a la pared estaba la mesa del bufé, con la tarta nupcial y un gran recipiente de ponche.

Jack llevó a Olivia de la mano hasta una de las mesas del centro. Grace y Cliff se sentaron con ellos.

—¿Cuándo crees que cortarán la tarta? —preguntó Jack.

—¡Jack! —Olivia le dio un codazo a su marido, fingiendo estar escandalizada—. Eres peor que un crío.

—No puedo evitarlo. Tengo hambre —protestó él—. Sobre todo de esa tarta.

Olivia se echó a reír.

—No creo que tarden mucho.

—Todo tiene muy buena pinta —dijo Cliff, señalando el bufé—. Si vas a por algo tráeme a mí también.

—Cliff —lo reprendió Grace—. Acabamos de comer.
—Eso fue hace horas.
—Nadie va a servirse la comida aún.
—Eh, alguien tiene que ser el primero.

Grace intercambió una mirada con Olivia y puso los ojos en blanco.

De repente Jack se volvió hacia Olivia.

—¿No es ése tu hermano? —le preguntó en voz baja.

Olivia estiró el cuello y sí, efectivamente era Will. Ni siquiera se había dado cuenta de que su hermano también había asistido a la boda. La galería de arte le daba tanto trabajo que rara vez se tomaba libres los sábados, y menos durante el verano.

—No lo he visto antes, ¿y tú?

—Yo tampoco —dijo Jack—. Parece que está un poco perdido.

—¿Os importa que invite a Will a sentarse con nosotros? —les preguntó Olivia a Grace y Cliff.

Grace dejó que respondiera su marido.

—Claro que no —respondió él, y alargó un brazo sobre el respaldo de la silla de Grace en un gesto posesivo.

Olivia se acercó a su hermano, que aún estaba junto a la puerta. Will seguía siendo un hombre muy apuesto con más de sesenta años, aunque en algunos aspectos su atractivo natural y su carisma habían sido una desventaja. Todo lo había conseguido con demasiada facilidad. Había sido una estrella del fútbol, el rey del instituto y uno de los chicos más populares en la universidad. Su carrera como ingeniero había sido igualmente meteórica, había ascendido a la dirección de su empresa y se había jubilado poco después del divorcio. Personalmente, a Olivia le gustaba que Will viviera en Cedar Cove. A pesar del reprobable comportamiento que tuvo con su ex mujer, Georgia, y también con Grace, Olivia valoraba su ingenio e inteligencia, así como la amistad que mantenía con ella y con Jack. No podía olvidar el apoyo incondicional que le prestó durante su enfermedad. Además, a su madre empezaban a pesarle los años y había que ir pensando en cuidarla, a pesar de que Charlotte sería la primera en negarse a que sus hijos la cuidaran. En cualquier caso, Olivia agradecía la presencia de su hermano en el pueblo y que las decisiones concernientes a su madre no recayeran exclusivamente en ella.

—Will, ven a sentarte con nosotros —le dijo, tocándolo del brazo.

Su hermano se giró hacia ella.

—Oh, hola, Liv. Gracias, pero he venido con mamá. Está en el lavabo de señoras.

—¿Has traído a mamá?

Will respondió con un suspiro.

—Me llamó en el último momento y me pidió que la trajera en coche. Nos hemos perdido casi toda la ceremonia.

—¿Dónde está Ben?

—No me lo ha dicho, pero algo ha debido de ocurrir.

Olivia decidió que hablaría a solas con su madre en cuanto tuviera la ocasión.

—Has sido muy amable por dejarlo todo para traerla.

—No es para tanto —repuso él—. Hoy no había mucho trabajo en la galería, y de todos modos tengo a Miranda Sullivan para sustituirme.

—Miranda Sullivan —repitió Olivia—. Me parece que no la conozco.

—Seguramente no. Vive en Gig Harbor, pero viene al pueblo muy a menudo. Es amiga de Shirley Bliss.

Olivia se propuso buscar a esa Miranda y darle las gracias por haber sustituido a su hermano en la galería para que él pudiera llevar a Charlotte a la boda.

Volvió a tocar el brazo de su hermano.

—¿Va todo bien, Will? —lo veía extrañamente desanimado.

—Claro —respondió él rápidamente. Demasiado rápido. Debió de darse cuenta, porque le ofreció a Olivia una expresión avergonzada—. Bueno, la verdad es que me llevé una sorpresa la semana pasada.

—¿Qué clase de sorpresa?

—No fue de las mejores —suspiró—. Ya sabes que invité a salir a Shirley Bliss unas cuantas veces.

Olivia asintió. Su hermano estaba empeñado en cortejar a Shirley, y después de cada cita sólo hacía hablar de ella. Le había pedido a Olivia que le recomendara un restaurante en Seattle y había hecho una reserva siguiendo sus consejos. A la semana siguiente le contó que había sido una cena maravillosa.

—¿Cómo está Shirley?

—Según Miranda, está enamorada... Y no de mí.

—Oh, Will, lo siento mucho.

—No hay nada que lamentar. Es culpa mía. Le presenté a un artista amigo mío y de lo siguiente que me entero es que están locos el uno por el otro. La semana pasada vinieron los dos a la galería a darme las gracias... —dijo con sarcasmo. Bajó la mirada a sus pies y volvió a encogerse de hombros, fingiendo que no importaba.

El rechazo debía de haber sido un golpe muy duro para su hermano, pensó Olivia. Siempre había atraído a las mujeres y se había sentido atraído por ellas, y nunca había tenido problemas para conquistar a ninguna. Grace había sido la excepción, aunque eso era otra historia.

—Me estoy haciendo viejo —dijo él.

—Más viejo, Will, no viejo.

—Menuda diferencia.

—Oh, vamos. Eres más atractivo e interesante que nunca.

Él no respondió y se limitó a arquear las cejas.

A Olivia la sorprendió descubrir lo frágil que era el ego de su hermano. Le pareció tan cómico que estuvo a punto de reírse, pero vio que para Will era un asunto muy serio. La verdad era que tenía su lógica, ya que Will apenas se había enfrentado al rechazo en su vida.

—Tengo miedo —dijo él.

—¿De qué?

Will apartó la mirada.

—De envejecer solo.

Olivia buscó las palabras adecuadas para consolarlo, y se las habría dicho de no ser porque su madre salió del lavabo de señoras justo en ese momento. Nada más verla Olivia supo que Will tenía razón: a su madre le ocurría algo.

—Hola, mamá —la saludó y la rodeó con un brazo—. Ven a sentarte con nosotros.

—¿No te importa, querida?

—Claro que no —llevó a Charlotte a la mesa donde Jack y sus amigos esperaban con las copas llenas de champán. Will las seguía a dos pasos.

Charlotte se sentó junto a Olivia y dejó el bolso de mano en su regazo. Olivia se fijó en que su madre no llevaba consigo su labor, algo muy raro en ella. Charlotte aprovechaba cualquier momento libre para coser, incluso en una boda.

—¿Dónde está Ben? —le preguntó.

Su madre la miró como si no comprendiera.

—Ben, mamá —repitió Olivia—. ¿Dónde está?

—Ha ido a hablar con David.

La información no era precisamente tranquilizadora. Todo lo que guardaba relación con el hijo de Ben solían ser malas noticias.

—¿David está en el pueblo?

Charlotte se mordió el labio.

—¿Sabes que David está viviendo ahora en Seattle?

Olivia asintió. Ben lo había comentado el día que fueron a comer.

—Eso no es todo —dijo Charlotte. Agachó la cabeza y soltó el aire lentamente—. Lo han despedido del trabajo.

Olivia también sabía ese detalle, y le extrañó que su madre lo estuviera repitiendo.

—Está viviendo con una mujer y... Dios mío, Olivia, nunca había visto a Ben tan enfadado. Él creía que su hijo ya no podía afectarlo, pero estaba equivocado. No puede aceptar que David permita que una mujer lo mantenga. Ya era bastante humillante que se divirtiera aterrorizando a Mary Jo.

Olivia la agarró de la mano.

—No te preocupes, mamá. Ben sabe cómo tratar a David.

—Lo que David necesita es alguien que hable con él en serio —intervino Will—. Si no quiere escuchar a su padre, tal vez me escuche a mí.

—Will —murmuró Olivia para hacerlo callar. Sólo estaba empeorando las cosas—. Como acabo de decir, Ben sabe cómo tratar a su hijo.

—Espero que tengas razón, Olivia. No te imaginas lo preocupada que estoy.

Will frunció el ceño, claramente furioso por el daño que David le estaba causando a su madre.

—Ben sabía que Faith y Troy se casaban hoy —dijo Charlotte—. Teníamos intención de venir juntos. Yo me había comprado un vestido nuevo y Ben una corbata nueva. Nos hacía mucha ilusión... Pero debe de haberse olvidado.

—Seguro que no, mamá —murmuró Olivia.

—Tengo miedo de lo que pueda hacer David. No sabe que Ben ha descubierto dónde vive. Si Ben se presenta de improviso, es posible que...

—¿Quién le contó a Ben todo eso sobre David? —la interrumpió Olivia, intentando alejarla de las posibilidades más inquietantes.

—No lo sé. Alguien... Una mujer llamó hoy a casa y preguntó por el señor Rhodes. Cuando Ben terminó de hablar con ella no me dijo quién era ni qué quería. Seguramente era otra joven a la que David había hecho daño. Lo único que Ben me dijo después de colgar es lo que te acabo de decir —se detuvo un momento para calmarse—. Estaba muy furioso. Dijo que era hora de hacerle una visita a su hijo —levantó la mirada, llena de angustia y dolor—. Tengo tanto miedo...

—No pensarás que David vaya a hacerle daño a su padre, ¿verdad? —intentó ocultar su propio temor, pero sin mucho éxito.

—Con David nunca se puede estar seguro de nada —mientras hablaba, no dejaba de abrir y cerrar su bolso.

Olivia le rodeó los hombros con un brazo. Faith y Troy se dirigían hacia la tarta y Jack se incorporó al momento. Se había zampado un plato lleno de ensalada de cangrejo, quiche de brócoli y canapés de salmón, y ya estaba listo para el postre. Olivia le dio un puntapié por debajo de la mesa. Cualquiera diría que Cliff y Jack no habían comido en una semana.

—¡Ben! —exclamó Charlotte de repente, agitando el brazo en el aire.

Olivia miró hacia la puerta y vio a Ben Rhodes entrando en el comedor. Charlotte se levantó y corrió hacia él, que le sonrió y la abrazó por la cintura. Los dos mantuvieron una breve e intensa conversación antes de que Charlotte lo llevara a la mesa. Jack y Cliff se levantaron para saludarlo. También lo hizo Will, pero la expresión de su cara seguía reflejando su profundo desánimo.

Olivia se compadecía de él, pero al mismo tiempo pensaba que aquel rechazo sentimental podría serle de gran ayuda. Todo el mundo, incluido su hermano, tenía que aprender que en la vida también había decepciones.

Ben susurró unas palabras al oído de Charlotte y ella pareció relajarse al momento. Y aunque Olivia no quería parecer demasiado fisgona, la curiosidad era demasiado fuerte.

—¿Todo bien, Ben? —le preguntó.

Ben posó una mano en la espalda de su esposa.

—Perfectamente —dijo, pero su rostro no expresaba la menor emoción. Obviamente no quería contar lo que había pasado con David, aunque tarde o temprano acabaría sabiéndose.

Una hora después, cuando salían del restaurante, Olivia pensó que la boda de Faith y Troy había sido preciosa en todos los aspectos. Además, se había enterado por Grace de que iban a pasar la luna de miel en Alaska.

Jack y ella iban de camino al aparcamiento cuando su madre los llamó.

—Olivia, no encuentro mi labor. ¿Por casualidad no la habrás visto?

—No, mamá, lo siento. ¿Estás segura de que la trajiste?
—Olivia, cariño, ya sabes que nunca voy a ningún sitio sin mi labor.
—A lo mejor te la has dejado en el coche de Will.
Charlotte sonrió con alivio.
—¡Claro! Qué despistada soy.
Will se disponía a salir del aparcamiento cuando Ben lo detuvo. Los dos hombres intercambiaron rápidamente unas palabras y Will le entregó algo que había en el asiento del pasajero. Ben se giró y le mostró a Charlotte su preciada labor.
—¡Gracias a Dios! —exclamó ella
—Todo va a salir bien, mamá —le dijo Olivia, aparentando mucha más seguridad de la que realmente sentía—. Ya lo verás.
Jack se acercó y los dos vieron cómo se alejaban Ben y Charlotte.
—Pobre mamá —le dijo Olivia a su marido.
—Está preocupada por Ben, eso es todo —la tranquilizó Jack—. Es normal alterarse cuando un ser querido lo está pasando mal. Y si encima es por culpa de David, alguien que no tiene escrúpulos ni conciencia, la situación es mucho más difícil.
Olivia se mostró de acuerdo con él. David Rhodes ya había hecho un daño incalculable. Ojalá aquello fuera el final.

CAPÍTULO 33

Rachel no creía que fuera conveniente hablarle a Jolene del embarazo tan pronto, contrariamente a lo que pensaba Bruce. Él estaba convencido de que cuanto antes lo supiera su hija, antes podría asimilar la noticia y sería mejor para todos.

Rachel, no obstante, dudaba mucho que Jolene fuera a aceptarlo de buena gana. Desde luego no iba a saltar de alegría.

Bruce decidió que la mejor manera para dar la noticia era llevándose a sus «chicas» a cenar, de modo que hizo una reserva en el restaurante D.D.'s. Rachel sentía náuseas mientras se vestía, pero esas molestias nada tenían que ver con el embarazo. Durante las últimas semanas había conseguido ocultarle las náuseas matinales a su hijastra, por lo que no era probable que Jolene sospechara nada.

—¿Estás lista? —le preguntó Bruce desde el salón.

—Un minuto —respondió ella. Se sentó en el borde de la cama y cerró los ojos mientras rezaba para que Jolene aceptara a su hermanastro o hermanastra en la familia. Un sudor frío le empapó la frente al tiempo que el miedo se apoderaba de ella.

Bruce entró rápidamente en la habitación.

—¿Qué haces, Rachel? Si no nos vamos ya, perderemos la reserva.

Ella le ofreció una débil sonrisa y agarró el bolso sin que él pareciera notar su malestar.

Jolene estaba esperando en el salón y miró a Rachel con curiosidad.

—¿Te encuentras mal?

No se lo preguntaba porque estuviera preocupada por ella, ni mucho menos. Tan sólo buscaba cualquier excusa para frustrar aquella cena en familia.

—Estoy bien —mintió.

Bruce sacó el coche del garaje y Rachel se sentó junto a él. Jolene lo hizo en el asiento trasero y cerró con un fuerte portazo, recordando que era ella la que siempre se sentaba delante hasta que su padre se casó con Rachel. Bruce no la reprendió por el portazo, y Rachel tampoco dijo nada. La puerta del coche era el menor de sus problemas.

Al entrar en el restaurante Rachel se fijó en que Jolene se pegaba al costado de su padre, impidiendo de esa manera que ella pudiera caminar junto a su marido. Bruce no parecía darse cuenta de nada, y Rachel no estaba dispuesta a liarse a empujones con Jolene para reclamar el lugar que le correspondía. Se mantuvo un par de pasos por detrás y deseó con todas sus fuerzas que la cena transcurriera sin incidentes.

El camarero los llevó a la mesa y Jolene se sentó inmediatamente junto a Bruce.

—La última vez que vinimos pedimos almejas al vapor —dijo la chica—. ¿Podemos repetir?

—Claro —respondió Bruce, sin levantar la vista de la carta.

Jolene sabía muy bien que Rachel odiaba las almejas. No quería ser paranoica, pero su hijastra parecía empeñada otra vez en demostrar que Rachel era una intrusa en aquella familia feliz.

Razón de más para aplazar la noticia del embarazo. Por desgracia, Bruce no pensaba igual. También rechazaba la ayuda profesional que había sugerido Rachel, alegando que no les hacía falta nadie para resolver sus propios problemas y que de todos modos Jolene se negaría a participar.

Bruce y Jolene tomaron las almejas como aperitivo mientras Rachel bebía un té verde y se esforzaba por no mirar, por miedo a que la imagen le revolviera aún más el estómago. Jolene sorbía ruidosamente al comer para dejar claro lo mucho que estaba disfrutando.

—¿Sabes qué vas a pedir? —le preguntó Bruce a Rachel después de que la camarera se llevara el cuenco con los restos de las almejas.

—¿Puedo tomar bistec? —preguntó Jolene antes de que Rachel pudiera responder.

Bruce le sonrió con indulgencia a su hija.

—Puedes pedir lo que quieras, cariño —se giró de nuevo hacia Rachel.

—¿Qué vas a pedir tú, papá? —volvió a interrumpir Jolene.

—Creo que tomaré un chuletón. Al fin y al cabo estamos de celebración —le sonrió a Rachel, muy satisfecho consigo mismo.

Rachel no entendía cómo su marido podía ser tan inconsciente. Ella creía que la relación con Jolene había mejorado tras ayudarla a resolver sus problemas de álgebra, pero al cabo de unos días todo retornó a ser igual. En vez de volver a ser la amiga y confidente que había sido antes de casarse con su padre, Rachel siguió siendo la enemiga que había invadido el territorio de Jolene. Padre e hija llevaban tanto tiempo viviendo solos que nadie, ni siquiera una amiga íntima, podía encajar en la vida familiar.

La camarera volvió para tomar nota y Rachel pidió buñuelos de cangrejo con arroz pilaf y ensalada. Tanto Jolene como Bruce pidieron chuletón con patatas, sopa y ensalada.

Al menos Bruce estaba de buen humor. Rachel intentó imitarlo, ignoró los continuos desplantes de Jolene y ocultó el dolor que le provocaba Bruce al no darse cuenta de nada. En honor a la verdad, Rachel no sabía si estaba más sensible de la cuenta, ya que el embarazo le estaba causando estragos en su equilibrio emocional. Lo mejor que podía hacer era fingir que todo iba bien, aunque apenas consiguió probar bocado. Bruce y Jolene, en cambio, se lo comieron todo con apetito voraz.

—¿Qué pedimos de postre? —preguntó Bruce cuando les retiraron los platos vacíos.

—Yo estoy llena —dijo Rachel, poniéndose una mano en el estómago—. No puedo tomar nada más.

—Yo sí —afirmó Jolene—. ¿Qué quieres tomar tú, papá?

Bruce le echó un rápido vistazo a la carta y miró a su hija.

—Supongo que tú querrás helado de chocolate.

—¡Papá! —protestó ella—. Eso es para niños.

—Aún eres una niña —observó Bruce.

—No, ya no lo soy —replicó Jolene, riendo.

Rachel nunca la había visto tan contenta desde que se casó con Bruce. El motivo saltaba a la vista: Jolene estaba en su elemento, acaparando toda la atención de su padre y dejándola a ella al margen.

Lo que Jolene no sabía era que su padre estaba a punto de darle una noticia devastadora que echaría por tierra su mundo perfecto.

Cada uno pidió un postre distinto. Bruce, la tarta de manzana con helado de vainilla, y Jolene, una porción de pastel de chocolate.

Bruce esperó hasta que les sirvieron los postres y entonces alargó la mano sobre la mesa para entrelazar los dedos con los de Rachel.

Jolene miró a Rachel y entornó los ojos amenazadoramente.

—Antes dije que esta noche estamos de celebración —empezó Bruce, girándose hacia su hija.

Jolene asintió lentamente.

—¿Sabes lo que estamos celebrando? —le preguntó él.

—He aprobado el examen de álgebra y me han pasado al nivel intermedio en natación —había tenido que hacer las pruebas de natación tres veces antes de subir de nivel, y en el examen final de álgebra había conseguido un notable. Rachel estaba orgullosa de sus logros, pero Jolene recibió sus halagos con el mismo desdén de siempre.

—No estamos celebrando tus progresos en natación ni en álgebra —intervino Rachel.

Jolene miró a su padre sin entender nada.

—¿Entonces de qué se trata?

Bruce le dedicó una sonrisa a Rachel.

—Hace poco Rachel me dio una noticia maravillosa...

—¿Rachel? —pronunció el nombre como si nada de lo que hiciera Rachel pudiera tener el menor interés.

—Jolene, esta noche estamos celebrando que vas a tener un hermano.

La joven los miró a uno y a otro hasta que pareció asimilar las palabras. Entonces clavó la mirada en Rachel.

—¿Vas a tener un hijo? —pareció más una acusación que una pregunta.

Rachel bajó la mirada a la mesa y asintió, pero entonces se recordó a sí misma que no tenía nada de lo que avergonzarse y miró a Jolene a los ojos.

—¿Papá? —la chica miró a su padre con el rostro desencajado, como suplicándole que desmintiera la noticia.

—¿No me has oído? —le preguntó Bruce en el mismo tono de entusiasmo con que había anunciado el embarazo de Rachel—. Vamos a tener un hijo.

—Ya lo he oído —masculló Jolene.

—¿No estás contenta?

La chica asintió de mala gana.

—Puedes ponerle el nombre tú, si quieres —le ofreció su padre.

Aquel detalle no lo había discutido con Rachel, pero ella escucharía gustosamente las sugerencias de la chica si eso la ayudaba a aceptar la situación.

—¿Es niño o niña? —preguntó Jolene de malhumor.

—Es muy pronto para saberlo —dijo Rachel. Personalmente preferiría no saber el sexo del bebé, pero para Jolene parecía ser importante. Tal vez tuviera miedo de que otra niña le robara el afecto de su padre.

—Creía que te haría más ilusión —se quejó Bruce.

—Dale tiempo —le aconsejó Rachel, antes de dirigir su siguiente comentario a Jolene—. Entiendo que para ti sea un golpe muy duro, y te pido disculpas si te has enfadado.

—Jolene no está enfadada —declaró Bruce—. ¿Verdad que no, Jolene?

La chica no respondió. Se quedó mirando al frente, evitando el contacto visual con su padre y con Rachel.

La camarera les llevó la cuenta y Bruce sacó su cartera.

—¿Qué os parece si vamos al cine? —propuso.

—¿Podemos irnos a casa? —preguntó Jolene.

—Claro —Bruce parecía ansioso por complacer a su hija de cualquier manera.

Salieron del restaurante y volvieron a casa en coche. Bruce se detuvo un momento para colocar los cubos de basura junto a la acera mientras Rachel y Jolene entraban en casa. Jolene se marchó corriendo a su habitación y Rachel se dejó caer en un sillón. Todo había sucedido como se había imaginado.

—¿Dónde está Jolene? —preguntó Bruce mientras dejaba las llaves del coche en la encimera de la cocina.

—En su cuarto —seguramente estaría hablando con alguna amiga por el móvil.

Bruce se detuvo en medio del salón con las manos en las caderas.

—¿Pero qué os pasa? Yo estoy loco de contento por el bebé. Ya sé que habíamos acordado que esperaríamos para decírselo, pero lo hecho hecho está. Jolene acabará aceptándolo.

—Eso espero —susurró Rachel.

—Has de tener confianza —le dijo Bruce—. Jolene es muy flexible. Puede que le cueste un tiempo acostumbrarse a la idea, pero al final le hará tanta ilusión como a nosotros.

—Al final —repitió Rachel. No era pesimista por naturaleza, pero no compartía el optimismo de Bruce respecto a Jolene.

Él la observó fijamente unos segundos.

—Pareces cansada.

—Lo estoy —en realidad no lo estaba, pero necesitaba estar sola para pensar—. ¿Te importa si me voy a la cama?

Bruce miró su reloj y arqueó las cejas.

—Sólo son las siete y media.

—Lo sé.

—¿Te apetece un poco de compañía? —le preguntó con una sonrisa.

Ella también le sonrió.

—Esta noche no, lo siento.

Bruce puso la cara de un niño al que lo hubieran dejado sin postre.

—¿Va a ser así durante todo el embarazo?

—Bruce —espetó ella en tono de advertencia. No estaba de humor para tonterías.

—Está bien, está bien. Lo siento. Es sólo que llevamos mucho tiempo sin hacerlo.

—Tres días —le recordó Rachel.

—¿Llevas la cuenta? A buenas horas, mangas rojas.

—Mangas verdes.

—Lo que sea.

—Supongo que tienes razón. Deberíamos haber tenido más cuidado —se levantó y echó a andar hacia el dormitorio.

Bruce la agarró de la mano.

—¿Estás diciendo que preferirías no estar embarazada?

—Por Dios, Bruce. Sabes tan bien como yo que no era el momento. Ahora Jolene se ha enfadado y...

Él volvió a soltarla.

—Muy bien. Si tener un hijo mío es un castigo, no volveré a molestarte. Dormiré en el cuarto de invitados y te prometo que no interrumpiré tu preciado descanso.

Al final habían llegado al enfrentamiento. Se suponía que

debía ser el momento más feliz de su vida, y sin embargo sólo quería echarse a llorar.

—¿Me has oído? —preguntó él.

—Si lo que quieres es dormir en el cuarto de invitados, no seré yo quien te lo impida.

CAPÍTULO 34

A Roy McAfee no le gustaba meterse en los asuntos ajenos. En su trabajo había visto lo suficiente para desconfiar de las personas y por eso intentaba alejarse de los casos de divorcio, sobre todo si incluían la custodia de un hijo. Casi todo su trabajo consistía en revisar antecedentes y hacer investigaciones para compañías aseguradoras. En su opinión, la gente tenía derecho a vivir como quisiera, a menos que afectaran directa o indirectamente a otras personas.

Si ahora iba a hacer una excepción era por su hija Gloria. Ella había decidido no decirle a Chad Timmons que estaba embarazada y Corrie le había prometido que respetaría su decisión. Roy, sin embargo, se veía reflejado en Chad y no estaba dispuesto a permitir que tardara más de treinta años en conocer a su hijo.

—¿Adónde vas? —le preguntó Corrie el miércoles por la tarde al ver que se dirigía a la puerta.

—Tengo que ocuparme de algo —respondió él. En circunstancias como aquélla lo mejor era no dar muchos detalles.

—¿Es algo que yo sepa? —lo miró con desconfianza, como si hubiera adivinado lo que se proponía hacer.

Roy estaba seguro de que su mujer poseía alguna especie de habilidad psíquica. No quería mentirle, pero tampoco decirle la verdad.

—¿Por qué no quieres decírmelo?

Roy masculló algo ininteligible y abrió la puerta.

—¿Roy?

—Como ya te he dicho, tengo que ocuparme de una cosa.

Ella se colocó delante de él para bloquearle el paso.

—Vas a hablar con Chad Timmons, ¿verdad?

Él no lo confirmó ni desmintió.

—No lo hagas, Roy. Por favor —le suplicó Corrie.

Roy agarró las llaves del coche con tanta fuerza que se le clavaron en la palma.

—Ese joven tiene derecho a saberlo.

Corrie cerró los ojos y Roy supo que estaba recordando su propia experiencia, cuando se encontró embarazada y sola. El mismo recuerdo lo llevaba acosando a él desde que su hija les comunicó que estaba embarazada sin que el padre lo supiera.

—Es la primera vez que Gloria acude a nosotros con un problema —le dijo Corrie—. Es un gran paso en nuestra relación, pero si se lo dices a Chad destruirás toda la confianza que ella ha puesto en nosotros. Te lo suplico, Roy. No lo hagas.

Roy le sostuvo la mirada. Muy rara vez se enfrentaban por algo, pero estaba decidido.

—Ese joven tiene derecho a saberlo —repitió.

Corrie sonrió con tristeza.

—Lo que quieres decir es que tú tenías derecho a saberlo y yo no te lo dije.

—¡Sí! —gritó él. Al descubrir que tenía una hija de la que nada sabía se sumió en una profunda depresión. Amaba a Corrie y le había pedido que fuera su esposa, y sin embargo ella le había ocultado la verdad durante meses. El dolor y el rencor estuvieron a punto de consumirlo y de romper la relación con Corrie, pero no permitió que eso ocurriera y optó por enterrar sus sentimientos. Por desgracia, aquel asunto no estaba resuelto y aún podía separarlos.

—Nunca te he suplicado nada —le dijo su esposa—. No lo hagas, Roy. Por lo que más quieras, no lo hagas.

Indeciso, Roy fue a su butaca favorita y se dejó caer en ella. Las llaves del coche colgaban de su mano al inclinarse hacia delante. Creía que lo mejor para Gloria y su hijo era hablar con Chad Timmons, pero todo lo que su esposa decía era cierto. Su hija había vuelto a sus vidas, y Corrie temía, al igual que él, que aquel lazo todavía frágil pudiera romperse si actuaban en contra de su voluntad.

—Tengo que pensar —murmuró.

—Muy bien —dijo ella sin moverse de su sitio—. Piensa en Gloria y en lo que ella quiere. Sea lo correcto o no, son sus deseos.

Roy se pasó una mano por el rostro, abrumado por el peso de los años.

—¿Te has preguntado alguna vez qué habría pasado si yo hubiera sabido que estabas embarazada?

Corrie no le respondió.

—Nunca lo sabremos, porque tomaste la decisión de no decírmelo —intentó que el rencor no impregnara su voz, sin conseguirlo.

—Tú estabas con otra mujer —le recordó ella—. ¿Qué querías que hiciera?

—Que me lo dijeras —exclamó él. Corrie no le había permitido elegir. Él no era más que un joven estúpido que seguramente no habría sabido enfrentarse a la situación, pero aun así le gustaba pensar que se habría comportado como un hombre—. Deja que lo piense —le pidió a Corrie cuando recuperó el control de sus emociones. El pasado no podía cambiarse y de nada servía revivir lo que estaba muerto.

Corrie se sentó en el sofá, agachó la cabeza y habló con una voz casi inaudible.

—Sé como se siente Gloria.

—¿Cómo?

—Tiene miedo.

—¿De qué?

Corrie levantó la mirada.

—Del rechazo. De la culpa.

—¿La culpa? —repitió él—. ¿Crees que yo te habría echado la culpa a ti? La responsabilidad era de ambos.

—Es algo más que eso.

—Explícate.

—Yo debía tomar una decisión vital, y quería hacerlo por mí misma, sin que tú me presionaras.

El razonamiento de Corrie volvió a irritarlo.

—¿No te parece que esa actitud es bastante egoísta?

—No —declaró Corrie—. Yo era joven e inmadura y tenía que enfrentarme a algo que me sobrepasaba. No podía enfrentarme además a ti. Gloria se siente igual. Chad ha salido de su vida. Él también está con otra mujer. Por eso Gloria quiere enfrentarse a esto sola, igual que hice yo.

Al oír con qué facilidad echaba Gloria a Chad de su vida, igual que Corrie había hecho con él, terminó por decidirse. Se levantó y marchó hacia la puerta.

—¡Roy! —lo llamó su mujer—. ¡No lo hagas! Te lo pido por favor.

Roy la ignoró, se subió al coche y se alejó a toda velocidad.

A pesar de su firme decisión, no podía decir que estuviera impaciente por ver a Chad Timmons y decirle que iba a ser padre.

La visita al hospital de Tacoma fue muy breve. Dejó un mensaje para Chad en recepción, citándolo en una taberna cercana. De Chad dependía presentarse o no. Si no aparecía media hora después de haber acabado su turno, a las cuatro de la tarde según la recepcionista, Roy asumiría que no tenía interés en hablar con él y Corrie y Gloria verían su deseo cumplido. Pero al menos él habría hecho lo que le dictaba su conciencia.

Se sentó en una mesa y pidió una cerveza. Nunca bebía, pero había ocasiones que invitaban a tomar un trago. Como aquélla.

Se había tomado la mitad de la cerveza cuando el doctor Chad Timmons entró en el local. Se habían visto en la inauguración de la clínica de Cedar Cove y Roy lo reconoció inmediatamente. El joven se detuvo junto a la puerta y miró alrededor.

Roy hizo un gesto con la cabeza para llamarle la atención y Chad se acercó a él.

—¿Quería hablar conmigo? —le preguntó a la defensiva, sin sentarse.

Roy le indicó la silla que tenía delante, pero el médico la ignoró.

—¿De qué se trata?

—Siéntate, hijo.

Reacio, Chad apartó la silla de la mesa para sentarse.

—Conoces a mi hija —dijo Roy.

—Conozco a sus dos hijas —replicó Chad.

Por un momento Roy había olvidado que Linnette también estuvo enamorada de Chad Timmons.

—¿Le ha pasado algo a Gloria? —le preguntó el médico, repentinamente preocupado.

Roy consiguió ocultar una sonrisa. Levantó la mano para llamar al camarero y un minuto después les sirvieron dos cervezas.

—No he pedido esto —dijo Chad, todavía a la defensiva.

Roy se sintió tentado de decirle que iba a necesitarla, pero se contuvo.

—Nunca rechaces una cerveza gratis.

Chad esbozó una media sonrisa.

—¿Te importa si te cuento una historia sobre mí? —le preguntó Roy.

Chad lo invitó a empezar con un gesto.

—Corrie y yo éramos novios en la universidad. Yo jugaba en el equipo de fútbol, me convertí en una celebridad en el campus y dejé que la fama se me subiera a la cabeza.

—Suele ocurrir —corroboró Chad, apoyando los codos en la mesa.

—Sobre todo si la más guapa de las animadoras se fijaba en mí.

—Bueno, todos somos humanos...

—Así es —admitió con pesar—. El caso es que rompí con Corrie. Me sentí muy mal por hacerle daño, pero Alicia, la animadora, me dejó muy claro que no toleraría la menor competencia.

Chad sonrió comprensivamente.

—O una o la otra, ¿no?

—Eso mismo —hizo una pausa para tomar un sorbo de cerveza—. Corrie dejó los estudios y para mí fue un gran alivio no verla más por el campus. Especialmente cuando Alicia me abandonó.

—¿Por qué lo dejó la animadora?

—Me lesioné la espalda y pasé a ser suplente. Mi estrella se apagó y Alicia se buscó a otro —apretó la mano alrededor de la jarra—. Decidí que no podía arriesgarme a sufrir más lesiones si iba a trabajar en las fuerzas del orden, de modo que abandoné los deportes y me concentré de lleno en los estudios.

—Trabajó en la policía de Seattle, ¿verdad?

Roy asintió.

—Hasta que me convertí en detective.

Chad arqueó las cejas.

—Mi espalda arrastraba las secuelas de la lesión y me vi obligado a pedir la jubilación anticipada. Pero eso es otra historia.

—¿Adónde quiere llegar con esto?

—Ten paciencia. Enseguida lo sabrás.

Chad levantó su jarra.

—Si usted paga las cervezas, tómese el tiempo que quiera.

Roy se rió y se relajó en la silla.

—Un año después me tropecé con Corrie en la biblioteca del campus. Nada más verla me quedé embobado, tan hermosa y auténtica. No podía creer que la hubiera dejado por alguien tan superficial como Alicia.

—Me sorprende que Corrie quisiera volver a verlo.

—La verdad es que no me lo puso fácil. Tuve que apañármelas para encontrarme con ella de casualidad. Todas las noches iba a la biblioteca a la misma hora que ella.

—Muy astuto.

—Por algo me hice detective.

Chad sonrió.

—Al final Corrie se dio cuenta de que yo iba en serio y aceptó volver a salir conmigo. Yo no estaba dispuesto a cometer dos veces el mismo error, por lo que justo antes de graduarme le pedí que se casara conmigo.

—Eso sí que fue una jugada inteligente.

—No sabes cuánto —Roy se incorporó y miró su cerveza—. La noche antes de casarnos, Corrie me confesó que cuando se fue a vivir con sus padres tuvo una hija... mía —miró a Chad a los ojos.

—Gloria.

—Sí, Gloria. Yo no supe que tenía una hija hasta después de que Corrie la hubiera dado en adopción.

Chad frunció el ceño.

—Gloria.

—Al igual que su madre, Gloria puede ser muy... cauta a la hora de compartir información.

—Desde luego —corroboró Chad.

Roy volvió a mirarlo fijamente a los ojos.

—Dice que estás saliendo con otra mujer.

Chad le sostuvo la mirada.

—Si no le importa, prefiero no hablar de mi vida privada.

—Por mí de acuerdo. Pero antes de seguir hablando, quiero que sepas que estoy corriendo un gran riesgo al venir a verte.

—¿Cómo es eso?

—Mi mujer se opone radicalmente, y cuando Gloria se entere es posible que me retire la palabra para siempre.

—Gloria vino a verme —dijo Chad—. Hará unas tres semanas.

—Eso nos dijo. ¿Te has preguntado por qué lo hizo?

—Sé muy bien por qué. Porque volvió a cambiar de idea.

Ya me lo ha hecho dos veces y me he hartado de sus juegos. Si es ella la que lo ha enviado a hablar conmigo, está perdiendo su tiempo y su dinero en cerveza —se detuvo un momento, como si se hubiera percatado de un detalle importante—. Pero acaba de decir que ha venido sin que ella lo sepa... ¿De qué se trata, entonces?

—He venido porque no voy a dejar que la historia se repita.

Chad lo miró sin comprender.

—¿De verdad no sabes de qué te estoy hablando? —lo apremió Roy.

Chad se quedó boquiabierto al darse cuenta de lo que le estaba diciendo. Se llenó el pecho de aire y lo soltó rápidamente. Acto seguido, se levantó y se puso a caminar alrededor de la mesa con las manos en los bolsillos.

—¿Otra ronda? —les preguntó el camarero.

Roy negó con la cabeza.

—A mí póngame un whisky —dijo Chad, pero miró a Roy y rectificó—. Mejor dicho, traiga la botella.

CAPÍTULO 35

Mack siempre había creído que era la novia la que se ponía nerviosa antes de la boda, no el novio. Sin embargo, era él quien no podía estarse quieto una hora antes de la ceremonia. Todo había sucedido tan deprisa que la cabeza aún le daba vueltas. Una vez que Mary Jo aceptó casarse con él y se lo dijeron a la madre de Mack, los preparativos se desarrollaron a una velocidad vertiginosa. Lo mejor de todo, sin embargo, era que Ben Rhodes había conseguido que David renunciara a sus derechos sobre Noelle, aunque nadie sabía cómo lo había logrado. Fue el día de otra boda, la de Troy y Faith. Algunos, como el padre de Mack, creían que Ben le había ofrecido a David algún incentivo; otros, como Jack Griffin, opinaban que se había valido de alguna influencia. Lo único que a Mack le importaba era que ya no habría ningún impedimento para adoptar a Noelle.

La visita que Linnette y Pete tenían pensado hacer a Cedar Cove para primeros de agosto facilitó considerablemente la elección de la fecha de la boda. Si su hermana y su nuevo cuñado iban a estar en el pueblo, Mack pensó que deberían aprovechar para celebrar la ceremonia esos días. Fijada la fecha, todos los detalles empezaron a cobrar forma. Su madre se encargó de organizar el banquete y de contratar a un fotógrafo, mientras que Mary Jo y Lori se ocupaban del vestido de novia. Lori había lo había diseñado y acabado en un tiempo récord. Mack no entendía de moda femenina ni había visto aún el traje, pero Mary Jo le había asegurado que Lori tenía un talento increíble.

Además de los preparativos para la boda, habían asistido durante dos semanas a los cursos prematrimoniales con el reverendo Dave Flemming. Al principio le habían parecido a Mack una pérdida de tiempo y esfuerzo, pero después se alegró de haberlo hecho. Una de las muchas cosas que habían discutido y que se le había quedado grabada era que las ideas preconcebidas podían ser nefastas en una relación.

Las largas sesiones con el reverendo le hicieron darse cuenta de muchos detalles que podrían derivar en problemas y enfrentamientos más adelante. Por ejemplo, su manía sobreprotectora y la tendencia de Mary Jo a guardarse sus emociones. Estaba muy agradecido por aquella oportunidad para preparar una vida en común, y estaba convencido de que su matrimonio iba a funcionar.

–¿Estás bien? –le preguntó su padre, entrando en la pequeña sala que había detrás del altar donde Mack esperaba sin dejar de moverse.

–Sí –respondió sin la menor convicción.

Roy se rió y le dio una palmada en la espalda.

–Linc llegará dentro de diez minutos, así que deja de preocuparte.

Linc Wyse sería el padrino de Mack, y Lori sería la dama de honor de Mary Jo.

–¿Quieres decir que aún no ha llegado? –Mack se detuvo bruscamente. Los nervios le habían impedido darse cuenta de que su padrino aún no había aparecido.

–Todo va a salir bien –le aseguró Roy con una amplia sonrisa.

Mack lo miró con el ceño fruncido.

–No sé qué te hace tanta gracia.

–Lo siento, pero no puedo evitarlo. Esta boda me trae muchos recuerdos. Yo también estaba hecho un manojo de nervios cuando me casé con tu madre. De hecho, casi me desmayé en el altar.

A Mack le costaba creer que su impertérrito padre se hubiera puesto nervioso en su vida.

—Tu madre estaba tan guapa que no podía dejar de mirarla, y cuando me tocó repetir los votos se me pegó la lengua al paladar y...

—Déjalo ya, papá —le ordenó Mack. No necesitaba que su padre lo pusiera aún más nervioso contándole su boda.

Roy tuvo la decencia de parecer avergonzado.

—Lo siento, hijo.

—¿Dónde está mamá? —preguntó Mack, confiando en que un cambio de tema lo ayudara a serenarse.

Su padre se sentó en la silla que acababa de dejar vacante Mack y cruzó las piernas.

—Está con Charlotte Rhodes, preparándolo todo para el banquete.

La iglesia les había dado permiso para que celebraran el banquete en el salón parroquial. A Mack le habría gustado el cenador del muelle, pero lo había reservado otra pareja. También estaban ocupados casi todos los locales del pueblo, por lo que su madre se llevó un gran alivio cuando el reverendo Flemming les ofreció el salón.

—¿Por qué está ayudando Charlotte Rhodes a mamá?

Su padre lo miró extrañado.

—Charlotte ha hecho las tartas, ¿no te acuerdas?

—¿Tartas? ¿Hay más de una? —si conseguía distraerse con los detalles tal vez pudiera acabar la boda sin hacer el ridículo.

—Parece que vais a tener una tarta grande y tres pequeñas.

—¿Y eso por qué?

—Ni idea. Es lo que me ha dicho tu madre.

Mack recordaba vagamente las largas discusiones mantenidas sobre las flores, la tarta y otra docena de asuntos. Lo había dejado casi todo en manos de su madre, de Mary Jo y de Lori. Él no tenía paciencia para ese tipo de cosas, como casi ningún hombre.

Consecuentemente, ahora se encontraba enfundado en un esmoquin de lo más incómodo. La última vez que se puso un traje fue para el funeral de su abuelo, y de eso hacía tantos años que había perdido la cuenta.

Obviamente no tenía ningún esmoquin en el armario, por lo que Mary Jo y Lori le sugirieron que alquilase uno. Sólo después de haberlo hecho recordó que su cuñado se había quejado de que el traje le quedaba demasiado grande, pero para entonces ya era demasiado tarde. En opinión de Mack, y también de Linc, aquel tipo de atuendo era un instrumento de tortura.

—Creo que Ben Rhodes va a traer un invitado muy especial —dijo Roy.

Mack no pudo preguntar de quién se trataba, porque en ese momento se abrió la puerta y Linc entró jadeando en la sala.

—Lo siento, lo siento —se disculpó antes de que pudieran echarle en cara el retraso—. Tuve un pinchazo... ¿alguna vez habéis probado a cambiar una rueda con esta ropa? —se estiró las mangas mientras recuperaba el aliento.

Mack se apoyó contra la pared.

—Estás muy pálido —observó Linc—. Ni se te ocurra desmayarte sobre mí, ¿eh?

—No es mi intención —dijo él, aunque la verdad era que se sentía mareado. Se sentó en una silla y apoyó los codos en las rodillas.

Roy le puso una mano en el hombro.

—Todo saldrá a pedir de boca, ya lo verás.

La entrada del reverendo Flemming impidió a Mack pensar en nada más. El momento había llegado. Su padre se marchó y Linc y Mack salieron poco después para colocarse junto al altar. Mack vio a sus padres sentados en primera fila, junto a Linnette y Pete. Gloria también estaba con ellos, con Noelle dormida en sus brazos.

Ned y Mel Wyse se sentaban al otro lado, junto a algunos amigos de Mary Jo de Seattle.

Mack vio que su madre sacaba un pañuelo y se secaba discretamente los ojos. La música ni siquiera había empezado a sonar y Corrie ya estaba llorando de emoción.

Sorprendentemente, la imagen de su madre tan emocionada lo ayudó a relajarse y sin darse cuenta empezó a sonreír. Miró a su padre y éste le guiñó un ojo.

La iglesia estaba llena. Mack y Mary Jo habían enviado numerosas invitaciones, pero Corrie había añadido muchas más personas a la lista. Habían acudido casi todos los amigos de sus padres, además de la mitad de los bomberos. La presencia de sus colegas lo conmovió profundamente. Llevaba poco tiempo trabajando con ellos, pero ya se habían hecho amigos íntimos.

Las notas del órgano empezaron a sonar y todo el mundo se puso en pie para recibir a la novia. Mack se irguió y se giró hacia la mujer que estaba a punto de convertirse en su esposa.

Nada más verla se le formó un nudo en la garganta. Debió de dar un paso hacia delante, porque Linc le puso rápidamente una mano en el brazo para sujetarlo.

Nunca había visto a Mary Jo tan hermosa, con aquel vestido perlado de seda y encaje que hacía honor a su diseñadora. Sus miradas se encontraron y los ojos de Mary Jo brillaron de felicidad. Mack se quedó paralizado, incapaz de moverse ni de respirar. No fue hasta que el reverendo Flemming tomó la palabra que recordó dónde estaba y se situó junto a Mary Jo para pronunciar los votos.

El resto de la ceremonia transcurrió en un torbellino de palabras, pero de alguna manera consiguió decir y hacer todo lo que se requería de él. Todos los nervios previos al momento se transformaron en una calma y una seguridad absoluta. En el fondo de su corazón y de su alma sabía que había tomado la mejor decisión de su vida cuando le pidió a Mary Jo que fuera su esposa.

La música de órgano acompañó su salida de la iglesia como marido y mujer. Varios de los bomberos le chocaron los cinco cuando pasó junto a ellos. Mack no podía dejar de sonreír.

Todo el mundo los siguió al salón parroquial, engalanado para la ocasión con flores, adornos y globos. Mack no sabía quién era el responsable de aquella transformación, pero sospechaba que su madre, Linnette y Gloria tenían mucho que ver.

Junto a Mary Jo y sus padres saludó a todos los invitados que iban cruzando la puerta.

—¿Recuerdas que te dije que Ben Rhodes iba a traer a un invitado especial? —le dijo Roy en voz baja.

—Sí, sí. ¿Quién es?

Su padre señaló hacia el otro lado de la sala, donde Jacob Dennison estaba sentado en su silla de ruedas.

—Mary Jo... mira —le dijo, asintiendo con la cabeza hacia Dennison.

—Oh, Mack...

Después de saludar al último de los invitados, Mack agarró a Mary Jo de la mano y cruzó la sala en dirección a Dennison. El anciano los recibió con una sonrisa.

—Hacéis muy buena pareja.

—Es un honor tenerlo en nuestra boda —le dijo Mary Jo con voz temblorosa.

—No me la habría perdido por nada del mundo. Vosotros me hicisteis el mejor regalo posible al devolverme las cartas. Al leerlas he recordado muchas cosas olvidadas, recuerdos que quiero transmitirles a mis hijos y nietos. Forma parte de mi historia y también de la suya... Por eso siempre os estaré agradecido.

Mary Jo se inclinó para besarlo en la mejilla.

—Os deseo la misma felicidad que Joan y yo tuvimos juntos —siguió diciendo el anciano—. Que vuestra vida esté siempre llena de amor y que siempre seáis tan felices como en este día.

Mary Jo sonrió y miró a Mack con los ojos llenos de lágrimas. Él le apretó la mano.

Dennison miró hacia las tartas.

—Espero que no os importe cortarme un trozo de tarta...

—Con mucho gusto —le dijo Mary Jo.

Ella y Mack se abrieron camino entre la multitud hacia las tartas nupciales. Aún no habían llegado cuando Mary Jo se detuvo y se puso una mano sobre el corazón.

—Mack... soy muy feliz.

—Yo también —no sabría cómo describir la emoción que lo embargaba. Se sentía sorprendentemente tranquilo y extasiado al estar rodeado por sus seres queridos y por la felicidad más maravillosa posible.

Su padre y él se sonrieron. Roy no era un hombre pródigo en sonrisas, pero en aquellos momentos Mack podía sentir todo su apoyo y afecto. Su madre estaba en su elemento, atendiendo a los invitados. Sus dos hermanas estaban sentadas en una mesa, hablando confidencialmente entre ellas. Noelle seguía durmiendo en brazos de Gloria.

Linnette lucía su embarazo. Estaba previsto que diera a luz en seis semanas. Pete hablaba con uno de los bomberos y también parecía muy contento.

Mary Jo cortó la enorme tarta y esperó a que les hicieran las fotos de rigor para darle el primer trozo a Jacob Dennison. Ben y Charlotte se sentaron con él y también se les unieron Olivia y su marido, Jack Griffin. Grace y Cliff Harding también estaban en la misma mesa.

Corrie y Charlotte se hicieron cargo de la tarta, ayudadas por Emily Flemming, la mujer del reverendo. Noelle eligió ese momento para despertarse y exigir atención, de modo que Mack la tomó en brazos y la paseó por toda la sala. Luego, fue a sentarse unos minutos con Mary Jo y los hermanos de ésta, Mel, Linc y Ned.

—Aún no me puedo creer que mi hermana pequeña se haya casado —dijo Linc a nadie en particular.

—¿No es hora de irse? —le susurró Mary Jo a Mack—. Antes de que mis hermanos empiecen a llorar.

—No estamos llorando —protestó Mel.
—Pues no voy a daros ocasión de hacerlo —los informó Mary Jo—. Además... —añadió, sonriéndole a Mack—, tenemos que empezar nuestra luna de miel.

CAPÍTULO 36

−¡No la quiero aquí! −gritó Jolene con tanta fuerza que se la debió de oír en el otro extremo de la casa.
−Jolene −la reprendió Bruce. Sabía que Jolene quería que Rachel la oyese, y seguramente así había sido. La tensión lo estaba volviendo loco. Se encontraba atrapado en una situación sin salida y todo lo que dijera o hiciese sólo servía para empeorar las cosas.
−No quiero que viva aquí −continuó su hija.
−Rachel es tu madrastra y mi esposa −dijo él sin apenas poder contener su enojo−. Eso no va a cambiar, así que será mejor que te comportes como es debido −había intentado que resolvieran el asunto ellos dos solos, pero era imposible. No entendía cómo aquella situación de celos absurdos se le había escapado de las manos, aunque era consciente del papel que jugaba Jolene.
Tiempo atrás, su hija había idolatrado a Rachel. Se habían hecho amigas íntimas desde el día que Bruce llevó a Jolene a Get Nailed para un corte de pelo. Fue a través de su hija como Bruce llegó a conocer a Rachel.
Se dejó caer en un sillón y rezó en silencio para que acabara aquel sinsentido. Rachel le había advertido antes de casarse que Jolene necesitaría tiempo para adaptarse al cambio, pero él no la había escuchado. Estaba tan impaciente de que los tres formaran una familia que pasó por encima de las du-

das de Jolene y los miedos de Rachel. Y ahora les tocaba pagar el precio a todos.

Ninguno era feliz en casa, y Bruce menos que nadie. Desde la discusión que mantuvieron la noche que salieron a cenar había estado durmiendo en el cuarto de invitados. De eso hacía ya una semana. Una semana sin compartir su lecho con Rachel. La echaba terriblemente de menos y había intentado acercarse de nuevo a ella, pero Rachel se mantenía firme en su rechazo.

—Tienes que hacer algo, papá —le exigió Jolene.

Él levantó lentamente la cabeza.

—¿Algo con qué?

—Con Rachel.

—Rachel es mi mujer —no iba a discutir con su hija adolescente.

—Ni siquiera dormís juntos —le recordó cruelmente Jolene—. Y casi no os dirigís la palabra.

Bruce no podía negar la evidencia, por dolorosa que fuera.

—Todas las parejas pasan por momentos difíciles. Rachel y yo solucionaremos nuestros problemas.

No estaba preparado para abandonar y tampoco creía que Rachel lo estuviera. Habían recorrido un largo camino en los últimos años. No eran unos críos atolondrados que se lanzaran a ciegas a una relación. El matrimonio tal vez hubiese sido precipitado, pero no la relación en sí misma. Después de la muerte de Stephanie, Bruce se juró que nunca volvería a enamorarse ni a casarse con otra mujer. Pero entonces conoció a Rachel y poco a poco fue apreciándola.

En más de una ocasión pensó que la había perdido y que Rachel se casaría con Nate Olsen. Pero no fue así. Rachel estaba destinada a vivir con él... y con Jolene.

—No la necesitamos —insistió Jolene, negándose a dejar el tema.

—Pero está embarazada...

—¿Y qué? No tiene por qué formar parte de nuestras vidas.

Todo cambió cuando se vino a vivir aquí... —se calló bruscamente cuando Rachel entró en el salón.

—Espero que no os importe si me uno a la conversación —dijo ella tranquilamente.

Jolene se cruzó de brazos y le lanzó una mirada asesina.

—Jolene tiene razón —dijo Rachel en voz baja y serena, desprovista de toda emoción.

—¿Qué dices? —preguntó Bruce.

—Nos dijo lo incómoda que se sentía con nuestra boda, ¿te acuerdas?

—¡Intenté decírtelo, pero tú no me escuchabas! —lo acusó su hija.

—Ya habíamos tomado la decisión de casarnos —replicó Bruce—. Tal vez nos precipitáramos un poco, pero yo quería que estuviéramos juntos y tú decías sentir lo mismo.

—Y así era.

Bruce frunció el ceño.

—¿Estás insinuando que te arrepientes?

Horrorizado, vio como Rachel asentía.

Jolene apuntó con un dedo triunfal a su madrastra.

—¿Lo ves? No quiere estar aquí.

Rachel la ignoró.

—Jolene nunca me ha aceptado como madrastra.

A Bruce no le gustaba que la conversación girase en torno a las manías de su hija. Él y Rachel eran los adultos; no iba a permitir que una cría de trece años controlara su vida o su matrimonio. Por desgracia, al mantenerse al margen y dejar que su hija y su mujer solventaran sus diferencias ellas solas sólo había contribuido al problema.

—Jolene aprenderá a aceptarte —dijo. Y si para ello hacía falta a acudir a un psicólogo, llevaría a su hija aunque fuera a rastras.

—¡Papá! —chilló Jolene.

—Tal vez lo haga o tal vez no —repuso Rachel, sacudiendo la cabeza.

—Lo único que necesita es tiempo —murmuró Bruce.

Jolene se acercó a él.

—Deja de hablar de mí como si no estuviera aquí —se dio la vuelta para encarar a Rachel—. Te odio. No quería que te casaras con mi padre... ¡Mira lo que has hecho! Has destrozado mi vida.

—¡Jolene! —Bruce ya había aguantado suficiente. Se levantó y agarró a su hija por los hombros para obligarla a mirarlo—. Pídele disculpas a Rachel ahora mismo. No voy a consentir que le hables de esa manera.

Jolene lo miró con un brillo de desafío en los ojos.

A Bruce le hervía la sangre en las venas. Qué ciego y estúpido había sido... Jolene y sus celos habían abierto una brecha entre Rachel y él.

—Lo que dice Jolene es cierto —dijo Rachel, sorprendiéndolo al tomar partido por la chica—. Estoy embarazada y hay que pensar en otra persona. Jolene no quiere a este bebé más de lo que me quiere a mí en su vida.

—Espera un momento —Bruce tenía que dejarle muy claro que él sí deseaba tener aquel hijo, pensara lo que pensara su hija.

—No pasa nada. Lo entiendo.

—¿Que entiendes qué?

—Cuando Jolene te ha dicho que no me necesitáis, tú le has respondido que estás conmigo porque estoy embarazada.

—¡Yo no he dicho eso! —exclamó Bruce, preguntándose cómo había llegado a esa conclusión.

—Te he oído decirlo hace un momento. Tampoco es que hayáis intentado ser discretos...

—¿Eso quiere decir que te marchas? —preguntó Jolene con una falsa expresión de inocencia.

—De ninguna manera —se apresuró Bruce a responder—. Rachel se queda aquí, donde tiene que estar.

—Papá, deja que se vaya. No la necesitamos.

—Jolene tiene razón —confirmó Rachel—. Me he interpuesto entre vosotros y lo he estropeado todo.

Los ojos de Jolene ardieron de triunfo.

—¿Lo ves? Hasta ella lo reconoce.

—Te necesito —dijo Bruce—. Nuestro bebé te necesita...

—En eso estoy de acuerdo —repuso Rachel—. Nuestro bebé me necesita. Necesita que su madre viva en un ambiente tranquilo, sin un estrés permanente. Necesita saber que su familia lo quiere y lo acepta.

—Yo lo quiero —insistió Bruce.

—Creo que lo mejor será que me marche —dijo Rachel con firmeza, como si nada de lo que Bruce dijera tuviese la menor importancia.

—No —el rechazo de Bruce fue instantáneo. Todo aquello le parecía tan irreal como injusto. Rachel no podía estar pensando en marcharse.

—Yo también creo que lo mejor es que te vayas —intervino Jolene, muy satisfecha ante la perspectiva de librarse de su madrastra.

—Eso no va a pasar —declaró Bruce.

Rachel se limitó a sonreír.

—¿Vas a tenerme prisionera?

—No —Bruce no podía creerse lo que estaba oyendo—. No estás hablando en serio... Por favor, Rachel, dime que no piensas marcharte.

Ella lo miró con una expresión triste y cansada.

—No puedo seguir así. Las discusiones y el estrés no son buenas para el bebé ni para mí. Jolene está impaciente por perderme de vista, y a mí se me han acabado las fuerzas para resistir... sobre todo cuando tengo que hacerlo sola.

—Muy bien, tienes razón —admitió Bruce—. Debería haberme involucrado más en este... en este conflicto entre vosotras. Pero tenía miedo de que la situación se agravara si intervenía. No sé qué puedo...

—¡Yo sí lo sé! —gritó Jolene—. Echa a Rachel y a su bebé de nuestra casa.

—Vete a tu cuarto, Jolene —le ordenó Bruce—. Rachel y yo tenemos que hablar a solas.

—No —protestó la chica—. Yo también tengo derecho a hablar.

—¡Vete a tu cuarto inmediatamente!

Su hija pareció dispuesta a seguir discutiendo, pero obedeció y salió del salón.

—Vamos a hablar de esto —le dijo Bruce a Rachel cuando se quedaron solos.

La mirada de Rachel expresaba un profundo dolor y decepción.

—No hay nada que hablar, Bruce. Yo no puedo vivir así. Os quiero a ti y a Jolene, pero creo que cometimos un error.

—No —Bruce se negaba a ver su matrimonio como una equivocación. Aunque debía admitir que había cometido otros muchos errores. Había sido un ingenuo al pensar que Jolene recibiría la noticia del embarazo con la misma ilusión que él—. ¿Y si buscáramos ayuda profesional? —sugirió a la desesperada—. Podríamos ver a alguien en la clínica, o al reverendo Flemming...

—Es demasiado tarde. Y ya me dijiste que Jolene no estaría dispuesta a participar.

—Pero...

—Me marcho, Bruce. Por favor, no intentes convencerme.

La intención de Bruce era persuadirla, pero al ver la determinación en sus ojos supo que no le serviría de nada.

—¿Adónde irás? —le preguntó, sintiéndose derrotado.

—Una persona me ha ofrecido un lugar para vivir hasta que resuelva mi situación.

—¿Teri?

—Una persona.

—¿Cuánto tiempo estarás fuera?

Ella tardó un poco en contestar.

—No lo sé.

—¿Una semana?

—Más.

—¿Dos semanas?

Rachel negó con la cabeza.

—¿Un mes? —era inconcebible que estuviese fuera tanto tiempo. Él no podía soportarlo.

—No... no lo sé.

Bruce comprendió entonces que Rachel quizá no volviera nunca más.

—¿Esto... esto es lo que quieres? —preguntó en voz baja, incapaz de sobreponerse.

Los ojos de Rachel se llenaron de lágrimas.

—Nunca imaginé que acabaría así.

—Yo tampoco —se incorporó levemente en el sillón—. ¿Estarás en contacto, al menos? ¿Me dirás cómo estás y dónde estás?

Ella no respondió enseguida.

—De acuerdo —aceptó finalmente—. Te llamaré.

En otras palabras, no iba darle sus datos de contacto. Pero Bruce aceptaría cualquier cosa que le ofreciera. La alternativa era demasiado horrible para pensarla siquiera.

—Me iré por la mañana —dijo ella. Se dispuso a salir del salón, pero él la agarró de la mano.

—Dale tiempo a Jolene. Por favor. Acabará aceptándote.

—¡No! —la voz de su hija se oyó desde el pasillo.

A pesar del dramático momento, Rachel se permitió sonreír.

—Nunca he conocido a nadie con un oído como el suyo.

Bruce también sonrió al recordar los primeros días de su matrimonio, cuando intentaban ocultarle a su hija lo que hacían. Visto en retrospectiva habían hecho el ridículo, porque era evidente que no conseguían engañar a nadie, y mucho menos a Jolene.

—Lo siento, Bruce.

—Yo también —se le ocurrió que tal vez Rachel necesitara ayuda—. ¿Me llamarás si necesitas algo? ¿Estarás en contacto? —volvió a preguntarle. Se volvería loco si no supiera nada de ella. No podía creer que le estuviera permitiendo marcharse, sin saber dónde iba a vivir ni cuánto tiempo estaría fuera. Aquello no podía estar sucediendo. A ellos dos no.

—Estaré en contacto —le prometió ella.

—¿Puedo abrazarte?

Rachel lo pensó un momento y asintió lentamente sin dejar de llorar.

Bruce la rodeó con los brazos y la apretó con fuerza, saboreando la incomparable sensación de tenerla pegada a su cuerpo.

—No puedo dejar que te vayas —susurró contra sus cabellos—. No lo hagas, por favor.

Los hombros de Rachel se estremecieron con un sollozo.

—Yo tampoco quiero hacerlo, pero no hay más remedio.

—Podemos hacer que funcione —insistió él—. Podemos conseguirlo...

—Yo también lo creía, pero me equivoqué —retiró los brazos y se apartó de él—. Como te dije antes, tengo miedo de que el estrés sea peligroso para el bebé. No puedo pensar sólo en mí misma.

—Pero...

—Por favor, no lo hagas más difícil de lo que ya es.

Sintiendo como todo su mundo se derrumbaba, consiguió asentir.

—De acuerdo. Vete si tienes que hacerlo, pero quiero que sepas que aquí estaré esperándote cuando estés lista para volver —levantó una mano y le acarició la mejilla. Una lágrima se deslizó por su dedo.

Se inclinó hacia ella y le dio un beso de despedida. El corazón se le encogió de pánico al pensar que aquélla podría ser la última vez que besara a su mujer.

Títulos publicados en Top Novel

Última apuesta – LINDA LAELL MILLER
Por orden del rey – SUSAN WIGGS
Entre tú y yo – NORA ROBERTS
El abrazo de la doncella – SUSAN WIGGS
Después del fuego – DEBBIE MACOMBER
Al caer la noche – HEATHER GRAHAM
Cuando llegues a mi lado – LINDA LAELL MILLER
La balada del irlandés – SUSAN WIGGS
Sólo un juego – NORA ROBERTS
Inocencia impetuosa/Una esposa a su medida – STEPHANIE LAURENS
Pensando en ti – DEBBIE MACOMBER
Una atracción imposible – BRENDA JOYCE
Para siempre – DIANA PALMER
Un día más – SUZANNE BROCKMANN
Confío en ti – DEBBIE MACOMBER
Más fuerte que el odio – HEATHER GRAHAM
Sombras del pasado – LINDA LAELL MILLER
Tras la máscara – ANNE STUART
En el punto de mira – DIANA PALMER
Secretos del corazón – KASEY MICHAELS
La isla de las flores/Sueños hechos realidad – NORA ROBERTS
Juegos de seducción – ANNE STUART
Cambio de estación – DEBBIE MACOMBER
La protegida del marqués – KASEY MICHAELS
Un lugar en el valle – ROBYN CARR
Los O'Hurley – NORA ROBERTS

www.ingramcontent.com/pod-product-compliance
Lightning Source LLC
LaVergne TN
LVHW030338070526
838199LV00067B/6340